CUIDA de MIM

Cuida de Mim

Daniela Sacerdoti

Tradução
Mariana Varella

MAGNITU^DDE

MAGNITU^DDE

Cuida de mim
Título original: *Watch Over Me*

First published 2011 by Black & White Publishing Ltd.
20 Ocean Drive, Edinburgh EH6 6JL
Copyright © Daniela Sacerdoti 2011
Copyright desta tradução © 2013 by Lúmen Editorial Ltda.

Magnitudde é um selo da Lúmen Editorial Ltda.

1ª edição - Março de 2013

DIREÇÃO EDITORIAL: Celso Maiellari
DIREÇÃO COMERCIAL: Ricardo Carrijo
COORDENAÇÃO EDITORIAL: Fernanda Rizzo Sanchez
PROJETO EDITORIAL: Estúdio Logos
PREPARAÇÃO DE ORIGINAIS: Karina Gercke
REVISÃO: Ricardo Franzin
PROJETO GRÁFICO, CAPA E DIAGRAMAÇÃO: Mayara Enohata
IMAGEM DE CAPA: Ralf Schultheiss / Getty Images
IMPRESSÃO: Gráfica Markpress

Dados Internacionais de Catalogação na Publicação (CIP)
(Câmara Brasileira do Livro, SP, Brasil)

Sacerdoti, Daniela
   Cuida de mim / Daniela Sacerdoti ; tradução Mariana Varella. -- São Paulo : Magnitudde, 2013.

   Título original: Watch over me.
   ISBN 978-85-65907-11-8

   1. Ficção italiana em inglês I. Título.

13-01851   CDD-823

Índices para catálogo sistemático:
1. Ficção : Literatura italiana em inglês 823

Lúmen Editorial Ltda.
Rua Javari, 668
São Paulo - SP
CEP 03112-100
Tel/Fax (0xx11) 3207-1353

visite nosso site: www.lumeneditorial.com.br
fale com a Lúmen: atendimento@lumeneditorial.com.br
departamento de vendas: comercial@lumeneditorial.com.br
contato editorial: editorial@lumeneditorial.com.br
siga-nos nas redes sociais:
@lumeneditorial
facebook.com/lumen.editorial1

2013

Proibida a reprodução total ou parcial desta obra sem prévia autorização da editora

Impresso no Brasil - *Printed in Brazil*

Agradecimentos

Obrigada por tudo, Ross, Sorley e Luca.

Obrigada à minha família, Ivana e Edoardo Sacerdoti; ao meu querido pai, Franco, e minha avó, Caterina, que cuidaram de mim.

Obrigada à família Walker, especialmente a Beth e Bill, meus segundos pais.

Obrigada a Irene, a melhor amiga que alguém pode desejar.

Obrigada às pessoas de Caravino, no norte da Itália, a Glen Avich real... um lugar repleto de fantasmas que fui ensinada, em minha longa e ensolarada infância, a não temer.

Obrigada a Sorley MacLean e a Martyn Bennet, cuja interpretação do "Hallaig"[1] plantou as sementes desta história.

Obrigada a todos da Black and White Publishing por acreditarem em mim.

---

[1] Hallaig é um poema de Sorley MacLean. Foi originalmente escrito em gaélico escocês e também foi traduzido para o inglês e escocês. A recente tradução foi feita por Seamus Heaney, irlandês ganhador do Prêmio Nobel.

Obrigada a Alexander McCall Smith e Alison Rae, por suas palavras encorajadoras das quais nunca me esquecerei.

E eterna gratidão à minha Escócia, acariciada pelos ventos, misteriosa, cálida, complexa e amada, o meu lar.

Àqueles que cuidam de mim do outro lado da realidade.

E àqueles que ficam ao meu lado:
Ross, a terra, Sorley, o céu, e Luca, o sol.

PRÓLOGO

Perséfone

O dia mais estranho e mais maravilhoso da minha vida, o dia que mudou minha percepção sobre a vida e a morte, começou como qualquer outro. Acordei no mundo que sempre conheci e fui dormir envolta em um mistério.

Durante toda a vida nos mantemos ocupados, tentando ignorar o fato de que a escuridão, um dia muito em breve, vai chegar para nos pegar. A finitude, como ela é, não cabe em nossa vida, pois é assustadora demais, imponente. Precisamos diminuir seu tamanho, percebendo todos os milhões de pequenas coisas diárias que definem as fronteiras de nossa realidade – usando os cinco sentidos do modo como devem ser utilizados para tocar e ver as coisas, coisas reais e presentes, parte desse lado da existência, o lado dos seres vivos. Conferimos ao mistério um rosto humano; damos forma a algo disforme.

Inventamos rituais para definir as passagens, para transformar a vida e a morte em cerimônias, tornando-as mundanas e de alguma maneira mais fáceis de controlar, de compreender. Quando nasce um bebê, não nos debruçamos no *motivo* pelo qual aquela pequena alma está aqui, onde esteve antes, o que sabe... A nova mãe volta de sua excursão ao desconhecido, guiando o bebê da escuridão à luz, e ambos são limpos, vestidos e preparados para parecerem como se nunca estivessem ido além... como se ela não tivesse ido ao subterrâneo, na escuridão, onde a vida e a morte se tocam e se misturam.

E, quando alguém morre, a família, com misericórdia, ocupa sua mente com todas as pequenas coisas desoladoras que precisamos fazer quando tudo termina – as flores, a comida, o que precisa ser guardado, o que precisa ser doado –, enquanto as lágrimas caem nos objetos deixados para trás: um par de chinelos, uma caneca, um roupão. Confortamo-nos, agarrando-nos em um braço sólido, segurando em uma mão calorosa em que o sangue flui forte; sentimos o sangue sob a pele e ele grita tão alto, tão claro, que afasta a morte.

Como poderíamos, mesmo por um segundo, encarar o que *realmente* aconteceu – alguém estava lá e de repente não está mais, partiu para sempre, partiu em uma não existência – sem cair de joelhos e gritar de terror, pensando que isso um dia vai acontecer conosco, que vamos fechar os olhos e nunca mais abri-los? Como podemos ser corajosos no que diz respeito a contemplar a escuridão profunda e sem sentido que nos espera e ainda assim continuar vivendo?

Se a escuridão é o que nos espera.

Agora eu sei que não é.

O dia que começou como qualquer outro foi o dia em que todos os adereços supérfluos foram retirados da minha frente e pude olhar diretamente para o mistério. Vi uma pessoa que pensei que tivesse partido, e ela estava lá, parada na minha frente. Vi uma alma sem corpo e ela sorriu.

Talvez eu seja ingênua, talvez tenha diante de mim um monte de provas, a ciência e pensamentos dizendo que estou errada, mas acredito no que minha avó me contou anos atrás – o amor nunca morre, o que nos espera é o amor que sentimos quando estávamos vivos. Além do medo e da dor, o amor está lá para nos amparar quando caímos.

Foi isso que aprendi em uma noite de primavera nos bosques, e desde então não tenho mais medo.

1

Um bebê perdido

Eilidh

No dia em que perdi meu bebê, o clima estava tão maravilhoso, tão ensolarado, que metade da cidade estava na rua, com óculos de sol e um sorriso no rosto.

Eu havia saído para uma caminhada, vestindo minha blusa larga e florida de grávida. Estava com apenas dez semanas, era muito cedo para usar roupas de gestante, mas eu não conseguia esperar. Também tinha comprado alguns mantimentos, uma combinação esquisita de sardinhas e castanhas de caju, pois não parava de dizer a mim mesma que sentia esse ou aquele desejo, que não sentia de fato. Só queria, enfim, dizer frases como: "Estou sobrevivendo à custa de manga e molho inglês e roendo elástico. A gente tem desejos terríveis quando está *grávida*!".

Grávida.

Eu estava mesmo grávida. Isso parece impossível agora.

Queria experimentar o momento em sua totalidade; viver cada sinal, cada sintoma, por mais leve que fosse – o enjoo matinal, os tornozelos inchados, as blusas enormes, as noites insones. Queria rir diante do tamanho gigante da minha calcinha e verificar a probabilidade de ser menino ou menina em algum teste bobo de revista. Queria me debruçar sobre livros para analisar os nomes, escolher a mobília do quarto e discutir as vantagens de usar um *sling* e não um canguru. Queria comprar as blusinhas, os macacõezinhos, gorros, luvas e meias. Tudo branco, até o ultrassom da vigésima semana, quando então eu saberia se era menino ou menina. Tom e eu olharíamos a tela, maravilhados, e diríamos um para o outro: "Olha, ele está acenando! Está dizendo 'oi'!". Ligaríamos para nossos amigos e parentes para contar o sexo. Colocaríamos o ultrassom em uma moldura e o poríamos sobre a abóbada da lareira. Tom poderia levar um para o trabalho, onde outros médicos, parteiras e recepcionistas fariam gracejos e diriam: "Ele... ou ela... se parece com você!". Não é possível saber, é claro, pois não dá para ver nada nessas imagens, é apenas uma daquelas bobagens amáveis e sem sentido que as pessoas dizem porque se sentem bem ao falar dos bebês – os bebês a caminho deste mundo, toda a esperança e alegria que eles carregam consigo.

Mas o que eu mais queria era sentir o bebê chutando dentro de mim. Contaram-me que era como sentir ondinhas, borboletas voando na barriga. Queria que a mão de Tom tocasse minha barriga enorme, ver o orgulho em seu rosto e a ternura por mim, sua mulher, dando-lhe o seu filho ou filha.

Esperei tanto, tanto tempo por isso; enquanto todas ficavam grávidas e carregavam suas barrigonas adoráveis como se fossem coroas, eu vestia minha calça jeans tamanho quarenta e quatro e mantinha a barriga reta. Odiava o fato de estar emagrecendo em vez de ficar roliça, preenchida e serena.

Eu queria desesperadamente ser uma *delas*, as mulheres grávidas: minha irmã, minhas amigas, colegas, minha cabeleireira. Até o carteiro – bem, a moça que entregava as correspondências – me impunha sua barrigona todas as manhãs, enquanto eu a observava subir e descer nossa rua como um pato e entrar desajeitadamente no carro do correio. Até que ela me contou que mudariam sua função, por saúde e segurança; você sabe, ela ia ficar sentada a uma escrivaninha de coleta de encomendas atrás do balcão do correio assistindo à sua barriga crescer. Ela me disse para eu passar por lá para cumprimentá-la.

Eu examinava de perto a barriga das mulheres obsessivamente, para ver se estavam aumentadas daquele modo adorável, tesa como no início da gravidez, quando a barriga mal está lá, mas já é visível. Eu me torturava, convencia-me de que todo mundo, *todas* estavam grávidas, menos eu.

Sempre que cruzava com um carrinho de bebê, virava o rosto. Eu não conseguiria evitar aquele olhar comprido e demorado que as mães reconhecem, que as permite lançar-se e dizer com os olhos: "Este bebê é meu".

Eu queria ser desse jeito. Queria que outras mulheres olhassem para meu bebê com os olhos brilhando e me invejassem, e eu me sentiria a rainha do mundo, a mulher mais sortuda do planeta.

Como minha irmã. Ela é especialista em fazer isso.

Katrina tem três anos a menos que eu. Nós duas amamos bebês, ambas queríamos ser mães desde pequenininhas. Costumávamos brincar de casinha, tomar conta das bonecas, alimentá-las, colocá-las na cama, leva-las para passear em seus carrinhos cor-de-rosa. Não foi uma surpresa que nós duas tenhamos decidido trabalhar com crianças: ela se tornou enfermeira pediátrica e eu, professora de maternal.

Ela se casou cedo, mal tinha saído da faculdade, e em seis meses estava grávida. Teve um menino, um menino adorável, meu querido sobrinho Jack. Quando Katrina deu à luz outra vez – duas meninas gêmeas –, eu já tentava engravidar fazia mais de três anos. Quando a observava segurar as duas, uma em cada braço, com seus macacõezinhos e chapeuzinhos cor-de-rosa e rostinhos corados, fiquei doente de tanta tristeza.

Depois de Isabella e Chloe – quando eu passava por minha segunda fertilização in vitro –, veio Molly. Ela foi o bebê da família, a luz de nossos olhos. Mais congratulações, mais comemorações, mais celebrações, com meus pais brincando que uma das filhas fazia bebês suficientes para as duas.

No entanto, não estavam de fato brincando. Conheciam minha luta, é que minha família não tem muito... como posso dizer... tato. Alguns diriam que eles são um tanto cruéis. Bem, pelo menos comigo. Em especial minha irmã. Ela é muito impiedosa, lembrando-me constantemente de como é fértil, como sua produção de rostinhos, mãozinhas e dedinhos é abundante, como as meninas a amam e são grudadas a ela e como isso a torna... uma pessoa respeitável.

Enquanto eu não valho nada, estéril, meus braços feridos pelo vazio. Braços vazios, coração vazio.

— Se você tivesse filhos, saberia como me sinto! — acusou ela aos gritos no primeiro dia de aula de Jack.

— Eles querem apenas a mãe, não é? Tia não é a mesma coisa! — ela riu quando uma das gêmeas passou por mim correndo em sua direção com o joelho ralado.

— Desculpe, não é que não queira você, apenas fica mais calma comigo — disse, quando eu pedi para colocar Molly na cama.

Enquanto isso, seu marido tratava Tom da mesma maneira, incluindo brincadeiras cruéis sobre falta de espermatozoides, o que nem ao menos era verdade – já havíamos descoberto, depois de uma série de exames, que o problema era comigo. Tom fingia rir, mas depois de um tempo começou a se calar. Logo começou a encontrar desculpas para não comparecer aos encontros familiares; não podia repreendê-lo por isso.

Tom é médico, alguns anos mais velho que eu. Não foi uma paixão arrebatadora ou algo que o valha, éramos bons amigos, nos dávamos bem e queríamos filhos. Tom já passou dos trinta e também não é próximo da família dele, então, esperávamos constituir nossa própria família e nunca mais ficaríamos sozinhos.

Começamos a tentar engravidar logo depois da lua de mel. Dez anos, muitos exames e cinco tentativas de fertilização in vitro depois, deu certo. Eu estava grávida.

Mas, naquela época, nosso casamento estava em frangalhos. Tom vinha saindo com outra pessoa havia muito tempo. Eu estava tão exaurida pelas injeções de hormônios e tudo o mais que fazia parte do pacote que não tive força para discutir e evitei brigar.

Eu havia deixado o emprego dois anos antes. O tratamento estava acabando comigo emocional e fisicamente, e não podia continuar pedindo afastamento. Eu trabalhava com crianças o dia todo, precisava sorrir, estar alegre e amorosa enquanto meu coração sangrava sem parar.

Sem falar nas mães grávidas com quem eu tinha de lidar. Vinham buscar os filhos, esforçando-se para abaixar e tirar o sapato das crianças. Eu dizia:

— Deixe, eu ajudo você.

Elas riam e falavam:

— Obrigada, desculpe, estou ficando maior a cada dia que passa! — indicando a barriga redonda.

E eu, enjoada de inveja, exausta pelo tratamento hormonal, acabada pelas noites insones e os suores noturnos, precisava sorrir de volta.

Desisti. Queria guardar toda a energia para meu único objetivo, a única coisa que importava.

Tentaram por quatro vezes colocar nossos bebês dentro de mim – eles os chamam de embriões; eu, de bebês. Não deu certo por quatro vezes.

Não é que tentassem manter o bebê dentro de mim e eu abortasse. Nem isso ocorria. Nada acontecia, nem mesmo um leve inchaço ou alguma sensação... diferente. Não sentia nada, como se nada tivesse havido, como se tudo tivesse sido um sonho, aqueles quatro bebês na espera. Uma visão que desaparecia na luz, como os sonhos. Como se nunca tivessem estado ali.

Eu chorava e chorava por horas, dividindo um copo de suco – pois vinho estava proibido durante o tratamento – com Harry, meu melhor amigo. Sua amizade salvou minha sanidade. Conhecemo-nos na escola quando tínhamos treze anos, saímos juntos durante algumas semanas quando tínhamos dezesseis e depois decidimos que nos dávamos melhor como amigos. Um ano depois, ele assumiu ser gay, chocando completamente o pai. Ficou com a tia por uma semana, até seu pai bater em sua porta aos prantos e pedir para que ele voltasse. Depois desse pequeno incidente, a vida de Harry transcorreu calmamente. Conheceu Douglas, seu parceiro, quando ambos estavam na faculdade e estão juntos desde então.

Enquanto eu vivia um verdadeiro inferno, Harry e Doug eram meu porto seguro, e com eles passei várias noites assistindo a novelas e filmes melosos, comendo salgadinhos de camarão e yakissoba.

Chorava nos braços de Harry e ele dizia:

— Vamos, vamos, você vai ficar bem, vai ficar bem...

Eu ficava tão grata que meu coração se inundava de ternura por ele. Ele era como um irmão para mim.

Quando lhe contei que Tom tinha alguém, ele voltou a ser como era antes de sair do armário e me perguntou se eu queria que ele fosse lá e lhe desse uma surra. Então, ele recuperou a razão e sugeriu que postássemos seu perfil completo, incluindo o número do celular e email, em um site de encontros.

— Não, obrigada. Acho que vou apenas ignorar o fato, fingir que não está acontecendo.

— Isso nunca dá certo.

— Eu sei... mas não posso desistir agora. O tratamento está agendado para daqui a dois meses, não posso nem cancelar, pode ser minha última chance!

Deu certo. Na quinta vez, deu certo.

Quando vi a cruz azul no teste de gravidez, uma linha bem azul e outra perpendicular hesitante e tímida que mal dava para ver, escorreguei pela parede de azulejos até o chão do banheiro, fechei os olhos e experimentei uma alegria suprema que nunca havia sentido antes.

Quatro testes depois, quatro cruzes azuis depois, já não conseguia mais fazer xixi e estava tonta de emoção.

Tom não cabia em si de alegria. Por um tempo, não trabalhou mais até tarde, não tinha mais congressos, reuniões e horas extras. Eu estava vivendo em uma bolha de alegria, mas não ousava me preparar para o bebê ainda. Era cedo demais, eu não queria atrair a má sorte. Minha gravidez era de alto risco, precisava passar por exames frequentes, então não relaxava.

Um dia Tom chegou com um berço lindo, feito de ferro trabalhado e pintado de branco. Era maravilhoso.

— Era da Eva — disse, enquanto carregava o berço com cuidado para dentro. Eva era filha de seu melhor amigo e nosso padrinho. — Você sabe que eles não querem mais filhos, então ele me deu. Foi feito na Escócia, em algum lugarzinho das Terras Altas. Achei que você ia amar. — Ele sorria. Naqueles dias, parecia o velho Tom, o homem com quem me casei.

— Amei! É tão lindo! E veio da Escócia!

Morei na Escócia por vários anos quando criança, quando meus pais se separaram. Minha mãe, minha irmã e eu fomos ficar com minha avó Flora em Glen Avich, no nordeste do país.

— O único problema é que... — comecei hesitante.

Ele fez uma expressão confusa.

— Bem, dizem que traz má sorte colocar o berço no quarto cedo demais. Talvez possamos colocá-lo na sala.

— Na sala? Perderia a graça. E, de qualquer modo, todas essas coisas sobre berços no quarto, gatos pretos e escadas são um monte de bobagem, você sabe disso.

— Claro, claro, eu sei.

Mas eu não tinha certeza. Meus pensamentos diziam: "Ora, vamos, Eilidh, não seja boba", mas minha intuição rebatia: "Por que arriscar?".

— Eilidh — Tom riu, levantando o berço para subir as escadas —, desde quando você é supersticiosa?

— Não sei, é que... — dei de ombros. Não tinha palavras para explicar.

— Bobagem. Vamos, venha ver.

Ele o levou para cima e o pôs no chão, o berço que nunca seria preenchido. Colocou-o com cuidado onde seria o quarto, aquele que eu esperava por anos.

— Pronto. Não está perfeito?

Assenti e sorri.

Tentei não ficar com medo, mas estava.

Não foi o berço, é claro. Não sou supersticiosa a ponto de pensar que foi por causa disso. Não foi o berço, nem o fato de carregar as compras para casa em um dia quente, não foi nada que eu tenha feito, disse o médico.

— Não deve se culpar — ele falou.

Mas me culpo, me culpo por não ser forte o suficiente para carregar o bebê até o fim, por não dar-lhe a oportunidade de viver. Decepcionei meu bebê e agora ele está morto.

Naquele dia ensolarado e adorável, três meses atrás, uma vida inteira atrás; parei para conversar com minha vizinha por alguns minutos, antes de me despedir e virar para atravessar a rua em direção a minha casa. Enquanto andava, ouvi os passos apressados da minha vizinha atrás de mim e senti seu braço em volta da minha cintura, como se quisesse me segurar.

— Deixe-me carregar isso, Eilidh querida, seja boa garota — ela disse, enquanto pegava gentilmente minhas sacolas de compras e me levava até a casa, o braço ainda em volta da minha cintura. Lentamente percebi que havia algo errado e então senti um líquido descendo pelas pernas. Não era suor; olhei e vi sangue.

Se tivesse tido um menino, ele se chamaria Harry. Se fosse menina, seria Grace.

Quando parei de chorar, três meses depois, levantei do sofá, tomei um banho quente e demorado, me vesti pela primeira vez em semanas e preparei uma xícara de chá. Sentei-me à mesa da cozinha com o telefone, um bloquinho de anotações e uma caneta.

Tom estaria fora durante o final de semana. Algum congresso, disse, como se eu não soubesse a verdade, como se fosse burra.

Escrevi dois bilhetes:

Mãe e Pai,
Vou ficar fora por um tempo. Não se preocupem, ficarei bem.
Telefonarei em breve, assim que me instalar.

Eilidh

Tom,
Nosso casamento acabou. Tenho certeza de que sabe por quê, mas sua namorada não é o único motivo. Acabou faz anos.
Vou entrar em contato com meus pais quando me instalar, eles vão lhe avisar que estou bem. Não me procure.

Eilidh

Então peguei meu celular e mandei uma mensagem para Harry:

Vou ficar fora por um tempo. Não se preocupe com nada, de verdade, ficarei bem. Vou deixar meu telefone para trás, mas vou acessar a internet assim que puder e lhe mandar um email logo. Beijos, E.

Deixei os bilhetes e o telefone na mesa da cozinha, guardei alguns pertences na mala com cuidado, intencionalmente.

Senti-me vazia. Como uma concha seca sem nada dentro, nada mais para dar.

Entrei no carro e comecei a dirigir, sem ter a menor ideia de para onde estava indo. Só sabia que precisava ir embora.

Na estrada, comecei a ver placas que diziam: "Norte".

Norte.

De repente, percebi aonde ia. Onde meu íntimo queria estar, para que eu me curasse. Continuei dirigindo, durante a tarde e o começo da noite.

A luz estava lilás e os pinheiros em contraste com o céu quando cheguei a Glen Avich. A visão da casinha caiada e sua porta vermelha trouxe um milhão de lembranças felizes. Se eu pudesse sentir alguma coisa, seria alívio. Porém, estava anestesiada.

Bati na porta de Flora. Ela não estava mais lá, já tinha morrido havia muito tempo – mas minha tia-avó Peggy ainda morava ali. Ela abriu a porta e arquejou por me ver tão pálida, tão perdida, tão magra.

Era hora do crepúsculo, quando as formas parecem perder seus contornos e ficam meio borradas, como se estivessem começando a desaparecer na escuridão. Eu era uma das coisas que estavam desaparecendo. Sentia-me como se Peggy tivesse aberto a porta e encontrado uma pequena nuvem de ar frio e azul onde eu supostamente estava de pé.

Ela sorriu e me abraçou; me deixou entrar, serviu uma xícara de chá quente e doce e falou comigo com o melhor sotaque do mundo, da maneira como minha avó costumava falar. Naquele momento, a noite já havia caído e estava escuro como o breu; estávamos no coração das Terras Altas.

Peggy me levou para o quarto, o quarto que eu havia dividido com Katrina quando era pequena. Eu mal tinha energia para vestir o pijama e entrar na cama. Ela me trouxe outra xícara de chá e a deixou no meu criado-mudo. Sussurrei um agradecimento, mas não consegui me mexer; cada parte do meu corpo parecia de chumbo. Fechei os olhos.

Devagar, bem vagarosamente, a Escócia começou a fazer parte de mim. Ela me envolveu e me conteve – seus sons e cheiros me reconfortaram como fizeram quando eu era criança.
Caí no sono, sob lençóis limpos e um acolchoado feito de penas que cheirava mofo, mas de um jeito bom, como as coisas das avós cheiram.
Dormi por doze horas, depois de semanas e mais semanas de noites em claro. Quando acordei na manhã seguinte, logo que o sol nasceu, senti como se a vida fosse suportável.
Pouco suportável, é verdade, mas suportável.
Senti como se, na última hora, talvez eu conseguisse interromper o processo de desaparecimento. Talvez eu não fosse desaparecer e deixar de existir.
Talvez a vida estivesse me dando uma segunda chance.

2

Uma mãe perdida

Jamie

Eu sabia que ela tinha ido embora quando vi que o quadro havia sumido da parede da sala. Todas as coisas dela – as telas, as pinturas, os pincéis, os frascos de aguarrás, suas roupas e aventais –, tudo ainda estava lá. Mas o quadro tinha sumido.

Ela não ia voltar.

Era a pintura de uma menininha envolta em roupas brancas, as bochechas vermelhas por causa do frio, patinando em um lago congelado. Janet havia conseguido de alguma maneira expressar tudo: a sensação de alegria no rosto da menina, a apreensão por patinar no gelo fino, o ato desafiador que dizia: "Eu ouso". O ar frio e revigorante, a magia da cena de inverno, sincelos envolvendo os galhos, o céu rosa e amarelo e a silhueta negra das árvores à distância...

A pintura revelava todo o talento de Janet, como era uma artista promissora. Foi parte de sua última exposição quando ela se formou na Slade, em Londres. Todos sabiam que Janet Phillips era digna de ser vista, aquela que daria certo.

E é claro que ela deu.

Três anos depois de se formar, já muito procurada, era dona de um apartamento em uma área luxuosa de Londres e estava sobrecarregada de trabalho. Seu trabalho era verdadeiro, realista e maravilhoso.

Sua arte significava tudo para ela; pintava a noite toda e caía no sono de madrugada no sofá de seu estúdio, entre as telas. Quando trabalhava em alguma obra, não pensava em mais nada, não via mais nada.

Porém, depois de três anos dessa vida, ela começou a sentir a tensão. Embora feliz, estava exausta e fisicamente esgotada. Sua irmã gêmea, Anne, a convenceu a tirar férias na Escócia com um grupo de amigos.

Foi então que nos conhecemos, e a vida de nós dois virou de cabeça para baixo.

Fui ao pub uma noite depois do trabalho. Estavam sentados ao balcão, usando casacos de lã sofisticados, calças à prova d'água e botas que pareciam uniforme de pessoas que vinham do sul; havia vários copos de uísque na frente deles.

Sabe aquele negócio de amor à primeira vista? Que as pessoas discutem se existe ou não?

Bem, existe.

Eu juro, levou cerca de um segundo para me apaixonar. E nem sou do tipo romântico. Sabe, retraído e tal. Tímido. Fui criado para esconder minhas emoções o máximo que pudesse, na melhor tradição masculina escocesa. Naquela época nem estava interessado em ter um relacionamento.

E, todavia, lá estava ela, lá estava eu, tudo mudou naquele segundo e nunca mais fomos os mesmos.

Começamos a conversar e três horas depois ainda estávamos juntos. Anne e seus amigos voltaram ao hotel, nós fomos caminhar na praia, entre sorrisos e insinuações femininas. Nada nos importava. Eu nem mesmo me interessei pelas pessoas no pub, a maioria conhecida desde que nasci, nem com a língua dos fofoqueiros. Não me importava com nada, exceto em não sair do lado dela.

Observei seu cabelo loiro no meu travesseiro. Era da cor de milho maduro, dos campos dourados no verão. Olhei seu rosto enquanto ela dormia, observei-a a noite toda.

Ela voltou a Londres alguns dias depois, deixando-me em um mundo cinza, sem vida, pelo qual vaguei atordoado, sem saber o que fazia, aonde ia.

Sofri uma queimadura feia na mão. Sou ferreiro, como meu pai, e em meu tipo de trabalho devemos tomar cuidado ou acabamos nos machucando.

Enquanto fazia o curativo, a Dra. Nicholson sorria. O vilarejo todo sabia sobre Janet e eu. É assim que as coisas funcionam em Glen Avich.

— Você não é o primeiro nem vai ser o último — avisou.

Olhei para ela.

— A fazer algo tolo como isso. Sabe, no dia em que conheci John, há cerca de trinta anos, perdi a parada do trem voltando da faculdade e acabei na costa. Meu pai precisou dirigir duas horas e meia para me buscar. Aqui está, *isso* vai sarar rapidinho.

Depois de algumas semanas aturdido, após várias noites no pub para afogar as mágoas – e muitos dias de ressaca –, ela voltou.

Abri a porta e lá estava ela. Os cabelos dourados, os olhos azuis, como a princesa dos contos de fada. Ela dirigira de Londres com uma pequena mala cheia de roupas e carregada de tintas, telas e algumas pinturas.

Parecia assustada. Claramente não sabia como eu reagiria. Sentia a tensão em seu corpo enquanto a segurava e beijava, e então a senti relaxar em meus braços. Ela me olhou, o rosto tomado pelo alívio. Podia ler em minhas feições que eu estava muito feliz em vê-la.

Ela parecia aliviada, mas não feliz.

Nem ao menos estava à porta. Ainda estávamos de pé na entrada quando ela me contou.

— Estou grávida.

Tudo girou ao meu redor e, antes que minha mente racional pudesse processar o que ela acabara de me dizer, abri um sorriso. Ela não retribuiu, não parecia feliz.

Ela estava grávida e não estava feliz.

Começamos essa vida nova e inesperada. No início, era como estar debaixo d'água, tudo era surpresa, fluido, não planejado. Limpei e pintei o quarto vago e o transformei em um estúdio para ela. Ela tentava trabalhar, mas o enjoo matinal – que durava o dia todo, na verdade – tornava o processo muito difícil. Ela ficava constantemente cansada, deitada no sofá ou vomitando no banheiro, e logo desistiu de pintar.

Minha mãe caiu do céu. Ela fez com que Janet se sentisse bem-vinda, fez o melhor que pôde para ajudá-la a se estabelecer. Janet se apegou a ela e ambas se tornaram boas amigas. Saíam para tomar um café com bolinho na cafeteria local, iam até Aberdeen fazer compras ou apenas até a cozinha de minha mãe conversar enquanto eu trabalhava.

As garotas da região ficaram um tanto pasmas com o surgimento repentino dessa mulher londrina, de cabelos loiros, roupas de estilista. Elas não estavam tão prontas como minha mãe para se tornarem amigas dela. Minha irmã Shona me revelou não ser bom para elas ver um dos poucos solteiros disponíveis na área arrebatado por uma recém-chegada. É claro que eu não havia pensado nisso. Minha irmã comentou que os homens são inúteis para isso – nunca reparavam nessas coisas. Minha mãe parecia ser a única pessoa em que Janet confiava. Isso é o contrário do estereótipo da sogra-bruxa, creio.

Apesar disso, Janet estava péssima. Simples assim.

Eu podia notar isso, minha mãe e minha irmã também, todo mundo percebia. As pessoas imaginavam por que diabos ela se sentia tão mal – tinha um homem que a adorava e ansiava por casar-se com ela, um bebê a caminho, uma boa casa.

Mas eu a entendia. A gravidez havia lhe roubado tudo; o bebê estava minando cada grama da sua força. Como sua arte requeria toda sua energia – emocional, física e mental –, as duas coisas não podiam coexistir. Ela estava esgotada.

Eu não sabia muito sobre gravidez, apenas tinha visto minha irmã quando ela vinha de Aberdeen, e, fora o leve cansaço e as náuseas, ela me parecia bem. Feliz. Eu não queria falar sobre Janet pelas costas, mas eu precisava pedir conselhos para minha mãe. Eu não sabia o que fazer.

— Às vezes acontece. Fiquei bem quando estava grávida de você, mas de Shona... Enjoava o tempo todo, fiquei enorme e completamente exausta! Ela foi minha primeira – eu apenas não estava preparada. Mas então, quando o bebê nasceu, fiquei tão feliz que esqueci todo o resto. Às vezes seu pai e eu tentávamos passar a noite acordados só para olhá-la.

Não foi assim para Janet. Quando o bebê nasceu, ela não pareceu melhor. Maisie nasceu depois de mais de vinte e quatro horas de trabalho de parto, Janet sentia tanta dor e eu não conseguia ajudá-la. Quando terminou, ela estava exaurida, mas as regras mandavam que eu a deixasse lá e voltasse no dia seguinte. Maisie também ficou bastante traumatizada pela experiência penosa, então não conseguia ficar nem nos braços nem nos seios de Janet. Deixei-a segurando o bebê, sentada reta na cama na enfermaria, e, quando voltei na manhã seguinte, ela estava na mesma posição, segurando Maisie, com olheiras azuladas debaixo dos olhos e com aparência de quem sofreria um colapso. Ela me contou que passara a noite segurando a bebê porque, se a soltasse, Maisie ia começar a chorar. Tinha tanto medo de adormecer e derrubar o bebê que se beliscou sem parar, tanto que seus braços estavam cobertos de hematomas. Não conseguia acreditar naquilo.

— As enfermeiras não lhe ajudaram em nada?

— Não pedi ajuda.

Quando segurei Maisie, minha linda, doce e maravilhosa garotinha, não sabia qual sentimento era mais forte: felicidade pelo seu nascimento ou medo do estado mental da sua mãe.

Alguns meses angustiantes se passaram. Janet dava conta dos cuidados com Maisie, mas não parecia gostar muito. Janet alimentava, trocava, segurava Maisie – ela foi muito bem cuidada –, mas não parecia... tão extasiada quanto nós. Eu, minha mãe e Shona. E o resto do vilarejo. Maisie era tão bonita – ainda é. O mesmo cabelo loiro da mãe, mas sem os olhos azuis; ela herdou meus olhos acinzentados, iguais aos do meu pai.

Janet começou a deixar Maisie cada vez mais comigo, sempre que eu não estava trabalhando, ou com minha mãe. Ela até tentou que Maisie ficasse com minha irmã em Aberdeen por alguns dias – mas eu não permiti, era cedo demais para deixá-la assim.

Mesmo quando alguém cuidava de Maisie, Janet ainda não pintava. Eu voltava para uma casa caótica, com Janet sentada à janela do estúdio, vestindo o avental, mas sem pintar nada.

Aquilo estava acabando comigo. Eu me sentia tão mal por isso ter acontecido comigo, por em uma noite de paixão tê-la tornado tão infeliz. Eu sabia que não era minha culpa, e que eu estava fazendo o melhor possível para tentar fazê-la sentir-se melhor, mas isso não ajudava a diminuir a culpa.

Eu sentia como se ela fosse um lindo pássaro tropical e eu o tivesse prendido na gaiola, mesmo sem querer, e agora ele estava morrendo.

Uma noite, não aguentei mais e contei a ela. Ela começou a chorar e segurou minha mão.

— Não, não, não é sua culpa — ela soluçava consternada —, não é sua culpa, não é culpa de Maisie. Vou fazer o melhor possível, vou tentar mais. Só não sei mais quem sou. Tento pintar e não sai nada. Vou melhorar, prometo.

No ano seguinte, as coisas melhoraram. De repente ela voltou à vida. Começou a pintar outra vez. Pintava o dia todo e invadia a noite. A cor voltou a seu rosto. Ela se sentava conosco para jantar por dez minutos e subia as escadas correndo para voltar às telas. Sentia falta dela, e era uma pena que ela não passasse seu tempo com Maisie e comigo – mas me aquecia o coração vê-la feliz outra vez.

Maisie era agora uma menininha de cabelo dourado e ondulado que descia enrolado em volta do rosto como um halo, tinha um rostinho doce e aqueles olhos cinza lindos em que eu poderia me perder. Ela sempre perguntava da mãe, tentava sem parar se agarrar a ela e impedi-la de subir as escadas. Eu via o quanto ela sentia falta de Janet – mas em geral era uma criança feliz e não parecia triste demais pela falta contínua da mãe.

Janet começou a ir a Londres de carro praticamente todos os meses, para levar novas pinturas a galerias, ir a eventos ou apenas visitar os amigos. Uma vez, ofereceram-lhe uma exposição e ela passou cinco semanas no sul sem ao menos voltar, e ficou arrumando desculpas para nós não a visitarmos.

Comecei a ficar apavorado diante da ideia de ela ir embora e levar Maisie com ela. Não conseguia dormir à noite com medo de acordar e ver que elas tinham ido embora.

— Podemos todos nos mudar para Londres. Posso arrumar um emprego. Se é isso que você quer, se isso a deixar mais feliz...

— Oh, Jamie. Você odiaria Londres. Sabe bem disso.

— Mas se é lá que você precisa estar...

— Pare, Jamie — lançou — não quero nem falar nisso, não é uma opção.

Eu sabia o que ela queria dizer. Ela não me queria com ela.

Ela partiu exatamente como eu temia. Mas deixou Maisie.

Levou algumas roupas, as pinturas e seu gato. Levou o gato e deixou a filha de um ano e seis meses.

Eu estava aliviado, consternado e apavorado ao mesmo tempo.

Naquele dia, decidi que seríamos Maisie e eu. Seríamos uma família. Não precisávamos de mais ninguém. É claro que tínhamos minha mãe e minha irmã e todos os amigos do vilarejo, mas nós dois éramos uma pequena família em nós mesmos e não deixaríamos ninguém vir nos machucar.

No início, Maisie perguntava da mãe o tempo todo. Depois, aos poucos, a lembrança de Janet se esvaiu de sua mente e ela começou a perguntar cada vez menos, até parar de vez. Não lhe dei nenhuma explicação. Talvez eu tenha sido covarde, não sei, mas o que eu poderia lhe dizer? "Sua mãe nos deixou porque era tão infeliz aqui que queria morar em Londres e ser pintora e, sim, ela poderia continuar a ser pintora aqui, ou nos levar para Londres com ela, ou mesmo só você – por mais que isso tivesse me destruído –, mas não o fez. Por quê? Porque ela não me queria ao lado dela, nem você."

Decidi que, se Maisie perguntasse, eu lhe daria uma desculpa para o que Janet fez. Não para proteger Janet, mas a ela.

O mais engraçado é que o egoísmo e a crueldade por Janet ter deixado Maisie para trás significavam que eu poderia ficar com ela, por isso, de uma maneira estranha e distorcida, eu lhe era grato.

Mas quando Maisie está na cama e o fogo da lareira está se apagando, sento-me perto das brasas com um copo de uísque e sinto um frio por dentro, uma solidão que entra nos ossos. Sinto-me retirando-me da vida, rejeitando-a como algo muito perigoso, algo em que apenas um tolo poderia apostar.

Estou congelado e pretendo ficar assim. É mais seguro e eu tenho uma filha em quem pensar. Ninguém nunca mais vai nos magoar.

3

Mãe e filho

Elizabeth

Estou morta há três anos, para medir o tempo como vocês.

O tempo é muito diferente quando se está morto, uma eternidade é condensada em um segundo, noites e dias passam em um crepúsculo eterno.

É uma pena tão grande ter de ir, deixar Shona e Jamie para trás.

Eu tinha sessenta e cinco anos, não era tão velha, mas também não tão jovem. Tinha uma vida feliz, tudo o que queria, mas o que mais me dói é ter de deixar meus filhos cuidando de si mesmos.

Eu sei, eles são adultos, mas os filhos algum dia se tornam de fato adultos? As mães estão, algum dia, prontas para deixá-los? Boa parte do nosso mundo é definida pelos nossos pais vivos, uma barreira entre nós e nossa vez de morrer. Quando nossos pais partem, não há mais proteção. Estamos sozinhos, expostos.

E Maisie. Não queria deixar Maisie, pobrezinha, sem mãe. Bem, é claro que ela tem mãe, mas uma que não está muito preocupada com ela. Ou, de fato, nada preocupada.

Acho que deveria odiar Janet, mas não a odeio. É difícil ter esse tipo de sentimento quando se está morta e se sentindo em paz, em sintonia com tudo, segura.

No entanto, para ser honesta, eu nem mesmo a odiava ou estava ressentida com ela antes, quando eu estava viva. Senti-me incrivelmente aliviada quando ela foi embora sem Maisie. Passei noites acordadas, com medo de que ela a levasse embora e não pudéssemos impedir; era a filha dela e Janet claramente não estava feliz aqui, com Jamie. Mas como ele poderia ter se mudado para Londres? Seria como tentar levar uma de nossas árvores, os adoráveis pinheiros da montanha que crescem ao nosso redor, e replantá-la em algum jardim do subúrbio. Jamie teria ficado péssimo. Mas, ainda assim, teria partido. Ela o poupou dessa escolha dolorosa; partiu e deixou Maisie conosco. De todo jeito, Janet não se interessava tanto por ela, desde o dia em que aquela vidinha começou a se desenvolver dentro de si.

Talvez eu devesse dizer que ela é algum tipo de monstro, desnaturada, sem instinto materno. Porém, a vida me ensinou a ter compaixão. Quem disse que todas as mulheres devem se tornar mães? Quem falou que todas sabem como ser mães ou querem ser mães?

Uma noite – uma noite de engano – foi o que tirou tudo de Janet, e lembro como era ser jovem e descuidada e ter a vida fluindo por você com tanta intensidade que você tem que vivê-la, profunda e plenamente. Uma noite de amor à primeira vista, uísque, a beleza das Terras Altas à sua volta, e sua vida virou de cabeça para baixo.

Quem somos nós para afirmar que ela deveria estar feliz, que deveria assumir a maternidade instintivamente, como fiz com meus filhos e Shona fez com os dela? As pessoas lhe apontaram o dedo e a desprezaram, como se não soubessem como tantas mulheres *fingem*. Elas fingem estar felizes, fingem que querem essa vida de esposa e mãe, pois é isso que se espera delas. Elas se esforçam e se dividem para caber no molde que recebem de suas mães, que é, infelizmente, passado de mãe para filha, uma vida de autonegação.

Janet não podia aceitar isso. Ela é uma artista. Da mesma maneira que diríamos "Ela é um ser humano" ou "Ela é mulher" – qualidades básicas que definem sua essência – poderia se dizer de Janet que "Ela é uma artista".

Conheci uma pessoa como ela antes. Um rapaz da minha escola, que só pensava em tocar violino. O pai também tocava, a mãe era uma cantora maravilhosa e eles amavam música. Mas com ele era diferente. Ele foi consumido – tenho certeza de que se lhe tivessem tirado o violino, ele teria definhado e morrido. Ele se tornou um músico e compositor famoso e mora em Glasgow; tem três filhos. Veja, ele poderia continuar tocando violino dez horas por dia, viajando pelo mundo e vivendo sua música intensamente como deseja, enquanto sua mulher cuida da família. Ele poderia ter os dois, pois é homem. Mas uma artista mulher, se quiser filhos, precisa parar, não pode ser consumida pelo dom, precisa colocar sua arte em um compartimento para que caiba em um ainda maior, o mais importante – a maternidade. Algumas estão dispostas a fazer isso; outras, como Janet, não.

Não sei como é sentir isso, sentir-se forçada a desistir de sua paixão, sua verdadeira razão de existir. Só consigo apenas imaginar que é como um tipo de morte da alma. Vi isso acontecer com Janet. Como posso julgá-la? A única paixão que já conheci é minha família, James e as crianças, e minha casa, esse cantinho conhecido do mundo e toda sua beleza. Não sei qual a sensação de ser obrigada a abrir mão da própria alma.

Desde que morri, estou em sintonia com meu lar. Sou o lago e o peixe prateado que nada nele. Sou o vento e as folhas e as montanhas. Sou as partículas de poeira que rodopiam sob os raios de sol, penetrando a janela da oficina do meu filho. Sou a lua que brilha em uma piscina de luz prateada no chão de Maisie, enquanto ela adormece. Sou o vento que acaricia o rosto de Shona e de suas meninas, sempre que elas chegam em casa.

Quando morremos, podemos optar por seguir e renascer. Ou, se ainda temos coisas a fazer, coisas a serem vistas, podemos ficar, embora não para sempre.

No início, não queria ir, mas agora quero. Sinto-me diluindo, sendo cada vez mais levada; a cada dia um pouco da consciência me abandona e me torno cada vez menos eu mesma. Se eu não for, se não entrar na vida nova que me foi escolhida, vou desaparecer. Vai ser doloroso partir para a nova vida, pois precisarei esquecê-los. James e meus filhos e netos, todos os meus amigos, e tudo que conheci nesta vida. Mas tenho de ir.

A única coisa que de fato me mantém aqui é Jamie.

Ele está perdido. Observo-o e o medo surge aos poucos, mesmo nesta paz que sinto na morte. Acho que nem mesmo a eternidade pode fazer uma mãe deixar de se preocupar. Morro de preocupação que ele permaneça congelado até ser tarde demais e não possa voltar atrás. Maisie o faz continuar seguindo adiante, mas não mais que isso. Ele conversa com as pessoas, mas não diz nada. Sorri e desempenha seu papel dia após dia, dias sempre terminados com um copo na mão, e outro, e mais outro. Ele parece descongelar um pouco quando está com Maisie, mas ela vai crescer e constituir a própria família; e Jamie será um daqueles homens que vemos nos pubs daqui, com o uísque na mão, sem querer voltar para a casa fria e vazia.

Ele se fechou para o mundo.

Meu filho adorável, que tem tanto a dar. Estou determinada a não ir até conseguir ajudá-lo.

Uma noite, eu estava sentada nas rochas, ouvindo a água bater na costa, quando algo me alarmou. Uma onda de tristeza percorreu meu corpo, como um tremor, da minha testa à coluna. Foi como se eu estivesse olhando o mar e de repente visse um sinal de socorro cortando o céu em um arco em chamas.

Como fantasmas, há milhões de almas flutuando na minha, um milhão de vozes sussurrando seus pensamentos, suas lembranças. Aquela voz eu conhecia.

Era Eilidh, a neta da minha amiga de infância Flora McCrimmon, gritando seu desespero enquanto dormia. Mas ela não me chamava, chamava por Flora.

Flora não podia ouvi-la — ela havia se juntado ao mar de almas e não era mais Flora. Mas eu a ouvia, e a *escutava*.

Fechei os olhos e chamei por ela.

Chamei e chamei, imaginando a criança que Eilidh era, a garota doce com olhos contemplativos, tão diferente da irmã insolente, Katrina. A gentil Eilidh...

Voltando a pé da escola com o uniforme azul...

Dançando nas *ceilidhs*[2] do vilarejo, o cabelo castanho caindo suavemente...

Eilidh girando...

Eilidh ajudando Flora nas compras, com seu aventalzinho marrom...

Sentada junto à parede de pedra na beira do parquinho, sonhando acordada...

Sentada na nossa cozinha, conversando comigo enquanto eu cozinhava, Jamie vindo da pescaria e trocando algumas palavras desajeitadas, da maneira como as crianças fazem quando estão próximas da adolescência e não se veem mais com os mesmos olhos.

Lembranças de Eilidh continuavam voltando enquanto eu a chamava, tentando penetrar em seus sonhos. Por fim, encontrei-a consciente em meio aos milhões de mentes que flutuavam na minha e entrei.

Recuei. Tanta dor e tristeza me machucaram o coração.

—Volte para casa, Eilidh, volte para casa, menina... Volte para Glen Avich... — repeti sem parar.

Não tenho certeza se ela me ouviu. Espero que sim, pois ela precisa voltar para casa.

E talvez, apenas talvez, ela pudesse ser a resposta às minhas orações.

Nunca fui muito de juntar casais quando estava viva, nunca me intrometi na vida dos outros, sempre fui muito reservada, muito quieta para fazer esse tipo de coisa. Flora e Peggy, de todas as mulheres da minha geração, haviam nascido para juntar casais.

Entretanto, aqui estou eu agora, tentando ajudar meu filho. A vida pode ser surpreendente. E, como estou descobrindo, a morte também.

---

[2] Festa tradicional irlandesa e escocesa que inclui músicas, danças e histórias folclóricas. (N. T.)

4

A vida após a esperança

Eilidh

Na manhã seguinte, acordei em uma casa silenciosa, enquanto a luz suave e leitosa do outono penetrava pelas cortinas.

Por alguns segundos, eu não sabia onde estava. Olhei para cima, para o teto rebaixado, e à minha volta. O guarda-roupa de madeira, a penteadeira antiga, os quadros de campos e pequenas casas caiadas nas paredes e, finalmente, o carpete estampado.

A casa de minha avó e minha tia, embora um pouco modificada da época em que eu era pequena.

Esperei pelo costumeiro acesso de pesar e tristeza, aquele que eu tinha todas as vezes em que abria os olhos, depois do sono com muitas interrupções, desde que perdi meu bebê.

Ele veio, mas de algum modo menos agudo, menos cruel. Como se algo ou alguém estivesse entre mim e a dor terrível que eu sentia. Como se ela estivesse sido amortecida, amenizada.

Quando se é criança, nenhuma dor é tão pungente que aqueles que você ama, que cuidam de você, não possam amenizá-la. Mesmo o pior dos dias melhora quando alguém o coloca na cama, traz uma xícara de leite quente e um biscoito e se senta na beira da sua cama para ler uma história. Você olha para aqueles rostos conhecidos, sente seu cheiro familiar, escuta a voz que está acostumado a ouvir desde que pode se lembrar e o nó dentro de você apenas se solta. Para alguns de nós, a pessoa responsável por isso é a mãe. Para mim, foi minha avó.

O conforto e a paz profundos, a sensação de segurança, a ilusão infantil de que eles sempre estarão com você... senti tudo isso quando entrei na casa.

Senti que Flora ainda estava presente.

E, claro, lá estava Peggy, minha querida tia que ficara viúva anos antes, pouco depois da morte de Flora. As filhas de Peggy moram no Canadá; no espaço de poucos meses ela perdera o marido e a irmã e ficara sozinha. Estranho, eu nunca tinha pensado antes em como ela deve se sentir solitária – tudo isso ocorreu enquanto eu me submetia à primeira fertilização in vitro, depois de alguns anos de tentativas de engravidar. Eu estava tão devastada que só conseguia enxergar minha própria situação difícil, minha própria busca, sem ter energia ou tempo para outra pessoa.

Devo ter ficado tão cega por causa da intensidade do meu desejo, com a frustração infindável que nunca foi satisfeita.

Olhei para o despertador na mesa de cabeceira, ao lado da xícara de chá intocada e do biscoito da marca Tunnock's que Peggy deixara na noite anterior. O biscoito me fez sorrir – Flora gostava tanto deles, sempre os colocava na minha lancheira e os preparava toda vez que recebia visitas. Os biscoitos Tunnock's, as bolachas recheadas de creme e as torradas que acompanhavam o chá eram seus itens de primeira necessidade.

Pisquei quando vi as horas. E outra vez. Não podia acreditar. Nove e meia da manhã.

Eu havia dormido doze horas. Sem interrupções. Sem tranquilizantes e todos os outros medicamentos para ansiedade e depressão que me tinham sido prescritos e não me ajudavam em nada. Havia colocado todos em um saco plástico antes de partir, fechado e jogado no lixo, batendo a tampa com força para garantir, pois que benefício poderia haver em anestesiar a dor, anestesiar o cérebro, ignorar a tempestade em vez de enfrentá-la?

De qualquer maneira, minha luta acabara. Não havia mais nenhuma esperança.

Quando desistimos da esperança, não temos nada.

E isso quando há uma escolha a ser feita.

Você perde tudo.

Ou continua caminhando, de alguma maneira. Tenta sem parar preencher o vazio com outra coisa; por tentativa e erro e absoluta teimosia, cedo ou tarde você acha o caminho para fora da escuridão.

O que eu sei agora é que a esperança nem sempre é eterna, mas *há* vida depois da esperança.

Naquela manhã, eu estava prestes a enfrentar o vazio e decidir o que fazer em seguida. Não estava assustada, não havia possibilidade de ficar pior. Sem filhos, sem casa, marido, emprego, quase sem dinheiro – o único caminho era continuar.

Levantei-me para abrir as cortinas e a vista me deixou sem fôlego. O céu cinza e surpreendente; as nuvens acumuladas galopando como cavalos selvagens; as colinas enevoadas abaixo, marrons, laranjas e verde-escuras, agradáveis, suaves e úmidas; os pinheiros, silenciosos e solenes.

Abri a janela e deixei o ar frio me envolver, carregado daquela mistura de terra úmida e folhas dissolvendo no chão que forma o perfume do outono.

Para mim, o outono tem cheiro de sono. É a estação perfeita porque tudo que conheço já partiu ou morreu, como as folhas. É um ótimo clima para o luto, à espera da primavera que traz a vida de volta.

Tremi e vesti o roupão. A casa estava congelando. Ela tem aquecimento central, mas é terrivelmente caro. A maior parte do calor vem do forno da cozinha e da lareira na sala de estar.

Desci as escadas e vi que Peggy não estava lá. Havia uma bandeja na mesa com uma chaleira, uma xícara, pão, um pratinho de manteiga, um pote de geleia de amora feita por Peggy e um bilhete: "Fui para a loja. Tome café da manhã e se ajeite; depois passe na loja para conversarmos".

Depois de uma xícara de chá e duas torradas com geleia, a sonolência da longa noite de sono passou. Tomei um banho rápido e gelado, sequei o cabelo e vesti uma calça jeans, uma malha e tênis.

Antes de encontrar Peggy na loja, tinha de fazer uma coisa.

Peguei o telefone, mentalmente pedi desculpas a Peggy por usá-lo sem sua permissão e disquei o número dos meus pais. Minha mãe atendeu imediatamente. Senti uma ponta de culpa ao imaginar que Tom provavelmente havia lhe contado sobre meu desaparecimento na noite anterior e que ela deveria estar preocupada.

— Eilidh! Onde você está?

— Oi, mãe. Estou em Glen Avich com tia Peggy. Estou bem. Deixei Tom.

— Eu sei, ele me contou. Perguntei para ele o motivo, ele não respondeu. Acho que posso imaginar, seu silêncio me pareceu culpado. Estamos furiosos. Minha pobre menininha... — o sotaque e expressões escocesas de mamãe sempre surgiam quando ela estava brava ou emotiva e iam além de Southport — tem certeza de que está bem? Quer que vamos buscá-la? Ou pelo menos podemos ir vê-la?

— Por favor, não. Preciso de um tempo sozinha. Um tempo para pensar.

Seguiu-se um curto silêncio.

— Não vai fazer nenhuma bobagem? — falou baixinho. Pobre mamãe, por tudo que eu a estava fazendo passar.

— Claro que não. De jeito nenhum — estava sendo sincera. Não vou dizer que durante cerca de três semanas depois do aborto eu não tenha pensado que acabar com tudo teria sido preferível àquela dor, mas então retomei a razão. Provavelmente, minha já mencionada teimosia. Eu não iria desistir.

— Tudo bem, tudo bem. Mantenha contato... Se precisar de alguma coisa...

— Obrigada — meus olhos se encheram de lágrimas —, obrigada.

— Dê um abraço em Peggy por mim. Oh, Eilidh, não dormimos nada aqui. Estou tão aliviada por você estar em casa.

Casa. Sorri para mim mesma. A Escócia não é um país que possa ser arrancado do coração. Minha mãe havia passado os últimos trinta anos na Inglaterra, fora o pouco tempo enquanto esteve separada do meu pai, mas ainda chamava a Escócia de casa. Desliguei o telefone e inspirei profundamente, secando os olhos.

Vesti o casaco e o lenço e saí. Comecei a andar para a loja de que Flora e Peggy tomavam conta desde jovens. Lá se vendia quase tudo: comida, jornal, brinquedos, itens de acampamento, equipamento para caminhada em montanhas, lembrancinhas para turistas. Vendiam-se até mesmo roupinhas de bebê, tricotadas na região pelas agora octogenárias irmãs Boyle.

A loja havia sofrido, já que cada vez mais pessoas podiam dirigir até o pequeno supermercado em Kinnear, e especialmente desde que a grande Tesco havia aberto as portas nos arredores de Aberdeen, a quarenta e cinco minutos de distância. Mas ainda era um bom negócio. Não era apenas um local para fazer compras, mas para se informar sobre a vida das pessoas. Flora e Peggy amavam jogar conversa fora e as pessoas sabiam que podiam confiar nelas para um bate-papo diário. Mas elas não permitiam nenhuma fofoca desagradável, apenas conversas amáveis, e gostavam especialmente de seguir a vida amorosa dos jovens. Como as duas eram casadas e felizes, adoravam bancar as casamenteiras, e tenho certeza de que tiveram papel importante em vários casamentos na pequena comunidade de Glen Avich.

Nenhuma delas pensou que Tom fosse o par ideal para mim. Eram delicadas demais para dizer isso na minha frente, mas eu sabia. Acho que estavam certas.

Desci a rua e cruzei o pequeno parquinho em que tanto brinquei quando criança. Virei na rua principal, passei a farmácia, a igreja e o pequeno salão de cabeleireiro até chegar à loja.

Parei na janela. A loja parecia encantadora, limpa e bem cuidada. Peggy tinha quase setenta anos agora, mas ainda trabalhava pesado.

— Oh, olá, Eilidh, dormiu bem? — seu rosto se acendeu quando me viu. Estava vestida com esmero, como sempre, com uma camisa azul, uma malha azul-marinho e uma saia de lã marrom. Seu cabelo cinza escuro estava curto e arrumado e seus olhos eram de um azul claro, luminoso e chamativo, como os de Flora, como os meus.

— Dormi, obrigada. Obrigada por me deixar ficar. E pelo café da manhã. Telefonei para mamãe, espero que não se importe.

— Imagine. Como ela está?

Estávamos evitando o assunto. Era uma dança formal antes de eu ter de lhe dar uma explicação para eu ter aparecido sozinha e naquele estado.

— Ela está bem. Estava preocupada comigo. Mas está feliz em saber que estou aqui com você.

— Ela não sabia, queridinha? Não sabia que você estava vindo para cá?

Queridinha. Como eu senti falta de ser chamada assim. Senti meus olhos encherem de lágrimas outra vez. Oh, não, lá vamos nós, lágrimas de novo. Não fiz nada além de chorar nos últimos três meses.

— Oh, Eilidh, vamos, vamos, querida, venha...

Ela me levou para trás do balcão pelo pequeno depósito até o quarto nos fundos, que elas usavam como cozinha. Estava exatamente como me lembrava, quente e aconchegante com o fogão a gás, a mesa e as cadeiras e o forno no canto. Aqui, Peggy e Flora faziam as refeições e tomavam infindáveis xícaras de chá. Elas também usavam o quarto como um tipo de centro de aconselhamento informal; quando alguma pessoa necessitava conversar era levada para lá para tomar chá e receber uma dose de compaixão. Se aquelas paredes pudessem falar...

— Aqui, aqui. Deixe-me colocar a chaleira no fogo. Chore bastante, vai se sentir melhor.

Muitas lágrimas e uma xícara de chá mais tarde, eu estava pronta para contar tudo a Peggy. Algumas coisas ela já sabia, minha mãe havia lhe contado uma coisa aqui e ali durante os anos. Ela certamente suspeitou que havia algo muito errado, já que todas as vezes em que estive lá, incluindo no enterro de Flora, eu estava um pouco mais magra e abatida.

Contei a ela sobre o bebê que havia perdido. E sobre a namorada de Tom, ou amante, seja lá como queiram chamá-la. Disse-lhe que não havia mais nada me prendendo a Southport, que precisava começar de novo. Ela sabia que minha relação com meus pais e minha irmã estava abalada.

— Tadinha, pobre menininha. Que cruz para carregar. Pode ficar comigo o tempo que precisar, o quanto quiser.

— Obrigada. Mas não quero ser um peso. Quero pagar aluguel. Quero dizer, ajudá-la. Pelas semanas que passarei aqui. Tenho algumas economias...

— Não seja boba, querida, tenho o suficiente para nós duas.

— Mas, Peggy, as contas extras e a comida. Não posso deixar você me sustentar. Sei que é apenas por algumas semanas, mas...

— Você é atenciosa, Eilidh. Sempre foi. Mas, honestamente, estou bem.

— Assim que eu melhorar, vou arrumar um emprego e... — suspirei — tudo parece tão complicado.

— Não pense nisso agora. Você está cansada e não consegue pensar direito. Fique aqui o quanto quiser e descanse bem. Você precisa se recuperar primeiro.

— Posso ajudar. Na loja, quero dizer. Posso cuidar da casa para você e ajudar aqui.

— Na verdade, eu ficaria muito agradecida. Você não vai acreditar, Eilidh, é como um sinal! Poucos dias antes de você chegar, Mary Jamieson, lembra da Mary? Ela foi para a Nova Zelândia visitar a irmã. Estava me ajudando na loja, porque você sabe, estou muito velha agora, as entregas e tudo mais, é muito para mim. Ela não ganhou uma raspadinha, uma dessas coisas de loteria que vendemos? E bem, ela não via a irmã havia anos, e saiu como um raio! Não consegui encontrar mais ninguém, se tivesse sido durante o verão, mas agora... O sobrinho dela, Paul, tirou um ano de licença do trabalho antes de ir à universidade em Glasgow, mas encontrou algo na fábrica. E então você apareceu — ela riu —, que golpe de sorte!

— É claro que vou ajudar. Isso é maravilhoso, obrigada.

Que coincidência. Alguém está olhando por mim. Tenho um lugar para ficar, pelo menos por um tempo, e um emprego temporário. Tudo que tenho de fazer é encontrar a vontade de viver de novo.

Uma coisa é certa, o que está diante de mim é uma vida sem filhos, o que é doloroso, e mais do que certo: uma vida sem um homem para me ferir e decepcionar.

Sou só eu agora. Ninguém nunca mais vai me magoar outra vez.

5

Uma família de dois membros

Jamie

Então essa é nossa vida agora. Somos Maisie e eu.

É questão de equilíbrio. Trabalho muito, mas reservo tempo para ficar com ela o máximo possível. Toda manhã a levo à escola, toda noite a busco na casa de Mary, uma prima minha que não tem filhos e a adora. Maisie costumava ir à casa da minha mãe depois da escola, mas, desde que ela morreu, Mary tem nos ajudado muito.

Maisie tinha apenas dois anos quando mamãe faleceu. Todo mundo se reuniu para ajudar, Shona passou algumas semanas aqui e eu tirei três meses de folga — eu não conseguia ficar longe de Maisie depois de tudo que aconteceu — e nós seguimos em frente. Apesar da tristeza daquela época, ainda sorrio quando lembro daquelas mulheres bem-intencionadas vindo à minha casa, achando que encontrariam o caos, mas em vez disso encontravam a casa limpa e arrumada, Maisie bem vestida e brincando e o jantar no forno. Sentia que devia isso a ela e a mamãe, manter tudo funcionando direito.

Eu não precisava que me trouxessem comida nem que cuidassem da casa, mas certamente precisava de companhia. Aquelas semanas me fizeram compreender que éramos apenas Maisie e eu naquele vilarejo, quando Shona voltou para Aberdeen. Era tão bom, tão consolador ter pessoas passando as noites comigo, sentadas vendo TV ou conversando diante da lareira. Quando elas foram embora, ficava tão cansado de passar o dia com Maisie – ela costumava acordar às cinco da manhã e tinha uma energia infindável o dia todo – que eu só queria dormir.

Foi assim que sobrevivi ao luto e à solidão até a dor aguda desaparecer e eu começar a vislumbrar uma vida nova, uma vida sem minha mãe, mas ainda assim uma vida.

Maisie começou a passar os dias na casa de Mary enquanto eu trabalhava. Quando ela fez três anos, naquele mês de outubro, começou a ir à escolinha local três horas por dia, do meio-dia e meia até as três e meia. Mary geralmente a levava e buscava, mas às vezes eu saía a pé do trabalho e a levava. Adorava caminhar com sua mãozinha na minha, sua cabeça se movendo para cima e para baixo enquanto ela saltitava feliz, o cabelo loiro comprido no rabo de cavalo, a capa à prova d'água com flores que sua tia havia comprado para ela. Eu pendurava sua capa, colocava seus sapatos e a ajudava a assinar o nome. Ela ia correndo ver os amigos, sem nenhuma preocupação sequer, uma criança alegre e animada que todos amavam. E quando eu tinha tempo para ir buscá-la, ela corria para mim e abraçava minhas pernas, e eu a levantava e olhava em seu rosto e não via Janet, apesar de sua semelhança, apenas via Maisie, minha filha, minha família.

Agora ela está na escola, na Escola Primária de Glen Avich. Levo-a de manhã e a observo correr pelo portão com seu pequeno uniforme: uma jardineira cinza, uma malha azul-marinho, meia-calça da mesma cor e sapatos pretos com florzinhas rosa ao lado. Shona e as filhas, que têm dez, oito e seis anos, levaram-na às compras em Aberdeen antes de a escola começar. Eu fui com elas, mas não fiz muita coisa de fato, apenas fiquei sentado nos provadores cercado de sacolas de compras, olhando vagamente ao redor, da maneira como os homens fazem quando são arrastados para as lojas. Minhas sobrinhas pareciam entender bastante de moda das garotas, graças a Deus, pois eu não sabia nada a respeito. Fomos à Marks and Spencer, Next, Debenhams e todas essas lojas que francamente me fazem perder a vontade de viver, mas elas pareciam adorar tudo. Maisie foi muito mimada. Vestidos, meias-calças e saias e sapatilhas pretas com flores cor-de-rosa, que ela ama tanto que não consegue tirar, e um par de galochas rosa. Um casaco de lona azul-marinho e um lenço, um conjunto de chapéu e luvas, que eu escolhi — tudo cor-de-rosa, até onde sei. E um monte de acessórios — fivelas variadas e elásticos de cabelo. Na escola, ela precisa tirar o cabelo do rosto para que não caia sobre o caderno de anotações, Kirsty explicou, já que era veterana na escola — uma menina do segundo ano. Levei todo mundo para almoçar, Shona e eu assistimos às meninas rindo e conversando, como quatro pardais.

Quando fomos à estação de trem, não sabia dizer o quão agradecido estava. Abracei minhas sobrinhas bem apertado e fiz a mesma coisa com Shona, olhando em seu rosto bondoso. Queria dizer obrigado, mas a palavra não saiu. Bem, não em palavras, mas ela podia ler no meu rosto.

Eu ainda recebia *aquele* olhar das mães da região — aquele que Shona chamava de "olhar *aaaaahhhhhh*". Elas pareciam pensar que é incrivelmente terno ver um pai solteiro cuidando da filha. Na verdade, é apenas minha vida. Não me importo muito se é *fofo*. Tudo que quero é que Maisie seja feliz, amada e se sinta segura. Mesmo que sua mãe a tenha deixado e depois, sem querer, a avó, quero que ela sinta que o mundo é um lugar seguro, que o chão por onde caminhamos é estável e não pode retumbar e balançar sob nossos pés até cairmos sem que consigamos nos levantar de novo. Ela terá bastante tempo para descobrir isso.

Por ora, quero que ela saiba que não importa o que aconteça, nossa casa será sempre um local seguro, acolhedor e amoroso, que sempre a colocarei na cama à noite e a acordarei de manhã, que ela sempre será amada e querida. Que ela é a melhor coisa que já me aconteceu.

Eu quase nunca penso em Janet, mas quando isso acontece, percebo que, de uma maneira estranha, eu na verdade sinto sua falta. Estranho, não é? Ela claramente não quis ficar comigo, se não tivesse engravidado provavelmente não teria voltado. Quando estava aqui, sentiu-se péssima a maior parte do tempo. E então desapareceu. Ainda assim, sinto falta dela porque é a única mulher que amei na vida.

Alguns meses depois que partiu, ela me telefonou. Senti os joelhos bambos, com medo que ela estivesse ligando para dizer que queria Maisie. Mas não. Ela disse que não queria se explicar ou justificar, que não podia ser mãe, não era desse tipo. Só queria deixar os detalhes da conta bancária para onde enviaria dinheiro para Maisie mensalmente. Disse que, se eu precisasse de alguma coisa, poderia sacar dinheiro da conta.

Foi difícil – muito, muito difícil – não gritar com ela. Sabia que, se começasse a gritar, não conseguiria parar e diria coisas terríveis, coisas que de um modo indireto poderiam acabar atingindo Maisie. Então fiquei em silêncio.

— Tem uma caneta e papel? — pediu.

— Janet, Maisie não precisa do seu dinheiro. Você sabe que estou bem.

— Eu sei. Mas preciso fazer alguma coisa por ela.

— Você quer dizer que isso faria *você* se sentir melhor?

Uma pausa.

— Sim.

— Está bem, então. Mande-me uma carta com os detalhes. Preciso sair agora.

— Espere.

— O quê?

— Como ela está?

— Está bem. Não se preocupe. Estou cuidando bem dela.

— Eu sabia que cuidaria. De outro modo, não a teria deixado. Sei que ela está melhor com você...

— Janet, por favor. Deixe-me ir. Quero desligar o telefone e seguir com minha vida.

— Está bem, está bem... Jamie...

— O que mais, Janet? O que mais há para ser dito?

— Só queria perguntar sobre sua mãe. Como ela está?

— Está bem.

Outra pausa.

— Ela me odeia?

Eu poderia ter mentido, ter dito que sim, que ela a odiava, assim como eu. Poderia ter dito isso apenas para magoá-la.

— Não. Na verdade, ela a entende, acredite ou não. O vilarejo inteiro acha que você é um monstro, mas ela não.

Ela ficou em silêncio por um momento.

— Obrigada. Obrigada por cuidar de Maisie. Por não me odiar...

Desliguei o telefone.

Há alguém. Já há alguns meses.

Seu nome é Gail. Ela tem vinte e seis anos, dez a menos que eu. Aparentemente, ela se interessa por mim desde que era garotinha, ou assim diz Shona.

Saímos para tomar um drinque algumas vezes, não com frequência, já que quero estar em casa com Maisie durante as noites. Almoçamos juntos domingo no pub umas duas vezes, mas tento evitar isso. Seus pais e irmão mais novo também foram, assim como Maisie. Pareceu que... pareceu que éramos um casal, como se estivéssemos oficialmente juntos, e não quero isso.

Sei que soa horrível, como se a estivesse usando, mas não é isso. É apenas amizade, na verdade. É só isso que quero. Mas sei que ela deseja mais.

Depois que saímos do pub e a levei para casa uma noite, ela colocou os braços em volta do meu pescoço e me beijou. Mentiria se dissesse que não correspondi, se dissesse que não gostei. Sou um ser humano.

Então, agora, sempre que chegamos em casa vindos do pub nos beijamos. Ela algumas vezes deu indiretas sobre querer entrar para passar a noite. Mas continuo arrumando desculpas. Não estou pronto; não consigo nem ao menos dormir com ela. Não consigo dormir com ela sem assumir algum tipo de compromisso e a verdade é que não estou apaixonado por ela. O que é melhor, pois quando se está apaixonado por alguém, essa pessoa detém todo o poder, e não quero que isso aconteça comigo outra vez.

Então, na verdade, isso seria perfeito. Não estou apaixonado, mas gosto dela. Ela é boazinha com Maisie, engraçada e... descomplicada. Tão diferente de Janet.

Ela é mesmo adorável. Não é nada com ela, sou eu. Sei o que isso parece, mas é verdade. *Sou* eu. Não quero um relacionamento. Não quero ninguém em minha vida. Não quero deixar que uma garota de vinte e seis anos se envolva com alguém que não a ama. Ela merece mais que isso. Tentei várias vezes dizer isso a ela, mas as palavras são algo tão difícil para mim. Não falo com facilidade – gaguejo, não sai direito. Talvez eu lhe escreva uma carta.

Vou buscá-la no trabalho em Kinnear; vamos apenas comer alguma coisa antes de eu levá-la para casa de carro. Ela provavelmente vai passar em casa no sábado à tarde para ver o que estamos fazendo e vamos levar Maisie ao parquinho. No domingo, Shona vem nos visitar com Fraser e as meninas, então possivelmente iremos com Gail e sua família a algum lugar.

Ai, meu Deus. Estou vendo onde isso vai dar.

Não posso seguir com isso. Não me vejo apaixonado outra vez. Não quero que Gail crie esperanças e depois eu a decepcione. Não quero que ela passe o resto da vida com alguém que não a ame, quero dizer, que não a ame devidamente, não como uma irmã ou amiga – só porque é conveniente, só porque nossas famílias se dão bem, só porque é perfeito para todo mundo.

Não posso esperar até a semana que vem, vou falar com ela na sexta-feira à noite, quando for buscá-la no trabalho. Não posso escrever-lhe uma carta; preciso falar com ela cara a cara.

Mas uma carta seria mais fácil.

Ah, não sei o que fazer.

Sei o que vai acontecer. Na sexta-feira, ela vai correr até mim e colocar os braços em volta do meu pescoço, tão encantada por me ver. Vamos tomar um café antes de ir para casa, ela vai pegar minha mão debaixo da mesa e me olhar com um olhar confiante. Vai tirar um pequeno pacote da bolsa, uma pequena pulseira ou um caderninho de anotações ou uma caneta bonita, um mimo que comprou para Maisie.

E não terei coragem de dizer nada

Talvez seja melhor para todo mundo.

Talvez seja a coisa certa a fazer.

Talvez eu deva permitir-me sentir um corpo quente ao lado do meu, adormecer com os braços em volta de alguém, não sozinho e indiferente e, honestamente, meio perdido, como tenho feito pelos últimos cinco anos. Em cinco anos, não houve ninguém, nem mesmo um encontro de uma noite só quando estava bêbado, nada. Tenho estado... congelado.

Mas ela afastaria a solidão?

Gail foi a primeira mulher que beijei em todo esse tempo e foi tão diferente de Janet. Como se eu pudesse me afastar dela e tudo bem. Como se pudesse virar as costas e ir para casa. Não como quando estamos apaixonados e precisamos ficar com o outro, quando vamos embora e sentimos que um membro nos foi cortado e tudo que queremos é estar com aquela pessoa de novo. Estava beijando Gail e era como se, de alguma maneira, aquela sensação de estar perdido, indiferente e solitário não fosse embora de fato.

É errado e sei disso, mas sei o que vai acontecer se eu não parar já com isso.

Vou acabar deixando acontecer. Da próxima vez em que ela disser: "Não estou com vontade de ir para casa, talvez a gente devesse ficar mais um pouco", significando que ela quer ir para minha casa, vou dizer não e na vez seguinte direi não de novo, encontrando desculpa atrás de desculpa... até que uma noite vou deixá-la entrar, segurar sua mão e levá-la pela porta até o andar de cima, e vamos ficar bem quietos para não acordar Maisie. E, na manhã seguinte, será um novo mundo, um mundo onde haverá Gail e Jamie como todo mundo esperava e nunca, nunca direi a ela que não a amo, e nunca a deixarei porque é assim que sou, é assim que fui criado. Antiquado, eu sei, mesmo Janet disse que era como se eu tivesse vindo de outra época, outra geração, mas é assim que sou.

Ou acabo com isso agora ou nunca vou acabar. E algo me diz que estou sozinho demais para acabar com isso agora.

6

Vidas passadas

Elizabeth

A raspadinha foi uma jogada de gênio, se posso dizer isso a mim mesma. Achei um modo de Eilidh ficar e ao mesmo tempo fiz uma boa ação, pois Mary não via a irmã havia bastante tempo.

Custa-me muita energia fazer esse tipo de coisa, intervir na vida dos vivos. Flutuei a esmo por um tempo depois disso, exaurida demais para fazer alguma coisa.

Quando me recuperei, vi Jamie e Gail.

Gail, de quem costumávamos cuidar quando sua mãe trabalhava à noite em um asilo em Kinnear. Seu pai é motorista de caminhão, então, quando ambos estavam fora à noite, Gail costumava ficar em nossa casa. Podia notar que ela tinha uma quedinha por Jamie. No entanto, ela era apenas uma menina, ainda na escola primária quando Jamie começou a faculdade em Aberdeen. Não pensei mais no assunto. Jamie se mudou para Glasgow para fazer mestrado, só voltava para casa nas férias e nunca prestou muita atenção nela. Ela costumava rir bastante. Não falava muito, apenas ria.

Gail está claramente apaixonada por ele, posso ver isso. Porém, Jamie ainda está distante. Quando está com ela, é como se pudesse estar facilmente em outro lugar e isso não faria diferença para ele.

O problema de Jamie não é que não haja mulheres interessadas nele, é que desde que Janet o deixou, ele não parece disponível para ninguém. Além de Maisie e Shona, ele fica ensimesmado e envolvido com Maisie, e não deixa ninguém se aproximar.

Incluindo Gail.

Ela é tão louca por ele que nem nota. Não percebe o olhar distante em seus olhos, o modo como ele parece distraído, como encontra desculpas para não encontrá-la mais vezes. Jamie está se deixando levar por ela nessa relação e não sei o que pensar. Parte de mim espera que ele termine com ela e outra, que ele se apaixone por ela e fique com uma boa moça, de uma boa família, que nitidamente o adore. Que mãe não gostaria disso?

Mas, no fundo, sei que isso não vai acontecer. Jamie é muito retraído, mas por trás dessa quietude há uma mente forte e complicada. Uma garota como Gail não satisfaz aquele lado dele por muito tempo. Eu sempre soube, desde que ele era adolescente, que ele só se apaixonaria por alguém um tanto incomum.

Eilidh era diferente de todas as outras. Era uma garotinha reflexiva e pensativa. Tinha um jeito calmo, autossuficiente, confiante e quase sempre tranquila. E então, de repente, podia ser dominada pela emoção e sua natureza apaixonada explodia de modo a ficar visível por todos. Ela sentia as coisas à flor da pele — uma canção ou uma linda vista a levava às lágrimas. Acho que é possível dizer sobre ela que "águas silenciosas são perigosas" — como sua mãe costumava dizer, embora de maneira meio crítica. Eilidh me fazia lembrar alguém que viveu em outro tempo, como se suas emoções viessem de um local além da sua idade. Uma vez ela fez uma leitura no centro comunitário, em uma ação de caridade organizada pela sua escola. Era um lindo poema de Sorley MacLean, "Hallaig". Era possível ver a emoção percorrendo seu corpo, a intensidade de seu sentimento. Todos ficaram muito quietos e parados, senti meus olhos se encherem d'água e quando olhei ao redor vi que várias pessoas tinham os olhos brilhantes.

Nada na natureza de Eilidh parecia ser cinza ou tépido – para ela, era tudo ou preto ou branco, escaldante ou gelado. Eu via porque ela adorava Flora: as duas tinham uma aparência mais reservada e uma natureza apaixonada, calorosa, e dividiam o amor por livros, música e natureza. Tudo isso parece ter pulado uma geração: Rhona, a mãe de Eilidh, é completamente diferente. De alguma maneira, falta-lhe paixão, especialmente contato físico. Sei que Rhona ama Eilidh, do seu jeito, mas vejo que é difícil para elas se entenderem. Eilidh ficou magoada com a frieza da mãe. Katrina era barulhenta, animada, falante e amava ser o centro das atenções. Sempre fez questão de lembrar a todos que era a mais bonita, mais agradável e em todos os aspectos mais inteligente que a irmã. Ela e a mãe eram unha e carne e, para Rhona, Katrina não fazia nada errado. Não me entenda mal, ela não é ruim nem nada disso – apenas enfadonha, e o modo como ela sempre diminuía Eilidh me irritava muito.

Com Eilidh, havia tanto borbulhando por baixo da superfície. Havia algo nela, algo vulnerável, embora forte... se você visse, nunca conseguiria desviar o olhar.

Ela e Jamie se tornaram amigos pouco depois que ela se mudou para Glen Avich. Jamie começou a procurá-la depois da escola; eles faziam a lição de casa juntos em minha casa ou iam à loja de Flora para se sentar no quarto dos fundos com um saco de doces que ela invariavelmente lhes dava. Naquela idade, não é fácil para um garoto e uma garota ficarem amigos: quando eram mais novos, ninguém imaginava outra coisa em relação a eles, mas, aos onze anos, a coisa começou a ser vista com outros olhos.

Para Eilidh e Jamie a relação não chegou a esse estágio, pois logo depois do início da amizade, para a consternação de todos, Eilidh foi embora. Jamie fez uma pequena lembrança na oficina do pai, um colar com um pingente em forma de cervo, o animal favorito de Eilidh. Era lindo. Jamie era – ele *é* – incrivelmente talentoso. No entanto, ele nunca o deu a ela. Perguntei a ele por quê, mas apenas deu de ombros. Nunca mais vi o colar.

Jamie teve algumas namoradas aqui e ali enquanto estava na universidade, mas, desde que voltou para casa e assumiu o negócio do pai, não houve ninguém por bastante tempo. Ele teve vários amigos que viviam alegremente como solteiros. Então, um por um foi se casando e tendo filhos, e Jamie não parecia interessado em ninguém, embora algumas garotas estivessem interessadas nele.

Quando Janet surgiu, não fiquei surpresa – havia algo nela, algo forte, diferente e... poético. O que eu não conseguia ver àquela época era que, embora Janet parecesse perfeita para Jamie, ele não era perfeito para ela. Para ela, acabou sendo mais que um romance de férias com consequências que mudaram a sua vida.

Por isso vou parar de julgar. Talvez Gail seja como um porto seguro, depois da tempestade de Janet.

Então, por que ele ainda aparenta estar tão solitário?

Agora que Eilidh está de volta, tudo poderia acontecer. Especialmente com uma ajudinha minha.

Ela parece tão ensimesmada agora, como se não quisesse deixar ninguém entrar. Ela está tão magra e frágil, seus olhos estão assombrados. Quando a vi parada em frente à casa de Peggy, tremendo de nervoso enquanto a esperava abrir a porta, desejei tanto poder abraçá-la, como uma filha há muito perdida. Segurá-la em meus braços como a garotinha que ela costumava ser.

Não acredito que a vida tenha tomado o caminho que tomou, depois de tanta promessa. Sei que ela nunca se deu bem com a mãe e a irmã, e não teve um bom um relacionamento com o pai, mas parecia tão feliz quando saiu com Tom pela primeira vez. Ela o trouxe para conhecer Flora e Peggy – um homem bonito, bem vestido, e *médico*. Todos ficaram impressionados, exceto as pessoas que ele viera conhecer, a avó e a tia de Eilidh. Elas não se convenceram. Elas não disseram nada, mas nos conhecíamos desde bebês, então eu podia notar. Não sei bem o motivo. Aconteceu de elas estarem certas, não funcionou.

Durante seu casamento, Eilidh não veio à Escócia por bastante tempo e, quando por fim veio, foi uma visita às pressas e de alguma maneira atormentada. Rhona e Simon, sozinhos ou com Katrina e sua família, vinham com mais frequência. Achei isso estranho, pois Eilidh foi tão feliz aqui, tão estável, não entendi por que ela quis ficar afastada. Agora eu sei. Ela estava simplesmente muito infeliz para aparecer e deixar que as pessoas a vissem daquele jeito. Flora e Peggy me contavam vez ou outra que ela fizera uma inseminação in vitro que não dera certo e sobre sua tristeza, mas não a real dimensão da situação. Meu coração ficou solidário a ela.

No entanto, nunca a tinha visto assim. Ela ainda é muito bonita, com o cabelo adorável, castanho e sedoso e os olhos azul-claros, mas está tão devastada e com aquele olhar perdido, como se fosse um fantasma, como eu. O aborto foi um golpe fatal para ela.

Sei que soa ingênuo, mas acho que para começar, mais que tudo, Eilidh precisa se alimentar direito e dormir bastante. Depois de algumas semanas da comida de Peggy e das noites calmas e silenciosas, sem trânsito ou luzes da cidade entrando pela janela, ela vai ficar mais fortalecida. Vai recuperar um pouco de peso e começar a sorrir de novo, com aquele sorriso que costumava iluminar a sala toda. Sei que vai se recuperar. Tenho fé nela.

Hora de Eilidh e Jamie se reencontrarem.

7

Uma lembrança de mim

Eilidh

Estava em Glen Avich havia pouco mais de um mês. Outubro estava quase terminando. Eu estaria grávida de cinco meses, mas tentava não pensar nisso.

No início, tudo era como um eco de coisas do passado. Em todo lugar me encontrava com o fantasma da garotinha que eu já tinha sido. Podia me ver, de tranças no cabelo, o uniforme cinza e azul-marinho, sentada no balanço do parquinho, caminhando pela rua principal, fazendo o dever de casa no quarto dos fundos da loja.

Eu ainda *era* aquela garotinha – sem um monte de sonhos, mas muita experiência e um coração vazio. Trinta e cinco anos, nada para chamar de meu, e tudo em aberto.

Desde que voltei, encontrei incontáveis parentes, jovens e velhos. Em um vilarejo como Glen Avich, todo mundo é de alguma forma parente, e quando andamos na rua ou vamos ao pub, eles perguntam entre si: "Quem é a família dela?", e dissecam seus ancestrais, pais, avós e a procedência deles. Se algum desses antepassados veio de outro lugar, mesmo que de um vilarejo próximo, isso fica especificado, já que significa que você não é *de fato* de Glen Avich, pelo menos não completamente. Soube disso nas primeiras semanas, pois onde eu estivesse, meus ancestrais eram recitados baixinho, como uma passagem da Bíblia ou alguma saga antiga: "Eilidh, filha de Rhona, neta de Flora McCrimmon". Sei que muita gente se sentiria incomodada com isso, como se eles vivessem em um aquário. No entanto, eu gosto, é como se eu voltasse ao passado, quando cheguei pela primeira vez com minha mãe e minha irmã, pois isso me faz sentir como se pertencesse ao local.

Rever as pessoas que eu conhecia foi bom e dolorido ao mesmo tempo. A dor foi por eu ter voltado sem nada e tendo de admitir que minha vida não tinha sido lá essas coisas, pelo menos eu sinto assim.

Cada conversa chegava, cedo ou tarde, à pergunta temida: "Diga, quantos filhos você tem?". Então, acompanhada da costumeira sensação de ser esfaqueada no peito, vinha a resposta ensaiada, tentando manter minha voz estável: "Eles nunca vieram".

Para a qual eles retrucavam, sem jeito: "Ainda há tempo", ou "Há mais coisas na vida que filhos", ou ainda "Sua vez vai chegar".

Próxima pergunta. "E como vai Tom?".

Meu Deus. Mais constrangimento, eles tentando encontrar algo solidário para dizer: "Todos os casamentos têm seus altos e baixos", "Tudo vai se resolver", "Você ainda é jovem", e a melhor de todas: "Aliás, quem precisa de homem?".

E para melhorar: "E como vai o trabalho?". Essa era a punhalada final.

"Ah. Ah, bem. Suponho que esteja de volta agora, isso é o que importa".

Nesse momento, todos precisávamos de uma xícara de chá.

Eu na verdade tinha pena deles. Deve ter sido realmente difícil ouvir toda essa devastação, ver a dor cravada em meu rosto, descobrir o motivo e ainda tentar manter uma conversa. Não demorou muito para todo o vilarejo saber sobre minha busca por filhos, da minha única chance de ter um, como a perdi e terminei no hospital com um colapso nervoso.

Mais cedo ou mais tarde, todas as garotas de quem eu costumava ser próxima quando criança vieram à loja, algumas para comprar algum item, outras porque realmente queriam me ver, algumas para saber possíveis novidades quentes que pudessem espalhar por aí. Alannah veio com os filhos, dois rapazinhos altos de treze e onze anos. Ela se casara cedo e ficara em casa para cuidar dos meninos. Sharon e a irmã gêmea, Karen, ambas cabeleireiras no pequeno salão local, cada uma com um filho menino, vieram juntas e terminavam as frases uma da outra. Mary, advogada em Kinnear, mãe de duas meninas, veio a caminho do trabalho, vestida de modo imponente, o cabelo perfeitamente arrumado com secador. Ela se casara com o rapaz menos popular da escola, Michael, conhecido por intimidar os mais novos e se achar melhor que todo mundo. Quando ela falou nele, pude perceber que o seu casamento não era nada feliz. Sylvia, professora na Escola Primária de Glen Avich, veio com a filhinha Pamela, que tem Síndrome de Down.

E Helena, doce, de fala mansa, minha melhor amiga de infância. Na escola, sempre nos sentávamos juntas. Ela foi uma das damas de honra em meu casamento. Veio às pressas fazer compras para uma longa viagem de carro. Eles iam a Londres visitar a família do marido.

— Eilidh!! É *tão* bom ver você! — exclamou com um grande sorriso no rosto e os olhos brilhantes.

— Helena! Você está ótima — falei honestamente. Ela estava muito bem, feliz e bonita como sempre, com o cabelo ondulado e loiro-escuro e os olhos pretos.

— Venha aqui — ela me deu um abraço forte e pude sentir pela maneira como ela me segurava que estava ciente de tudo que acontecera, que sentia por mim.

— Este é Calum? E Euan? Não acredito! Da última vez que vi vocês, eles eram pequenininhos!

— Eu sei. O tempo voa, não é? Precisamos correr agora, vamos ficar fora algumas semanas, mas quando voltarmos, colocaremos a conversa em dia. Encontrei Margaret no salão de cabeleireiro, ela me colocou a par das coisas. Sinto muito por sua perda.

Concordei com a cabeça.

— E como vão seus pais? — perguntou com rapidez — e Katrina?
— Estão bem, todos bem. E seus pais, e Gail?
— Também, tudo bem. Aliás, você não vai acreditar com quem Gail está saindo agora.
— Com quem?
— Jamie. Jamie McAnena – lembra-se dele?
Jamie. Eu me lembro de Jamie muito bem. Fomos amigos íntimos por um tempo, pouco antes de eu ir embora. Acho que tinha uma quedinha por ele, quando éramos crianças. Nos últimos anos, sempre que eu vinha para cá ele estava longe por causa dos estudos ou ocupado com outra coisa, e nos perdemos um do outro.
— Sim, claro, Jamie. Ele está saindo com Gail? Meu Deus, quantos anos ela tem agora? Para mim ela ainda é uma garotinha!
— Ela tem vinte e seis. Dá para acreditar? Quanto tempo vai ficar aqui?
— Não sei bem. Algumas semanas, acho. Até eu me recuperar.
— Você e Tom não têm volta? — perguntou baixinho.
Balancei a cabeça negativamente e desviei o olhar.
— Sinto muito. Que pena. Você sempre foi forte, Eilidh, você era de longe a mais determinada de nós, tão autossuficiente e independente. Vai superar isso.
Olhei para ela surpresa. Forte? Eu? Não me lembro da última vez em que me senti forte. De todas as lembranças de mim mesma que tenho desde que voltei, a de ser forte é a mais remota.
Helena partiu com a promessa de passar na loja assim que voltasse.
No mesmo dia, a caminho de casa depois que Peggy me substituiu, eu o vi.
Jamie McAnena.
Fiquei paralisada. Até que enfim, pensei – e então imaginei de onde veio esse pensamento, já que, desde que cheguei, estive esperando para vê-lo, esperando encontrá-lo ao acaso.
Ele estava parado no parquinho, ao lado do trepa-trepa. Sentada no alto do brinquedo estava uma menina de cerca de cinco anos, vestindo um casaco e um lenço cor-de-rosa, o cabelo loiro ao vento. Ela fingia montar em um cavalo, ou ao menos parecia isso, pois estava sentada ereta, as

mãos segurando rédeas imaginárias, o pé batendo gentilmente nas laterais. Suas bochechas estavam vermelhas e ela sorria. Era tão bonita, tão amável, que eu não consegui deixar de olhar para ela por um minuto ou dois. Quem seria?

Então me ocorreu: uma das filhas de Shona, ela também era loira. Tinha três filhas, até onde me lembro. Não conhecia Shona muito bem, ela é alguns anos mais velha que eu, mas lembro da mãe deles, Elizabeth. Ela era muito próxima da minha mãe e sempre muito boa para mim.

Jamie me viu, levantou uma mão e acenou. Acenei de volta, imaginando se ele havia me reconhecido, se deveria ir até lá e dizer olá.

Fiquei ali paralisada, sem saber de fato o que fazer nem por que me sentia tão incomodada.

Ele começou a andar em minha direção com um sorriso no rosto, então atravessei a rua e passei o pequeno portão do parquinho.

— Eilidh!

— Jamie! Como vai? — ficamos parados um na frente do outro, sem saber o que fazer. Um abraço? Não combina com as Terras Altas. Um beijo? Nem em um milhão de anos. Um aperto de mãos? Europeu, mas aceitável. Fizemos isso, desajeitados, rindo.

— Como vai? Há quanto tempo está em Glen Avich?

— Cerca de três semanas agora. Voltei. Da Inglaterra, quero dizer.

— E como vai Tom?

Oh, lá vamos nós.

— Jamie — para nos poupar tempo e uma situação delicada — Tom e eu nos separamos.

— Sinto muito, Eilidh. Sinto ouvir isso. Minha mãe me contou que você estava em dificuldades... que não podia... — ele interrompeu —, você sabe...

— Ter filhos. Sim.

— Desculpe, eu não queria...

Balancei a cabeça.

— Tudo bem. Mesmo. Tenho passado por tudo isso desde que voltei. Mais cedo ou mais tarde todo mundo vai seguir adiante, a comiseração vai parar e eu serei apenas Eilidh outra vez.

Jamie sorriu.

Com o seu cabelo preto, os olhos azul-acinzentados, a pele clara... Com exceção da barba acobreada por fazer, parecia exatamente o garoto que conheci.

A garotinha loira havia descido do brinquedo e agora estava no balanço, o cabelo comprido e adorável voando atrás dela.

— E como vai sua mãe? Não a vi ainda, Peggy também não falou sobre ela.

O sorriso sumiu de seu rosto.

Corei. Sabia o que essa expressão queria dizer.

— Oh, Jamie... — comecei.

— Ela morreu três anos atrás.

—Sinto muito. Ah, sinto muito, muito mesmo — senti meus olhos se encherem de lágrimas. Elizabeth partiu.

Uma lembrança repentina veio à minha mente. Uma visão do passado...

Eu estava sentada à mesa da cozinha dos McAnena. Jamie e eu fazíamos o dever de casa e Elizabeth tinha acabado de nos preparar torradas com geleia. Ela parou de pé atrás de nós para ver nossa tarefa de matemática e colocou o braço em volta dos meus ombros; eu, sem estar acostumada a uma mãe que fizesse esse tipo de coisa, absorvi a afeição como uma flor absorve água.

Elizabeth.

Pisquei uma vez, duas, para secar as lágrimas.

— Tudo que dissemos desde que nos encontramos foi 'Sinto muito!' — disse Jamie sorrindo — venha, isso vai animá-la. Venha conhecer Maisie.

— Ah, claro, qual delas é ela? Ela deve ser a terceira, acho que a mais velha deve ter uns doze anos, não é?

Jamie olhou-me confuso.

— O quê? A terceira... Ah, entendi o que você quer dizer! Não, Maisie não é filha de Shona. É minha.

— Ah... — eu ia perguntar sobre a mãe de Maisie, mas a menina correu até nós e segurou a mão de Jamie. Ela me olhou sorrindo.

— Olá — disse. Agora que vi seu rostinho direito, vi seus olhos de um azul-acinzentado, iguais aos de Jamie.

— Olá, Maisie. Sou Eilidh — abaixei-me e estendi a mão — prazer em conhecê-la.

— Eu estava montando no arco-íris — revelou com a vozinha nítida.

— Você estava montando em um arco-íris? Que legal — falei.

— Nãããoo, boba! Não em um arco-íris! No Arco-íris!

Olhei para Jamie, confusa.

— Arco-íris, seu pônei imaginário — explicou ele.

— Ah, entendi. Você estava montando no seu pônei. Talvez um dia a gente possa montar em um de verdade, você e eu. Adoro andar a cavalo. Eu costumava andar muito quando tinha sua idade.

O rosto de Maisie se iluminou.

— Mesmo? Podemos?

— Se seu pai deixar, posso levar você até a fazenda Ramsay.

— Posso, pai? Por favor, por favor, POR FAVOR! — ela começou a pular para cima e para baixo.

— Tem certeza de que não vai incomodar, Eilidh?

— Nem um pouco. Só estou trabalhando de manhã agora, na loja de Peggy. Também cuido da casa para ela, ajudo-a com as tarefas domésticas, o jardim e tudo, mas tenho bastante tempo livre. Muito, provavelmente — acrescentei, olhando para baixo. Era meu jeito de contar a ele que adoraria passar algum tempo com aquela menina alegre e animada fazendo algo de que nós duas gostássemos. Achei que isso talvez me ajudasse a sangrar um pouco menos, a respirar um pouco mais.

— Bem, se não vai ser incômodo, tudo bem.

— Semana que vem? Terça-feira seria ótimo. Na segunda temos entregas.

— Perfeito. Você pode buscá-la na escola, se quiser. Avisarei a Mary. Ela toma conta de Maisie — acrescentou para explicar.

Imaginei rapidamente por que ele não mencionou a mãe de Maisie, mas sem querer me intrometer, apenas disse:

— Irei. Vai ser bom ver nossa velha escola de novo. Ficaremos juntas algumas horas, mas se você ainda não estiver em casa, posso levá-la à casa de Peggy para jantarmos.

— Obrigado, mas acho que estarei em casa. Vou voltar mais cedo. Minha casa fica depois da escola, subindo a St. Colman's Way, perto da oficina do meu pai. Bem, minha oficina. A pequena casa branca com portas azuis. Você vai ver a placa na parede de pedra do jardim, que diz: 'McAnena'. Muito original, eu sei.

Ri.

— Muito! Bom, vejo vocês, então.

Maisie estava animadíssima.

— Diga obrigada a Eilidh.

—Obrigada! — disse, dando mais alguns pulinhos. Eu estava começando a pensar que ela não conseguia falar sem pular ou saltar, como se usasse molas. Pura força vital, fluindo por ela como a seiva por uma planta.

— Até semana que vem, então — disse Jamie segurando a mão de Maisie.

— Até. Tchau, Maisie.

Enquanto caminhava para casa, pensei nela e no modo como seu rosto se iluminou quando falei sobre montaria. Senti um calor estranho e desconhecido na barriga, uma ternura que não conhecia mais. Foi a coisa mais próxima de alegria que eu sentira havia muito tempo.

De novo, imaginei onde estaria a mãe de Maisie, se ela morava no vilarejo, com que frequência via a filha. Pensei que ela tinha tanta, tanta sorte, e de algum modo eu tive certeza absoluta de que ela não sabia disso. Não sei por quê.

Da última vez que vira Jamie, contei-lhe que estava indo embora. Tínhamos onze anos e acabado de terminar a escola primária. O verão começava e pensávamos que tínhamos longas seis semanas pela frente para brincar, conversar e vagar pelos campos ao redor de Glen Avich.

Então, inesperadamente, tudo virou de cabeça para baixo e eu estava voltando a Southport, deixando Flora e Peggy, meus amigos e tudo que conhecia. Eu havia passado seis anos em Glen Avich e amava. Era minha casa.

Meus pais estavam voltando a viver juntos. Meu pai vinha à Escócia todo feriado – todo Natal, todo verão – para ficar conosco. Todas as vezes ele e minha mãe brigavam como cão e gato. Mas ele vinha mesmo assim e ela o deixava ficar. Meu pai não é má pessoa, nunca destratou mamãe, muito menos a gente — eles apenas não se entendem, só isso. Ainda não se entendem, depois de quarenta anos de casamento e seis de separação.

Fiquei transtornada, diferentemente de Katrina, que nunca se apegou a Glen Avich e estava morta de vontade de voltar à cidade.

Quando contei a Jamie, ele não disse nada. Falou que precisava ir embora, que ia encontrar o amigo John para irem pescar. Ele me evitou pelas duas semanas seguintes. Um dia antes de partirmos, vi-o parado do outro lado da rua com as mãos nos bolsos. Eu queria ir até ele, mas minha mãe precisava de ajuda com as malas. Acenei da janela e ele correspondeu.

Essa havia sido a última vez que o vi antes de hoje. Fiquei pensando que lembrança ele tem de mim durante todo esse tempo, se é que tem alguma.

Minha lembrança de Jamie é de que ele era talentoso, quieto, teimoso, doce e determinado em tudo que fazia. Esse era o garotinho que conhecia, essa é minha lembrança.

8

Uma cesta de maçãs

Jamie

Está difícil me concentrar no trabalho hoje. Parece que ele não está fluindo como sempre.

 O trabalho em geral segue por si mesmo – vou à oficina, engato a marcha e vou longe, trabalho atrás de trabalho, até terminar. Pronto. Às vezes me permito sentar com um sanduíche, no banco do lado de fora se o tempo estiver bom, lá dentro à pequena mesa de canto, olhando pela janela, se estiver chovendo. A vista da oficina é maravilhosa, algo que sempre encantou meu pai. Ele amava seu trabalho pelos mesmos motivos que eu: usamos as mãos, não ficamos sentados o dia todo e não precisamos conversar com ninguém. Eu sei, isso me faz parecer mal-humorado, o que não sou. Adoro estar cercado de gente, só não gosto de conversar o dia todo.

 Venho de uma longa linhagem de homens retraídos. Meu pai e meu avô eram ferreiros e ambos conhecidos por serem calados, até mesmo para os padrões escoceses. Minha mãe costumava sempre me dizer o quão tranquila julgava ser essa qualidade dele, a maneira como podiam se sentar em silêncio, sossegados, e como cada vez que meu pai falava, a família toda escutava porque todos sabiam que ele tinha algo importante a dizer. Os dois sorriam quando, um ano na escola, minha professora escreveu no relatório final: "Jamie não fala muito, mas, quando o faz, sempre tem algo a dizer que vale a pena". Herdei seu amor pelo silêncio e também seu dom: meu bisavô cuidava de estábulos e era encantador de cavalos. Sua voz era calma e branda para os cavalos, quando ele falava baixinho no ouvido dos animais. Sinto que consigo fazer a mesma coisa, mas com as pessoas.

Sou profundamente ligado a este lugar. Ninguém ficou surpreso quando, depois de fazer o mestrado, voltei a morar em Glen Avich. Bem, ninguém que me conhecia. Ofereceram-me uma bolsa para fazer PhD em Londres. Eu estava pronto para ir, como se não pudesse evitar caminhar na trilha que eu parecia ter tomado por acaso – eu não esperava me sair tão bem –, quando me ocorreu que eu não queria ir para Londres de jeito nenhum.

Estava passando férias em casa entre os semestres; passei na oficina do meu pai e lhe contei que não ia, que queria ficar em Glen Avich, queria ajudá-lo no trabalho e por fim assumir o negócio.

Ele disse:

— Ah, é? Que bom.

Minha mãe tentou me convencer a encontrar algum tipo de cargo acadêmico em Aberdeen ou Edimburgo, ou pelo menos trabalhar como professor. Mas eu havia decidido que queria fazer o que meu pai fazia, e toda vez que eu olhasse além do que estava fazendo, queria ver os pinheiros e a silhueta das montanhas em contraste com o céu, as sombras das nuvens se movendo do outro lado das urzes.

Aconteceu de eu ter talento. Sempre gostara do trabalho, mas quando ele se tornou de tempo integral, percebi que eu era muito bom, que as coisas tomavam forma com facilidade em minhas mãos e ficavam lindas. Quando meu pai ficou doente e não conseguiu mais trabalhar, assumi o negócio totalmente e, de boca em boca, me tornei conhecido entre os turistas e aqueles que sobem as montanhas no verão. Faço adornos, pequenos objetos e bijuterias, tudo inspirado na história e na paisagem escocesas, e eles parecem bem populares. Antes que eu me desse conta, estava fazendo exposições em Edimburgo e no sul, e recebia pedidos de lugares tão distantes como os Estados Unidos. De "ferreiro local" eu me tornei "um jovem e promissor artista", com citação no *Guardian*, por incrível que pareça.

Comprei minha adorável casa na montanha, acima da estrada sinuosa que leva até St. Colman's Well, com a esperança de, um dia, enchê-la com uma família.

Meu trabalho prosperou, mas a pessoa certa não apareceu. Todos meus amigos de infância se estabeleceram, casaram e tiveram filhos, alguns de modo mais feliz, outros nem tanto. Eu não. Tive algumas namoradas quando era estudante, nada sério, mas nessa época eu queria sossegar, encontrar o amor da minha vida.

Porém, não parecia haver a mulher certa. Apropriadas, sim – aquelas deviam ser perfeitas, a escolha ideal para ambas as famílias. Mas sempre quis mais. Queria me apaixonar, e sentir verdadeiramente que a pessoa amada era aquela feita para mim. Acreditava que as pessoas se apaixonam uma vez – que há apenas uma pessoa lá fora a que podemos chamar de "alma gêmea" e que, quando a encontramos, não conseguimos mais ficar longe dela.

Então Janet veio. Então Janet se foi.

E agora pergunto a mim mesmo: será que de fato nos apaixonamos apenas uma vez? Eu me apaixonei, e agora que ela foi embora, fico pensando se ficarei sozinho para sempre. Espero estar errado, que possamos nos apaixonar mais de uma vez, que haja mais de uma pessoa lá fora para nós.

E agora há Gail.

Eu realmente não sei o que fazer. Ontem à noite, depois que voltamos do parquinho, ela passou aqui. Estávamos jantando e puxei uma cadeira para ela. Foi... agradável.

Foi realmente agradável. Ela conversou com Maisie e assistimos juntos a *Charlie e Lola*. Então, chegou a hora de colocar Maisie na cama e ela disse que me esperaria lá embaixo e faria chá.

Disse-lhe que tinha uma papelada para analisar, alguns pedidos haviam chegado e eu precisava dar uma olhada neles. O que era quase verdade, mas não totalmente. Ela pareceu magoada, decepcionada. Senti-me culpado.

Vou conversar com ela na sexta-feira à noite, sem mais atrasos. Não posso almoçar com sua família e Shona no domingo. Quero que tudo esteja resolvido até lá.

Encontrei Eilidh Lawson no parquinho outro dia. Não acredito que ela está de volta. Nunca pensei que ela fosse voltar. É muito provável que ela esteja aqui apenas temporariamente, até resolver as coisas da sua vida, e depois volte para o sul.

Engraçado, quando a vi, esta lembrança voltou à minha cabeça: eu abrindo a porta da casa da minha família e ela parada com uma cesta de maçãs para minha mãe. Flora a havia mandado trazer as maçãs em troca de ovos. Lembro-me do seu cabelo ondulado caindo no rosto como um halo e daqueles olhos azuis surpreendentes. Havia frequentado a escola com ela durante anos, mas foi como se a tivesse visto pela primeira vez. Quando ela me contou que estava se mudando para o sul com a família, fiquei desapontado. Fui pescar todo dia durante duas semanas, assim podia ficar sozinho, sem conversar com ninguém.

Ela não mudou muito, o mesmo cabelo castanho, agora até os ombros, os mesmos olhos lindos. Mas está tão magra, com aparência de quem chorou muito. Sei que ela perdeu um bebê e ficou hospitalizada. Minha mãe me contou há alguns anos que ela estava enfrentando dificuldades, lutando para ter filhos e que seu casamento não ia bem. Parecia impossível que Eilidh não pudesse ter filhos, pois não me lembro de ela desejar mais nada além disso. O assunto até surgiu na escola uma vez. Pediram-nos para escrever uma pequena redação cujo título era "O que quero ser quando crescer". Ela escreveu que queria ter três filhos e trabalhar em uma creche. Escrevi que queria ser pescador – John e eu estávamos em uma fase em que pescávamos o tempo todo.

Maisie gostou dela imediatamente – não parou de falar em Eilidh no caminho para casa e que Eilidh vai levá-la para montar. Eilidh e a irmã costumavam montar bastante na fazenda Ramsay, pois os donos eram primos delas.

De qualquer maneira, não posso pensar nisso agora. Preciso decidir o que falar para Gail.

Porém, Eilidh tinha jeito com Maisie, dava para ver que ela tinha trabalhado com crianças pequenas. Espero não tê-la constrangido ao fazer-lhe muitas perguntas, espero não ter feito perguntas indelicadas. Será que ela e Peggy irão ao pub domingo? Provavelmente as veria lá. Eilidh vai querer colocar a conversa em dia e Shona estará lá, então poderá vê-la também.

Voltando a Gail, preciso falar com ela pessoalmente. Uma carta não seria apropriado. Ah, veja, está começando a chover. Espero que Eilidh não esteja andando de bicicleta. Ela costumava adorar andar de bicicleta, íamos a todo canto de bicicleta quando ela morava aqui.

Acabei de queimar a mão.

Gail está gripada e não foi trabalhar. Não posso ir à sua casa para conversar com ela agora. Vou ter de esperar até domingo, se ela já estiver bem o suficiente.

— Jamie! — Shona gritou do outro lado da rua, acenando. Estava descendo do carro com Fraser e as meninas. Estávamos caminhando até a igreja, Alison, a mais velha, segurando a mão de Maisie, as quatro lindas nas roupas de domingo.

Shona me deu o braço.

— Como vão as coisas?

— Bem, bem, tudo bem.

— Sim?

Ri.

— O que você quer saber?

— Você sabe muito bem... — revelou com um sorriso.

— Vou terminar com ela.

— Bom.

— Bom? Pensei que gostasse dela!

— E gosto, muito. Ela é adorável, e Helena é uma boa amiga, seus pais eram bem amigos dos nossos e blá-blá-blá. Vejo a maneira como você olha para ela.

— E como eu olho para ela?

— Como olha para mim.

Inacreditável. Shona é tão perspicaz e me conhece como à palma da sua mão.

— Oi! — senti uma mão no meu ombro. Gail. Ela ficou na ponta dos pés para me dar um beijo no rosto, elegante de terninho branco e toda maquiada. Senti seu perfume – ela sempre usa muito.

— Oi, Shona, onde estão as meninas? Aqui estão, oi! Oi, Maisie! — falou mais animada que nunca.

Shona e eu nos olhamos. Senti-me enjoado. Odeio, absolutamente odeio deixar as pessoas tristes. Não gosto, mesmo. É horrível.

Sentamo-nos um do lado do outro na igreja. Tive uma conversa agradável com seus pais, sua mãe tocando meu braço com afeição. Senti minha determinação se esvaindo.

Depois da missa, todos andaram até o pub para almoçar e nos sentamos nos sofás vermelhos ao lado da lareira. Eu e Gail, os pais de Gail, Shona e Fraser e as quatro garotinhas. Levantei-me para pegar bebidas para todos.

Estava de pé ao balcão e senti um perfume adorável, algo fresco e adocicado. Eu me virei e ela estava atrás de mim.

Seu cheiro era de frescor, ela cheirava a xampu e maçãs. Bem, talvez o toque de maçãs fosse apenas minha imaginação. Ela tinha o cheiro de Eilidh.

— Olá — meu coração foi parar na garganta e fiquei louco comigo mesmo por isso.

— Oi, Jamie. Shona está aqui? Ah, Shona! Faz tanto tempo! — ela saiu para abraçar minha irmã — E olhe para vocês, meninas, todas crescidas! Gail, olá, vi sua irmã outro dia, é bom vê-la de novo.

Seguiram-se os cumprimentos. Eilidh tinha uma aparência tão revigorada e simples, usando calça jeans e uma camiseta preta que lhe revelava os ombros, o cabelo brilhante, a pele não tão branca quanto a das meninas daqui, mas não escura – meio aveludada, de algum modo. Macia.

Notei que Gail não sorria muito. Pensei que ela talvez ainda não estivesse se sentindo bem.

— Vai se sentar conosco?

— Obrigada, seria ótimo, mas não posso, Peggy e Margaret vão chegar a qualquer momento.

— Então sente-se ao meu lado até elas chegarem — pediu Shona, dando um tapinha no lugar ao lado dela. Elas se sentaram e começaram a conversar enquanto eu trazia as bebidas de duas em duas.

— Vou telefonar para você durante a semana — falou Shona. — Vamos combinar alguma coisa. Talvez você possa ir a Aberdeen, vou levar você para almoçar.

— Ah, Shona, não estou sendo boa companhia esses dias — sussurrou, uma sombra escurecendo-lhe o rosto. Aquele olhar assombrado de novo. Meu coração se compadeceu dela.

— Ah, bem, eu nunca sou uma boa companhia, pergunte ao Fraser! — elas riram — É sério. Seria ótimo.

— Está bem. Está bem, obrigada.

Ela abraçou Shona, despediu-se e desapareceu na sala ao lado para encontrar um lugar e esperar Peggy e Margaret. Observei-a saindo, segui sua figura graciosa com os olhos, sem conseguir desviar o olhar.

Quando olhei ao redor de novo, vi que Gail estava olhando para mim, Shona olhava para nós dois e Fraser, para seu copo, típico de um homem. As garotas debatiam quem era a fada mais bonita em "Tinker Bell e O Segredo das Fadas", um filme que vi tantas vezes que poderia narrá-lo inteiro. Sentei-me com as bochechas vermelhas, e tomei um gole longo e reconfortante do meu copo.

Depois do almoço, todos foram para a casa da minha família, onde meus pais moravam e Shona se hospeda quando vem para cá. Já tinha ido para lá de manhã, para acender a lareira e ligar o aquecimento. Passamos a tarde conversando enquanto as meninas brincavam, até chegar a hora de Shona e sua família voltarem para Aberdeen.

— Cuide-se. Dê notícias — sussurrou ela em meus ouvidos enquanto me abraçava. Observei-a se distanciar, as garotas acenando do banco traseiro do carro.

—Você pode ir em casa? Preciso conversar com você — disse a Gail enquanto trancávamos a porta.

Seus olhos se iluminaram. Ai, meu Deus.

Passamos uma hora dolorosa conversando e tomando chá. Eu não podia falar com ela enquanto Maisie estivesse por lá, é claro.

Por fim, cinco horas; hora de jantar, tomar banho e deitar. Gail insistiu em me ajudar enquanto eu dava banho em Maisie e me sentava na sua cama para ler uma historinha. Quando Maisie finalmente dormiu, voltamos lá para baixo.

— Por que eu não cozinho algo gostoso?

— Gail, precisamos conversar.

Sua expressão ficou abatida. Ela podia ver em meu rosto que havia algo errado.

— O quê? Qual o problema?

— Desculpe, mesmo, mas isso não está... certo. Não posso ter um relacionamento agora. Não posso...

Seus olhos se encheram de lágrimas e ela começou a chorar. Ah, não, ah, não, ah, não.

— Gail, desculpe. Eu não queria magoá-la...

— Como se eu não soubesse! Como se não tivesse percebido! — disse com agressividade pulando do sofá.

— O quê?

— Helena me disse para eu ficar de olho nela. Eu sabia!

Eilidh. Merda. Não queria envolvê-la nisso.

— Do que você está falando?

— Você sabe muito bem! Ela se sentou na nossa frente no pub! De propósito! E você ficou olhando para ela... Ela continua indo à oficina para ver você, Helena a viu subindo a montanha!

O quê?

— Gail, de quem você está falando?

— Como se você não soubesse! Aquela alemã, aquela garota estranha que faz cerâmica. Silke. Eu vi o modo como vocês se olharam outro dia!

Oh, Deus todo poderoso.

— Gail, Silke vai à oficina porque temos negócios juntos. Não tenho interesse em ninguém nem quero ninguém, por mim e por Maisie. Por favor, Gail, tente entender...

— Bobagem. Maisie e eu nos damos muito bem. Tem de haver outra pessoa.

— Não há ninguém. Mas você está certa, não é só por causa de Maisie. É verdade que não quero um relacionamento. Mas também é verdade que não estou apaixonado por você.

Mais lamentos e choro. Senti um nó no estômago, me sentia tão mal que só queria que ela parasse de chorar.

— Venha... aqui, aqui...

— Não me toque!

— Gail, por favor, acalme-se. Está tudo bem... tudo bem... — acariciei seu cabelo.

Ela relaxou em meus braços e a segurei, como uma menininha. Por um segundo, um breve segundo, senti como se tivesse sido muito mais fácil continuar a segurá-la e beijá-la, e talvez esse frio, paralisante e terrível que sentia nos ossos havia anos, desaparecesse.

Mas eu precisava fazer isso.

— Gail, você precisa ir para casa. Desculpe. Você vai ficar bem, acredite.

Ela me olhou, um olhar demorado e triste. Ela não sentia mais raiva.

— Talvez não seja algo que importe o que vou dizer, mas estou apaixonada por você — revelou, e a jovem garota de repente pareceu uma mulher, uma mulher que sabe o que pensa.

— Desculpe.

Sem outra palavra, ela partiu. Fiquei sentado na poltrona ao lado da lareira com um copo de uísque na mão – depois outro, e mais outro, coisa que acontecia cada vez com mais frequência. Pensei em um poema que havia lido uma vez que chamava o uísque de "o sorridente com uma faca".

Não consigo parar de beber sozinho à noite, não sei a que mais recorrer.

Não consigo parar de beber.

Fiquei sentado até tarde olhando as chamas.

9

Escute meu coração

Elizabeth

Ouço com atenção o que Jamie diz quando ele não fala. Ouço suas palavras não ditas, ouço seu coração chamando, chamando.

Sei que se as coisas não mudarem, se ele não pegar um desvio nesse caminho que escolheu, ou em que talvez tenha sido jogado, algo terrível vai lhe acontecer.

Vejo-o das chamas, vejo-o da escuridão do lado de fora da sua janela, enquanto enche o copo mais uma vez, outra e mais outra.

Maisie dorme lá em cima, tranquila e serena. Toco sua testa, sento-me em sua cama, observo-a enquanto Jamie está sentado lá embaixo, bebendo até esvaziar a garrafa.

Eles não me viram hoje, sentada entre eles no pub. A maneira como ele olhou para Eilidh, como seu rosto se iluminou quando a viu. Sinto tanta pena de Gail, pobre garota, ela está muito apaixonada por ele ou talvez até o ame, não sei. Eu a vi olhando para Silke, como ela estava errada!

Há muitos segredos em um vilarejo como Glen Avich e, sendo um fantasma, posso revelar vários deles. Silke tem saído com Fiona, a prima de Jamie de Innerleithen, mas não conta a ninguém. Silke não se importa com o que as pessoas dizem, mas Fiona fica horrorizada de pensar em revelar que está apaixonada por outra mulher.

É estranho como as pessoas parecem querer decidir o que é errado e certo para os outros. Agora que estou morta, olho para trás e percebo como a vida é breve... Não faz sentido viver uma mentira porque, quando morrermos, e isso sempre acontece mais cedo do que pensamos, nossa única chance de amar vai embora.

Silke definitivamente não é a mulher com quem Gail deve se preocupar. Bem, ela não precisa se preocupar com nada agora porque Jamie fez a coisa certa. Estou aliviada, pois seria muito triste ela passar o resto da vida com alguém que não está apaixonado por ela, embora não consiga enxergar isso agora. E eu teria odiado ver Jamie continuar vivendo no desespero, como tem feito nos últimos anos. Ambos merecem mais que isso.

Quanto mais os observo, mais ouço seu coração, mais penso que Eilidh e Jamie podem salvar um ao outro. Mas sei que eles precisam de ajuda para se encontrar. Ambos estão muito machucados, muito ensimesmados para assumir o risco e saltar rumo ao desconhecido.

Há muitas, muitas maneiras de ajudá-los.

Quando vi Eilidh olhando para o parquinho, tornei-me uma rajada de vento e sussurrei no ouvido de Maisie.

— Arco-íris — eu disse, e ela pensou em uma de suas brincadeiras favoritas, fingindo montar em seu pônei imaginário. Eu sabia que Eilidh se lembraria do quanto amava montar e pensaria nos Ramsays e como costumava ir à fazenda. Talvez com um pouco de sorte, iria supor que Maisie também pudesse gostar.

Deu certo.

Então está combinado agora, Eilidh e Maisie vão montar a cavalo.

Há algo mais que pretendo fazer. Mas é mais que uma travessura e minha consciência está incomodada. Envolve o sofrimento de uma pessoa, não muito, só um pouquinho de dor física e então ela ficará ótima, mas mesmo assim... Não quero mesmo fazer isso, mas preciso. É apenas um tornozelo. Oh, meu Deus, não acredito no que estou prestes a fazer. Aqui estou, cuidei da primeira Mary, agora preciso dar conta da segunda.

Lá vamos nós...

10

Providência

Eilidh

Estávamos à porta e eu ajudava Maisie a tirar o casaco e o lenço, quando o telefone tocou e Jamie foi atendê-lo.

— Mary? Oi. Ah. Ah, tadinha. Ah, não. Entendo. Três meses? Sério? Não, não se preocupe. Ficaremos bem. E quanto a você? Precisa de alguma coisa? Fiona vai ficar com você, isso é bom. Ela já está aí, você precisa de ajuda hoje à noite? Então tudo bem. Vou levar Maisie para visitá-la assim que você melhorar. Ligue se precisar de alguma coisa. Até mais.

Jamie suspirou enquanto colocava o fone no gancho e esfregou os olhos exaustivamente.

— Mer... Mercúrio — murmurou para si mesmo, lembrando que Maisie estava por perto.

Fiquei parada na entrada sem jeito, sem saber se tinha sido convidada a tirar o casaco e entrar um pouco.

— Eilidh, entre, venha e se sente. Desculpe, é só um problema que tenho de resolver — ele acrescentou, fazendo um gesto para o telefone.

Ele se virou para Maisie e sorriu. — Querida, você está coberta da lama, venha se lavar — ele pegou Maisie pela mão e a levou ao banheiro.

— Gostou do passeio? — ouvi Jamie perguntando a ela.

— Muito! Montei em um pônei! Fiquei alta e andei bem depressa. Usei botas grandes e um capacete e Eilidh disse que eu estava bonita. Posso voltar amanhã?

Sorri para mim mesma.

— Você precisa pedir a Eilidh, talvez ela a leve de novo.

— Eilidh! — Maisie saiu correndo — Você pode me levar outra vez?

— Não quis dizer para você perguntar agora! — interveio Jamie.

— Eu adoraria — falei, e estava sendo sincera. Foi uma tarde mágica. Eu não montava havia tanto tempo, foi maravilhoso subir em um cavalo de novo, e mais maravilhoso ainda ver a pequena Maisie adorando aquilo. Ela foi uma verdadeira estrela, tinha um talento nato, com a brisa em seus cabelos dourados enquanto era levada suavemente por Sherazade, uma égua dócil que eles costumavam disponibilizar a crianças e novatos.

— Você não precisa fazer isso, posso levá-la — rebateu Jamie.

Fiquei sem graça.

— Claro. Se você prefere.

— Não quero pressioná-la, você deve estar ocupada — disse desviando o olhar.

O que queria dizer: "Não se aproxime tanto de nós". Fiquei chateada.

— Gostaria de uma xícara de chá? Eu ia preparar o jantar da Maisie.

— Não precisa, vou deixar vocês jantarem.

— Não, não mesmo, não há pressa. Desculpe, não quis dizer isso.

Ele parecia verdadeiramente sem graça, mas eu não estava ofendida. Eu não ia me convidar para jantar.

— Está bem, então, um chá rápido e irei embora.

— Maisie, 'maca' com queijo para o jantar?

— Sim! 'Maca' com queijo! Você gosta, Eilidh?

— Adoro 'maca' com queijo — ri e olhei para Jamie.

— É mais rápido que dizer 'macarrão' — explicou.

Jamie se ocupou da cozinha enquanto eu fiquei sentada no sofá. Maisie queria me mostrar sua coleção de Pequenos Pôneis.

— Olha, você precisa pentear a crina para deixar macia. Como a nossa — ela disse, enquanto passava os dedos nos meus cabelos.

Durante toda a tarde, ela segurara minha mão, se sentara bem pertinho de mim e me fizera alguns carinhos. Todas as vezes senti uma ternura, uma alegria que não experimentava havia muito, muito tempo. Este é um dos vários aspectos da maternidade que quero... *queria* experimentar: a proximidade física e o contentamento que a acompanha. Mas tudo isso ficou para trás.

— Então você pode colocá-los na cama — continuou Maisie — não, espere, primeiro você precisa escovar os dentes deles. Pegue, você fica com a rosa. Escove os dentes dela.

Segui obedientemente e fingi escovar.

— Agora estamos prontos. Boa noite! — falou, enquanto deitava os pôneis um do lado do outro no sofá.

— Aqui está seu chá — disse Jamie enquanto me entregava uma xícara quente. Ele se sentou na poltrona à nossa frente. Eu percebi que havia algo em sua mente e pensei que era relacionado ao telefonema que eu havia escutado. Não consegui me decidir se perguntava a ele ou não. Então notei uma marca vermelha e inflamada em sua mão.

— Jamie! O que aconteceu com sua mão?

— Ah, isso, nada. Só uma pequena queimadura, um ferimento comum no meu trabalho. Nada comparado com o que aconteceu com a Mary, aliás. A coitada quebrou o tornozelo. Não vai poder cuidar de Maisie até pelo menos o Natal.

— Tadinha! Ela está no hospital? — indaguei.

— Esteve, mas já está em casa agora. Fiona vem de Innerleithen para cuidar dela.

— Posso colocar minha roupa de enfermeira e ir lá fazer um curativo na perna dela — revelou Maisie. Segurei um sorriso.

— Isso seria muito útil, Maisie, obrigado, mas o médico já fez isso. Você pode fazer um cartão para ela — sugeriu Jamie.

— Vou fazer um cartão com selinhos e purpurina. Assim ela vai se sentir melhor — afirmou Maisie com seriedade, e então correu para o andar de cima.

— Selinhos e purpurina! Isso vai fazê-la se sentir muito melhor — ri — Como vocês vão se virar? Quanto tempo você pode tirar de folga?

— Uma semana, no máximo. Depois disso vou precisar encontrar outra pessoa. Mary ficará fora de combate por três meses, é uma fratura feia. Provavelmente uma das outras mães na escola... ela tem uma melhor amiga, seu nome é Keira, talvez sua mãe... — ele suspirou — Não quero que ela fique com qualquer um, você sabe... Confio na mãe de Keira, é claro, mas...

— Mas três meses é muito tempo. Entendo.

— Eles não a conhecem bem. E se eles fizerem isso como um favor, será meio incômodo ter uma criança a mais em casa por três horas toda tarde. E se então ela não se sentir bem-vinda? — ele riu — Eu sei, não deveria ser tão ansioso em relação às coisas. Sei que estou fazendo um estardalhaço.

— Nem um pouco, você é apenas protetor. Eu também seria, se ela fosse minha... — interrompi abruptamente.

Minha filha, terminei a frase mentalmente.

Minha filha.

Qual seria o sexo do bebê que perdi? Um menininho ou uma menininha?

Nunca vou ter uma filha. A velha e conhecida pontada de pesar.

— Você é apenas protetor — recuperei-me com rapidez.

— Acho que sim. Tenho certeza de que dará tudo certo.

— E a mãe de Gail? Ela é aposentada, não é?

Ele desviou o olhar.

— Não acho que seja boa ideia. Sabe, eu e Gail... estávamos saindo juntos. Mais ou menos. Mas não estava dando certo. Então falei com ela. Não sou a pessoa mais adorada pelos Ritchie neste momento.

— Que pena.

— Sim, tudo bem.

Um silêncio embaraçoso. Procurei desesperadamente por algo não comprometedor para dizer.

Não consegui pensar em nada.

— De todo modo, é melhor eu ir embora. Vou deixar vocês — e fiquei de pé em um pulo.

— Obrigado por levar Maisie para cavalgar. Ela adorou. Maisie! — chamou em direção às escadas — Eilidh está indo embora!

— Nãããããão! Eilidh, não vá! — Maisie desceu as escadas correndo. Ela tinha purpurina azul e prateada nos dedos e um pouco na bochecha esquerda.

— Coma um pouco de maca com queijo comigo! Pai, ela pode ficar para o jantar? Eilidh, você janta aqui? Podemos tomar iogurte depois e brincar de pôneis enquanto eu tomo banho!

— Eu adoraria, querida, mas preciso ir. Outro dia?

— Logo?

— Logo, reafirmei — ela me deu um abraço e espalhou purpurina no meu casaco.

— Tenho certeza de que vai dar certo, mantenha-me informada — falei para Jamie, e saí rumo ao ar frio da noite.

Quando cheguei à rua, virei-me e vi Maisie e Jamie acenando da janela, a outra mão de Jamie descansando no ombro da filha.

Durante o jantar, perguntei a Peggy sobre a mãe de Maisie.

— Sim, sim, é muito triste. Seu nome era Janet. Bem, seu nome *é* Janet, ela não está morta, só foi embora. Mora em Londres. Veio aqui em férias e você sabe como são essas coisas... Ficou dois anos, então foi embora sem Maisie. Aquela pobre menininha, sua mãe a deixou daquele modo. Jamie é tão bom com ela, não é? E agora que Elizabeth se foi, ela só tem ele.

Senti o ar sair dos pulmões como se levasse um golpe. A mãe de Maisie a havia deixado. *Deixado.* Aquela mulher teve uma filha, uma filha maravilhosa, e a abandonou e foi embora.

Como ela pôde? Como ela *pôde?*

Senti as mãos tremerem.

Ela havia sido abençoada. Teve uma filha. E a jogou fora.

Não consegui mais comer.

— Querida, Eilidh, não fique chateada com isso agora, foi melhor isso ter acontecido, Maisie é uma menininha alegre, eles cuidam muito bem dela.

Mas eu tinha lágrimas nos olhos de novo e eram de raiva.

Ela teve uma filha e a deixara, e eu nem ao menos tive essa chance.

Mais tarde, sentei-me de pernas cruzadas na cama e mandei um e-mail para Harry do meu laptop.

De: eilidhlawson@hotmail.co.uk
Para: harrydouglasdesign@live.co.uk

Oi, essa noite fiquei toda sentimental, que boba que sou. Mais uma daquelas noites. Peggy fez carne moída e purê de batatas para o jantar depois que andei a cavalo – sabe o que é isso? Carne moída e purê de batatas, quero dizer, não andar a cavalo. É um prato gostoso e quente, mas realmente senti como se tivesse comendo comida chinesa com você e Douglas e assistindo a um filme com Jennifer Aniston, você sabe, um daqueles. E bebendo Bailey's. como nos velhos tempos. Sinto saudade de vocês. Tive um dia maravilhoso hoje, a garotinha de quem lhe falei é adorável, me lembra as gêmeas, as coisas que diz. É realmente engraçada e doce. Pobre Maisie, ela vai ter de pular de um lugar a outro pelos próximos três meses, a moça que cuida dela quebrou a perna, então estou pensando em cuidar dela, estou livre às tardes. Apenas para ajudar. Provavelmente é uma ideia boba. Certo. Vou ler um livro agora. Esta casa é muito silenciosa à noite. Tchau, rapazes.

Eilidh

Mal havia apertado o botão de enviar quando o computador tocou um bip.

De: harrydouglasdesign@live.co.uk
Para: eilidhlawson@hotmail.co.uk

Oi, querida! Está aí? Dê um minuto para a gente ler seu e-mail.

Bj

De: eilidhlawson@hotmail.co.uk
Para: harrydouglasdesign@live.co.uk

Estou aqui! Pijama, garrafa de água quente, minha leitura e tudo mais. Leiam, conversem e respondam quando puderem, rapazes. E.

Depois de alguns minutos saboreando chocolate quente em uma xícara com o desenho do monstro do lago Ness, o computador soou novamente.

De: harrydouglasdesign@live.co.uk
Para: eilidhlawson@hotmail.co.uk

Não achamos bobagem de jeito nenhum, vá em frente, você sente falta de trabalhar com crianças e é ótima com elas. Não dá para mantê-las distante para sempre, seria como tentar livrar-se delas com a água do banho, não é um jeito muito delicado de colocar a situação, mas você sabe o que queremos dizer. Essa pequena... ou devemos dizer pequenina! Essa pequenina parece legal, aposto que ela lhe fará bem. Também lhe fará bem manter-se ocupada. Também sentimos saudade de você. Queríamos que estivesse aqui. Você nos deixou com vontade de comer comida chinesa. Comeremos yakissoba e pensaremos em você. Apostamos que não há um restaurante chinês em quilômetros de distância de onde você foi parar. Você provavelmente terá de ir à caça de um. Ha, ha.

P.S. Que bom que você tem uma garrafa térmica com água quente. Que tal um xale escocês? H&D

De: eilidhlawson@hotmail.co.uk
Para: harrydouglasdesign@live.co.uk

Vocês provavelmente estão certos. Vou perguntar ao pai dela amanhã. Amo vocês. Muitos bjs.

P.S. Muito engraçada a história do xale escocês. As coisas mudaram desde "Coração Valente", sabiam? Aliás, há um restaurante chinês que entrega em casa em Glen Avich, acreditem ou não. É que eles estão de férias. Bobinhos! ☺

De: harrydouglasdesign@live.co.uk
Para: eilidhlawson@hotmail.co.uk

Agora estamos pensando em Mel Gibson enrolado em um xale escocês. Legal. Obrigado, Eilidh. ☺

Estava sorrindo quando desliguei o laptop e me deitei com meu livro.
Pensei em Janet.
Então notei um pouco de purpurina azul e prateada caindo do meu cabelo, brilhando entre as páginas como estrelas no céu da noite.

11

Meios e fins

Elizabeth

Mal posso acreditar. Sou responsável por alguém ter quebrado um osso.

Nem sempre nós, fantasmas, conseguimos fazer esse tipo de coisa. Desejei tornar-me o mais sólida possível e a empurrei, garantindo que ela cairia sobre o tornozelo esquerdo. Ela machucou o mesmo tornozelo anos atrás, quando era criança, então eu sabia que isso a poria fora de combate por um tempinho. Senti-me péssima por ter feito isso.

Então, mais uma vez, se as coisas transcorrerem como devem, valeu a pena.

Estou exausta agora; o esforço de me tornar sólida foi arrasador. Sinto-me cada vez mais frágil. Preciso descansar um pouco, vou descer até o lago e me perder na água e na névoa. O próximo movimento cabe a Jamie e Eilidh.

Jamie

Eu não sabia o que fazer. Tinha quinze encomendas para cuidar, sem falar do comércio local, e Silke estava me pressionando para ajudá-la com a loja e a exposição. Mal podia tirar um dia de folga, quanto mais três meses. Não havia como levar Maisie para a oficina comigo; é um local perigoso para uma criança, com ferro fundido, objetos afiados e materiais escaldantes em toda parte. Maisie lá por três horas, mal supervisionada enquanto eu trabalhava... Não, não podia nem sequer pensar nisso.

Eu precisava pensar em algumas coisas durante uns dias antes de começar a perguntar por aí. O melhor modo provavelmente seria perguntar à mãe de Keira primeiro, então talvez à de Rachel. Sei que elas concordariam, mas odeio a ideia de Maisie ser passada de lá para cá dessa maneira. Talvez o melhor seja procurar uma babá, alguém em quem confiar nesse tipo de situação.

Mais uma vez, pensei que era uma pena Shona não morar aqui. Telefonei na noite anterior e ela sugeriu que eu pedisse a Eilidh, mas não conseguiria fazer isso. Sim, Eilidh trabalhava apenas de manhã e foi ótima com Maisie, mas ela havia voltado fazia pouco e estava tão ocupada, com tanta coisa para resolver.

Eu fiquei realmente surpreso quando Shona sugeriu Eilidh; isso não tinha nem mesmo passado pela minha cabeça. Talvez as mães lidem melhor com essas coisas.

Acho que tudo isso deveria ter me feito sentir mais falta de Janet, mas não senti, de verdade. Ela costumava fazer tudo que podia para *não* ficar com Maisie, teria pedido ao maldito carteiro para levá-la com ele em suas rondas para que ela pudesse pintar. Ela não teria ajudado em nada. Minha mãe seria a pessoa indicada para pedir, mas, obviamente, ela já estaria cuidando de Maisie; amava ficar com ela.

Então lá estava eu, levando Maisie à escola. Não fazia sentido pegar o carro, a escola ficava a apenas cinco minutos de distância e estacionar ali era impossível. Era uma manhã chuvosa e escura de novembro, e Maisie usava a capa de chuva cor-de-rosa combinando com o chapéu à prova d'água e luvas rosa com pontinhos brancos. Ela parecia uma florzinha, toda rosa em contraste com o cenário escuro do céu chuvoso e cinza.

Naquela manhã, assim que contei que estava chovendo, ela começou a pular para cima e para baixo.

— Papai! Posso levar meu novo guarda-chuva do *Charlie e Lola*!

A visão de um dia chuvoso por uma garotinha.

O sinal estava tocando. Observei-a correr para Keira e seus amigos, todos fechando os guarda-chuvas um por um como balões estourando, enquanto subiam os degraus para o prédio da escola, conduzidos pelos professores.

Precisava correr, tinha apenas cinco horas para trabalhar antes de buscá-la.

Um pensamento invadiu minha cabeça: ir até Eilidh e pedir ajuda a ela. Não valia a pena hesitar; antes que eu notasse a semana já haveria acabado e eu estaria imobilizado. Por outro lado, eu não podia pressioná-la. Quero dizer, quem era eu para pedir que cuidasse da minha filha toda tarde por três meses?

Eu estava ficando ensopado. Comecei a andar para a oficina, ombros curvados por causa do frio e da umidade. Eu pensaria nisso lá.

Eilidh

Eu tinha mudado de ideia.

De qualquer maneira, Jamie provavelmente diria não. Também, e se eles confiassem em mim? Eu não poderia ficar aqui eternamente. Era apenas temporário, até que eu começasse a me sentir um pouquinho menos hesitante e vulnerável. Então eu voltaria a Southport. Não havia nada para mim lá, mas eu não podia trabalhar na loja para sempre nem continuar morando com Peggy.

Apesar de ela parecer adorar o fato de eu estar por perto – eu via que ela se sentia solitária antes de eu chegar, não gostava de morar sozinha. Além disso, quanto mais eu trabalhava na loja, mais percebia que havia muito trabalho pesado para uma mulher de sessenta e sete anos, mesmo com Jim ajudando esporadicamente. Mas ainda assim – essa não era minha vida, quero dizer, não minha vida *real*. Eu só queria ficar lá até o Natal, talvez um pouco mais.

Por outro lado, seria tempo suficiente para ver Jamie e Maisie até Mary melhorar. E Maisie era uma estrelinha, teria sido tão bom buscá-la na escola e passar o resto da tarde com ela. Um pouco como nos velhos tempos, quando eu trabalhava em uma creche, cercada o dia todo de crianças.

Eu não parava de falar comigo mesma sobre isso, estava ficando exausta. Decidi pensar sobre isso tomando uma xícara de chá e comendo um *tablet*[3], a combinação perfeita. Tenho comido muito *tablet* nas últimas semanas. Minha calça jeans está um pouco mais apertada na cintura e meu rosto perdeu um pouco do aspecto cadavérico. Até meu cabelo parece um pouco mais brilhante. Estava comendo mais e dormindo à noite, parecia chorar bem menos e me sentia muito mais forte. Forte o bastante para procurar um emprego de tempo integral, para manter minhas manhãs e tardes ocupadas.

Sabia que Peggy não desistiria de seu turno vespertino na loja, pois ela gostava de ver as pessoas e conversar. Talvez fosse hora de procurar algum tipo de emprego de meio período em Kinnear.

Ou talvez fosse hora de perguntar a Jamie se ele precisava de uma babá por um tempo.

Se eu encontrasse coragem.

Maisie

— Bom trabalho, pessoal. Deixem-me ver... — disse a Sra. Hill sentada na cadeira na área acarpetada, com os meninos e meninas do primeiro ano a seus pés vestindo o uniforme azul-marinho e cinza.

Ela tinha uma pilha de folhas no joelho, todas com o título "Notícias de Hoje" escrito com sua letra de mão linda e caprichada.

— Este é um belo desenho, David. Bem limpo, muito bem. Você gostaria de mostrar para todo mundo?

As crianças abriram espaço para David dar alguns passos sobre um emaranhado de mãozinhas e pezinhos, até ficar de pé ao lado da Sra. Hill. Ele levantou a folha.

— Conte-nos o que é isso, David.

---

[3] Doce escocês tradicional, feito com açúcar, manteiga e leite condensado e cortado em tabletes, similar ao nosso doce de leite de corte. (N. T.)

— É o novo carro do meu pai. É verde. Eu e minha irmã fomos dar um passeio, mas ela é muito pequena e não acordou — as bochechas de David eram de um vermelho vivo, o cabelo em pé e metade da camiseta para fora da calça.

— É uma ótima história, David. E veja que letra adorável. O que diz aí?

— Meu. Pai. Comprou. Um. Carro. Novo — explicou apontando orgulhoso para o garrancho ininteligível e com a aparência de um rabisco encontrado em runas.

— Muito bem, ótimo trabalho, não é, crianças? — falou a Sra. Hill enquanto passava a folha para a assistente, que o pregou no mural da classe. David se sentou, todo contente consigo mesmo.

— Quem mais, deixe-me ver... Maisie. Conte-nos sobre seu desenho — pediu a professora, estendendo-lhe a folha.

Maisie se levantou confiante na sua jardineira azul-marinho, camisa branca e meias-calças azul-marinho, o cabelo loiro bem arrumado com duas fivelas, uma de cada lado do rosto. Ela segurou a folha de modo que todos vissem.

— Isso é um cavalo. Não um imaginário, um cavalo de verdade. Seu nome é Sherazade. Fui montar ontem e coloquei botas e capacete. E esta é tia Mary, ela está com a perna machucada. Não pode tomar conta de mim. Eilidh vai cuidar de mim e brincar com meus pequenos pôneis.

— Muito bem, Maisie, e que cavalo adorável. O que diz sua história?

— Diz: 'Eilidh gosta de maca com queijo'. E aqui diz: 'Maisie'.

A Sra. Hill reprimiu um sorriso.

— Aqui está Sra. McHard, acho que esse deve sem dúvida ir para o mural.

Elizabeth

Ah, pelo amor de Deus, vocês dois precisam tomar uma decisão!

Está chovendo hoje. Adoro ser água, chuva e lago, tudo misturado. É tão cheio de paz.

Eilidh não achou nada ainda. Ela vestiu um casaco de manhã. O casaco preto que usava quando levou Maisie para montar ainda está pendurado na entrada, intocado. Quando usá-lo outra vez, vai encontrar e com sorte devolvê-lo.

E essa é a última coisa que farei durante um tempo. É melhor que eles resolvam sozinhos; não posso continuar por aí empurrando as pessoas escada abaixo! Agora é com eles.

Jamie

Tinha uma criança consternada comigo. Um de seus pôneis sumiu, seu favorito, o cor-de-rosa. Ela procurou os pôneis assim que chegamos em casa porque disse que eles precisavam tomar lanche e fazer a lição de casa. O lilás estava no criado-mudo ao lado da sua cama, mas o rosa tinha desaparecido.

Agora ela está sentada em frente à TV, os olhos inchados de chorar, agarrada a Bog, seu dinossaurozinho vermelho. Ela nem mesmo tocou sua torrada com geleia. Tentei-a com drágeas de chocolate, o branco que ela ama, mas sem sucesso.

Prometi a ela que iríamos a Kinnear no fim de semana para comprar um novo conjunto inteiro, mas ela disse que não adiantava, que aquele Pônei Rosa estava sozinho em algum lugar, perdido e sem jantar. Ela estava inconsolável.

Eilidh

Estava escovando meu casaco, tentando tirar o pelo de cavalo e a lama seca dele – em primeiro lugar, o que passou pela minha cabeça para eu vesti-lo em uma montaria? – quando senti algo em um dos bolsos.

Um dos pôneis de Maisie.

Imediatamente percebi a gravidade da situação. Maisie dormia com os pôneis. Ela me contara que não conseguia dormir sem eles. Precisava devolvê-lo logo. Lembro que uma vez, quando Jack tinha cerca de três anos, esqueceu seu ursinho na casa de minha mãe. Katrina dissera que ele se recusou completamente a ir para a cama e eles tiveram de montar uma cama improvisada para ele no chão da sala.

Coloquei um casaco e saí para a casa dos McAnena. Jamie abriu a porta.

— Achei isto no meu bolso — falei, estendendo o pônei para ele. — Desculpe, eu não quis roubá-lo! Juro que foi um acidente! — disse sorrindo, parada na soleira da porta.

Uma cabecinha loura apareceu atrás dele. Quando ela viu o pônei, o rosto de Maisie se iluminou, e, antes que percebêssemos, ela saiu correndo de trás de Jamie e pulou nos meus braços. Ela me apertou forte, pressionando o rostinho em minha barriga, os braços em volta da minha cintura.

— Graças a Deus. Foi terrível — falou Jamie sem um pingo de sarcasmo.

E de repente aquilo apenas saiu, antes que eu pudesse começar a pensar, deter a mim mesma e ir embora.

— Jamie. Estava aqui pensando se eu poderia olhar Maisie para você.

12

Esse lado da realidade

Eilidh

Minha primeira aparição no portão da escola para buscar Maisie foi praticamente um evento. A mãe de Keira veio até mim com um sorriso enorme e completamente insincero e um brilho de curiosidade nos olhos. Não a conhecia, ela estava no vilarejo havia poucos anos. Antipatizei com ela de cara.

— Entãããããooo... você é a nova babá de Maisie — falou, olhando-me de cima a baixo. De repente me senti um tanto desgrenhada, com meu casaco azul-claro, calça jeans e tênis, o cabelo solto em volta dos ombros bagunçado pelo vento. Ela estava imaculada, o cabelo loiro – falso, achei, e depois fiquei chocada com minha própria maldade – em cachos perfeitos feitos com secador, um cardigã rosa claro estiloso, botas de salto alto e unhas benfeitas segurando as chaves do carro.

— Temporariamente, sim. Sou Eilidh — respondi, oferecendo-lhe a mão.

Ela deu um aperto frouxo e rápido.

— Sharon diz que você e Jamie são amigos de infância — falou sondando.

— Sim, frequentamos a escola juntos.

— E você voltou depois de se divorciar — acrescentou com um olhar exagerado de compaixão.

— Bem, ainda não estou divorciada, apenas separada.

— Que sorte a sua — continuou. — Na verdade, Jamie bem podia ter pedido a mim. Não teria sido um problema ajudar a pobre Maisie...

Pobre?

— Sim, bem, agora não precisa — interrompi-a e saí. Deus do céu. Já tinha ouvido falar na chamada "máfia das mães", mas obviamente nunca a havia enfrentado pessoalmente. Bem, essa foi uma boa introdução.

— Oi! — disse uma voz confiante atrás de mim. Virei-me e dei de cara com uma mulher sorridente de cerca de quarenta anos, segurando uma criancinha de cabelo castanho nos braços — Sou Ruth. Você só pode ser a Eilidh.

Assenti com a cabeça. Incomodada com o encontro com a mãe de Keira, eu não ia abrir espaço para mais nada.

— Prazer em conhecê-la. Helena me contou sobre você. Sou a mãe de Ben. E este é Jack — falou, passando o menininho que fazia tudo para se soltar de um braço para o outro.

— Precisamos sair juntas qualquer dia. Quem sabe você possa passar em casa um dia?

— Eu adoraria. Seria ótimo.

— Saímos juntas com frequência, nos reunimos em encontros de mães quando as crianças estão conosco, tomamos uma xícara de chá e conversamos – e desabafamos!

Encontros de mães. E eu seria uma delas? Estranho. Um pouco do mundo que eu sempre olhei do lado de fora, mas nunca recebi permissão para entrar...

— Maisie quase nunca vai, você sabe, Mary é uma senhora idosa, prefere cuidar dela sozinha... É uma oportunidade para Maisie brincar com Ben e as outras crianças... Aí estão eles! — falou enquanto as crianças vinham correndo — Vou lhe dar meu celular... até mais! — e saiu, afastando-se com um último aceno, um menino de cada lado, segurando as mãos dela. Bem, Ruth acabara de me reconciliar com o mundo das mães do portão da escola.

Observei os meninos e meninas correrem escada abaixo, embriagados pela liberdade e a energia reprimida, até que vi uma cabecinha loira subindo e descendo.

— Eilidh! — Maisie correu até mim e me fez um afago. Acenei para sua professora que observava dos degraus, verificando que buscassem cada criança em segurança.

— Oi, querida, como foi seu dia na escola? Venha enquanto conheço sua professora.

Andei até ela, uma mulher com aparência bondosa, cabelos acinzentados e óculos.

— Sou Eilidh. O pai de Maisie deve ter lhe falado sobre mim — disse, estendendo a mão.

— Sim, olá, sou a Sra. Hill, professora de Maisie. O pai dela me falou que você vinha buscá-la durante algumas semanas. Como vai Mary?

— Vai bem, vai levar um tempo, creio.

— Estou muito contente que eles tenham encontrado você, então. Maisie estava tão animada hoje, não é, querida?

— Sim! Eilidh tem uma loja!

— Bem, não exatamente... — comecei.

— E hoje vou poder trabalhar lá! — acrescentou Maisie.

— Bem, não trabalhar, apenas ficar sentada e fazer a lição de casa — expliquei rapidamente. Deus. Eles vão achar que vou colocá-la para trabalhar. Trabalho infantil ou algo do gênero.

Porém, a Sra. Hill riu.

— Você vai ajudar muito Eilidh, tenho certeza! Até amanhã!

Um coro de despedida se seguiu até ficarmos sozinhas nos degraus.

— Como foi seu dia, querida?

— Bom! Estamos criando sapos. Mas eles parecem vírgulas. Um monte de vírgulas nadando. Mas então eles têm um ciclo de vida e se tornam sapos. Como as borboletas. Estamos indo para sua loja? — ela ficou pulando para cima e para baixo, animada.

— Sim, vamos tomar um lanche, depois você vai fazer a lição de casa e vamos andando até sua casa, onde esperaremos seu papai. Que tal?

— Posso ajudar você na loja? — perguntou animada.

Sorri. Eu costumava adorar ajudar na loja quando era pequena, isso me fazia sentir adulta e responsável. Ver Maisie tão entusiasmada era como se uma lembrança da minha infância se tornasse viva.

— É claro. Peggy vai ficar grata pela ajuda — disse seriamente.

Ela concordou com a cabeça, séria. Demo-nos as mãos e andamos em uma camaradagem silenciosa, o vento brincando com nossos cabelos, o céu já um pouco escuro, embora ainda fosse início da tarde. O inverno se aproximava.

— Olá! — gritei quando entramos na loja.

— Oi, meninas! — respondeu Peggy de trás do balcão, seus olhos azuis-claros sorrindo ao nos ver.

— Posso ajudar? Posso usar um avental?

Rimos.

— É claro que pode, querida, tome um lanche e Eilidh vai arrumar um avental especialmente para você. Eilidh, é como ver você por aqui de novo! — contou, um olhar melancólico passando rapidamente por seu rosto como a sombra de uma nuvem no urzal.

— Acho que você pode fazer a lição mais tarde na sua casa — suspirei. Eu estava em desvantagem.

Ela engoliu o sanduíche de geleia com a velocidade da luz, mastigando pedaços grandes para ir ajudar Peggy.

— Um avental! Um avental para mim! — exclamou feliz enquanto eu amarrava o avental em suas costas. Era um pouco comprido e largo demais para ela, mas não ficou ruim. Ela estava tão bonita, o cabelo preso para trás com um elástico branco, as perninhas vestidas de meias-calças cinza saindo do avental vinho, os olhos cinza brilhando de alegria.

— Estou pronta! — declarou, saindo em direção à loja.

— Muito bem! — falou Peggy — Sua primeira tarefa é limpar esta prateleira — revelou estendendo-lhe um pano. — Veja. Afaste as caixas, depois limpe embaixo e coloque-as de volta, todas enfileiradas direitinho.

A cabeça das duas se inclinavam ao mesmo tempo sobre as caixas de cereais, uma loira e outra cinza, enquanto Peggy se agachava para mostrar a Maisie como fazer. Eu me via anos antes, debruçada sobre aquela mesma prateleira, limpando latas e caixas.

O sino soou uma, duas vezes. A porta abriu e uma jovem entrou, trazendo com ela uma rajada de vento frio.

Havia algo exótico nela que me fez dar uma segunda olhada. Ela tinha o cabelo curto e preto, cortado atrás e mais comprido na frente, com mexas azuis intensas, uma jaqueta multicolorida que parecia tecida à mão e uma minissaia mais comprida, com as pernas finas vestidas de meias-calças cor-de-rosa vivo. Já tinha visto essa moça em algum lugar. Então me lembrei: já a havia conhecido no pub.

— Oi, Peggy, oi — acrescentou com um sorriso em direção a Maisie. Sua voz tinha um cantado estrangeiro.

— Ah, oi, como vai, Silke? — perguntou Peggy ao ficar de pé — Faz tempo que não a vejo.

— Muito bem, obrigada. Tem sido uma loucura, com a inauguração da galeria e tudo mais — seu inglês era perfeito, com apenas um leve sotaque alemão por trás das entonações escocesas.

— Esta é minha sobrinha, Eilidh, não tenho certeza se vocês se conheceram...

— Não formalmente — avisou, e estendeu a mão para mim com um enorme e amigável sorriso. Apertei-a; seu aperto era caloroso e firme.

— Jamie me contou que você cuidaria de Maisie. Só uma coisa, Eilidh, pois você precisa saber, vou colocar Jamie à prova com o projeto da galeria! — ela riu.

— E como está indo? — indagou Peggy.

— Bem, obrigada, é genial. A inauguração será mês que vem. Haverá música e coquetel, e um monte de gente descolada de Edimburgo e até de Londres. Vocês vão?

— Ai, Silke, estou velha demais para essas coisas, mas Eilidh...

— Eu adoraria. Parece ótimo — disse com sinceridade.

— E você vai dar uma passada não é, querida? — acrescentou Silke ao se debruçar para acariciar o cabelo de Maisie.

— Sim. Vou usar minha fantasia de fada — revelou Maisie, bastante séria.

— Legal! Você também tem asas?

— Hã-hã — concordou com a cabeça — e uma varinha mágica.

— Brilhante. Exatamente do que precisamos. — Silke também estava séria.

— Você vai de fada? — quis saber Maisie.

— Não, na verdade sou uma bruxa. Mas boazinha.

— Uma bruxa? — os olhos de Maisie pareciam dois pires redondos.

— Sim. Mas não conte a ninguém. Posso deixar isso com você? — disse, estendendo um maço de panfletos e um pôster a Peggy.

— Claro. Vamos divulgar para todo mundo — avisou Peggy enquanto olhava um panfleto. — "Galeria de Arte Glen Avich", é bem chamativo, não?

— Obrigada! Bem, melhor correr, estou indo a Kinnear para levar isto. Até mais, prazer em conhecê-la — falou, e com um último aceno para Maisie, sumiu no crepúsculo. Com seu cabelo azul intenso e meia-calça rosa, parecia um pequeno farol enquanto cruzava a rua e desaparecia.

— Peggy? Ela é mesmo uma bruxa? — indagou Maisie.

Peggy riu.

— Bruxas não existem, querida. Só no Halloween!

— Se ela for uma bruxa, é das boazinhas. Ela parece adorável — revelei.

— Ah, sim. Uma ótima menina. Muito... singular.

Sorri. Seu cabelo azul causou certo furor quando ela se mudou para Glen Avich.

— Precisamos ir, querida, você ainda tem lição de casa e leitura para fazer — lição de casa no primeiro ano. Tinha minha opinião sobre isso, mas ela precisava fazer.

— Está beeeeem... — disse tristinha, dando um último tapinha na caixa de cereal. — Você vai guardar meu avental? — perguntou a Peggy.

— É claro que sim. Talvez você possa voltar amanhã? Tem muita coisa para fazer aqui.

— Posso? Posso, posso, POSSO? — implorou a mim.

— É claro. Vamos, querida, coloque o casaco, seu pai estará em casa em uma hora — falei, levando-a ao quarto dos fundos.

Alguns minutos depois, andávamos pela St. Colman's Way. O céu estava púrpura, ficando escuro devagar, o cheiro do fim do outono no ar. Início de novembro, dia dos mortos.

— Gostou de ajudar na loja?

— Muito. Minha avó também está sorrindo.

— Sua... sua avó? Quer dizer, minha tia Peggy. Tenho certeza de que você pode chamá-la assim, se quiser. Ela vai adorar.

— Nãããão, não Peggy. Minha avó Elizabeth.

Senti um calafrio percorrendo a espinha.

— Sua avó Elizabeth.... estava lá? — quis saber. Minha boca ficou seca.

Ela assentiu com a cabeça, pulando alegremente. Não fiz mais perguntas. Queria sair da escuridão, estar em casa na luz e no calor, com a TV ligada, a chaleira no fogo, em segurança, os sons e visões banais do cotidiano em volta de mim, para me trazer de volta a esse lado da realidade. Tremi, segurando a mão de Maisie um pouco mais forte.

Jamie

Quando vi as luzes da minha casa acesas, meu coração disparou por um minuto. Então lembrei que Eilidh estava lá com Maisie. Fiquei junto à janela por uma segundo e olhei para dentro. Eilidh estava parada diante do forno, mexendo em alguma coisa, de costas, o cabelo castanho em um rabo de cavalo. Maisie estava sentada no sofá, agarrada aos pôneis, vendo um DVD do *Charlie e Lola*.

Então é essa a sensação. Chegar a uma casa acolhedora, o fogo ligado, as luzes acesas.

E com alguém dentro.

Eu estava exausto. Tinha sido um dia incrivelmente cheio, sem pausa para o almoço ou mesmo uma xícara de chá. Tudo que eu queria era colocar Maisie na cama e me sentar em frente à lareira, vendo algum filminho bobo e fechar os olhos.

— Papai! — senti a torrente de alegria costumeira sempre que eu via Maisie depois de uma separação, mesmo que curta.

Olhei sobre sua cabeça enquanto ela me abraçava e vi Eilidh parada lá, com um sorriso no rosto, mas uma expressão envergonhada, um tanto desajeitada. Como se a cena fosse muito caseira, muito íntima, para duas pessoas que, afinal, mal se conheciam.

— A chaleira está no fogo. Você quer alguma coisa? — perguntou com aquela voz doce e calorosa dela.

E eu disse a coisa errada. Totalmente errada.

— Tudo bem, Eilidh, obrigado, você deve estar cansada. Eu preparo meu chá e cuido de Maisie.

Por que, POR QUE falei isso? Quando tudo que queria dizer era: — Leite e um de cubo açúcar, obrigado, venham e se sentem comigo, vocês duas. Contem-me sobre o dia de vocês.

Eu poderia ter me dado um chute.

— Claro. Até mais, Maisie, vejo você amanhã — falou, forçando um sorriso.

— Você não vai me dar o jantar? — quis saber Maisie, visivelmente decepcionada — E meu banho? E uma história?

— Seu pai está aqui agora, querida, e vou buscá-la amanhã na escola.

Fiquei sem palavras, desconcertado diante da minha própria falta de jeito. Era como se houvesse um fio invisível entre elas e eu o tivesse cortado agora, e elas sofressem por isso.

— Até mais, Jamie — falou, e saiu pela porta antes que eu pudesse dizer alguma coisa.

Bati na testa frustrado enquanto Maisie se sentava de volta no sofá, em silêncio. Tirei o casaco e fui fazer chá.

No fogão estava uma panela de macarrão com queijo. Ela se lembrara do prato predileto de Maisie. O forno também estava ligado. Abri a porta e um cheiro delicioso me atingiu. Uma massa no forno, suficiente para uma pessoa. Meu jantar. Meu coração apertou.

Fui pegar uma caneca, então vi que Eilidh havia separado duas xícaras, cada uma com um saquinho de chá dentro.

Sou um idiota.

13

Luz e sombra

Eilidh

Dias e noites seguiam um padrão, uma vida nova – leve e sem pressa. Parecia tão fácil e natural, como se eu nunca tivesse conhecido nada diferente. As manhãs na loja, as tardes com Maisie, as noites em casa com Peggy ou, de vez em quando, sair com Helena, Ruth ou Silke para tomar alguma coisa.

Nos últimos dois fins de semana, ajudei Silke com a inauguração da galeria, desempacotando obras de arte, limpando, dando telefonemas e todas as tarefas que precisavam ser feitas. Também tinha me deixado levar pelo charme de Silke e o entusiasmo de Peggy para fazer uma leitura na inauguração. Silke comentara com minha tia que elas haviam encontrado uma harpista para fazer uma apresentação solo e um cantor para interpretar algumas canções gaélicas tradicionais. Minha tia mencionou minha leitura de "Hallaig" anos atrás e como o fato tinha levado metade de Glen Avich às lágrimas, ou pelo menos foi o que ela contou.

Jamie pediu que eu lesse "Lucy", um poema de George McKay Brown. Eu havia escolhido um de Sorley MacLean, "The Choice", um poema sobre amor e perda que me atraiu.

Uma vez que isso ficou decidido, eu tinha de fazer algo muito importante: escolher o que vestir. Eu havia deixado todas as minhas roupas bacanas na casa que dividia com Tom e trazido apenas jeans, camisetas e malhas. Prefiro me vestir casualmente, era o Tom que gostava de me ver usando vestidos de noite, maquiagem completa e bijuterias para ir a restaurantes e jantares. Isso parecia uma fantasia, literalmente. Como abrir um baú cheio de roupas chiques e colocar uma fantasia. Eu não gostava muito disso.

Entretanto, não podia ir à inauguração da galeria vestindo jeans e camiseta. Até Silke ia se arrumar e usar um minivestido preto e meia-calça xadrez, com seu cabelo recentemente pintado de rosa. Sem falar em Maisie e sua fantasia de fada. Não, eu precisava de algo.

— Shona? É a Eilidh, como vai? Bem. Sim, tudo bem. É um prazer. Ela é uma estrelinha, não é? Olha, sabe a inauguração da galeria? Você também vai, não é? Bem, vou fazer a leitura de um poema e não tenho nada para vestir. Sim, isso mesmo. Adivinhou. Ah. Ele sabe? Boa sorte! Amanhã? Sim, posso, mas só se você não estiver ocupada... Está bem. Está bem. Mandarei uma mensagem na hora. Obrigada. Vejo você então.

Ufa! Shona já tinha resolvido isso, é claro. Há alguma coisa em que ela não pense ou que não planeje? Ela disse que Jamie também vai arrumar uma roupa nova. A ideia me fez sorrir. Para conseguir a proeza de fazer Jamie tirar o conjunto jeans, camiseta e casaco cinza desbotado só mesmo Shona e seu jeito autoritário.

O trem chegou à estação de Aberdeen às onze horas e vinte e três minutos em ponto. Shona já estava lá com um copo da Starbucks em cada mão. Ela me beijou o rosto sem os braços, rindo, e pressionando um dos copos na minha mão.

— Você precisa de energia para nossa expedição de compras. Vamos. Ah, Eilidh, adoro seu cabelo — disse, correndo a mão em meu cabelo recém-lavado —, com cabelos e olhos como os seus, você ficaria maravilhosa usando um trapo. Não que vamos comprar um trapo, é claro. Primeiro vamos à Debenhams, acho, depois daremos uma olhada na Hobbs.

Sorri quando o ar frio de Aberdeen tocou meu rosto, os prédios altos de granito à nossa volta. Entramos na Station Square, as luzes de neon brilhando nos azulejos lustrados, as vitrines das lojas iluminadas. Era adorável. Era tão bom sair e andar por aí, sem pensar em nada importante, nada profundo. Apenas me divertindo com uma boa amiga.

Saí do provador com um vestido envelope vermelho vivo. Nós duas balançamos a cabeça negativamente. Então foi a vez de um vestido de seda verde-escuro, depois um terninho preto — a cara de uma entrevista de emprego. Depois, um vestido estilo imperial, tão decotado que eu seria presa — e também congelaria até a morte, na noite fria de novembro.

— Shona! Eu pareço... pareço... você sabe o quê!

Arquejei, olhando para meu reflexo no espelho. Vestia um corpete preto, a coisa mais apertada, curta e reveladora que eu já tinha usado na vida. Meus seios pulavam para fora da roupa.

— Você não parece *aquilo*! Está apenas sexy. Meu irmão teria um ataque cardíaco — disse quase sussurrando.

— SHONA! — exclamei chocada — Que diabos...

— Desculpe! — ela riu — Certo, tire isso. Experimente este.

Meia hora depois, ainda sem sorte, fomos almoçar na Debenhams. Ataquei meu sanduíche de atum e queijo derretido como se não comesse havia um mês; estava faminta depois de todo o trabalho e o frio.

— Deus do céu, Eilidh. Você está quase comendo o prato!

— Eu sei — respondi com um sorriso enorme no rosto — é como se eu não comesse há anos. Na verdade, se pensar direito, é verdade. Não como direito há anos.

— Sim, notei isso quando a vi aquele dia no pub. Você era só pele e osso. Está tão melhor agora. Ah, Eilidh... Queria que tivesse voltado para cá antes. Quero dizer, para mudar de ambiente, pelo menos...

— Eu também queria. Bem, estou aqui agora — estava determinada a não pensar no passado. Era um dia muito especial para ser estragado.

— Então você está aqui. E, para ser honesta, não foi bom apenas para você. Peggy está mais feliz, menos cansada desde que você se mudou para lá. E quanto a Jamie... — ela deu um gole no cappuccino — bem, você sabe que ele precisava de ajuda.

— Mary vai ficar boa logo.

— Sim, eu sei. Mas fora isso. Quero dizer, ele precisava de ajuda com Maisie. Não apenas ajuda prática. Eles precisavam de alguém na vida deles...

Desviei o olhar. Shona percebeu minha inquietação.

— Isso parece bom — falou, apontando para meu bolo de cenoura.

— Ah, e é mesmo. Bolo de cenoura fica *maravilhoso* com chocolate quente.

— Você precisa tomar cuidado, Eilidh, se continuar assim vai passar do manequim quarenta e quatro! — disse com sarcasmo. Shona é uma mulher encorpada, cheia de curvas, e isso lhe cai bem. Obviamente, como a maioria das mulheres, ela não vê a própria beleza. Não percebe o quanto seu corpo é atraente e suave, como seu cabelo loiro ondulado, sua pele branca e olhos azul-claros são encantadores. Ela tinha herdado a aparência branca e nórdica de Elizabeth, enquanto Jamie tinha o cabelo preto e os olhos acinzentados do pai.

— Vamos lá, vá em frente — incitei-a, cortando o bolo na metade e oferecendo-lhe a colher.

— Não, honestamente...

— Agora, ou você come isso ou vou pedir um pedaço de bolo de chocolate e colocá-lo bem na sua frente.

Ela riu.

— Você não me deixa escolha!

O bolo acabou em menos de dois minutos.

Uma hora depois, lá estava ele. *O* vestido. Perfeito.

Fiquei olhando meu reflexo e mal conseguia acreditar no que via. Olhei direto nos meus olhos, em um momento tão intenso que fez Shona parar no meio do caminho. Não era tanto a beleza do vestido de *chiffon* de seda preta leve, com mangas transparentes e bordado azul-claro – um tanto cigano, mas ainda sóbrio ao mesmo tempo. Não eram os sapatos de salto alto ou meu cabelo cheio nos ombros que me encantaram.

Era a mulher olhando de volta para mim.

Seus olhos não estavam fundos, tampouco desesperados ou vazios. Eu parecia... viva.

A janela do trem era escura. Eu conseguia ver meu perfil quando encostava o rosto nela, sob as luzes brilhantes do vagão. O livro que eu havia trazido para ler no caminho estava fechado em minhas mãos, enquanto eu estava perdida em meus pensamentos.

Tive um dia tão agradável, cheio de leveza e alegria. Estava carregada de sacolas, uma com a roupa de Jamie, um presente de Shona para eu entregar no dia seguinte. Também havia me presenteado com alguns mimos; livros e alguns produtos de cores vivas da Body Shop. Eu mal podia acreditar em quanto prazer eu encontrara na minha sessão de compras. Todas as pequenas coisas que costumavam me alegrar foram desaparecendo pouco a pouco por minha busca frustrada. Eu não aproveitava nada inteiramente fazia muito, muito tempo.

Pensei em Tom. Como deve ter sido difícil para ele.

Comecei a compreender isso quando percebi que não havia pensado em Peggy nenhuma vez quando ela ficara viúva e sozinha. Isso me fez ver o quão autocentrada eu havia ficado todos esses anos. Como eu tinha ficado alheia às necessidades dos outros, incluindo as de Tom.

Nosso casamento já estava, sem dúvida, verdadeiramente acabado, eu sabia disso. Havia se desintegrado em anos de negligência e isolamento mútuo.

Ele tinha me traído, não havia desculpa para isso. Porém, ele deve ter se sentido sozinho, perdido, enquanto eu estava absorvida em mim mesma, em meu próprio corpo, que não funcionava direito, em minha autopiedade.

Tom. Imaginei o que ele deveria estar fazendo naquele momento.

O trem diminuiu de velocidade e parou, e a plataforma iluminada deslizou ao nosso lado. Reuni todas as minhas sacolas e estava saindo em direção à porta quando vi uma garota parada no final do vagão, olhando para mim com uma expressão vazia.

101

Gail.

Sorri e abri a boca para dizer oi, mas então ela se virou para a porta. Fiquei paralisada, surpresa.

Andei para a frente e fiquei parada bem atrás dela, sem saber o que fazer. Aquela era a irmã de Helena, e estava me ignorando. De propósito.

O trem parou, a porta se abriu com um som, como se o ar tivesse sendo sugado de dentro dele, e nós saímos. Gail se afastou, com pressa, sem olhar para trás.

Ela havia me visto, é claro que havia me visto. Na verdade – me ocorreu –, ela percebera que eu estava lá durante todo o trajeto.

Só havia uma explicação, pensei, enquanto andava para casa no escuro. Ela ainda não tinha esquecido Jamie e estava com ciúme da minha proximidade com a família dele.

Bem, ela não precisava se preocupar. Eu não tinha a intenção de me envolver com ele ou com quem quer que fosse. Balancei a cabeça. Que garota boba. Melhor não comentar nada com Helena. Minha vida já estava bastante complicada sem isso.

Bati na porta de casa. Eu tinha as chaves, é claro, mas não queria assustar Peggy.

— Eilidh! Eilidh, entre, querida, Katrina está no telefone.

Meu coração apertou. Katrina. Ah, bem, eu não falava com ela desde que me mudara.

— Oi, Eilidh, como vai você?

— Estou bem, obrigada. Bem melhor. E você e as crianças?

— Estamos bem. Ouça, sei que é um pouco cedo, mas estava pensando se você gostaria de vir para o Natal. Quero dizer, não sei quais seus planos, mas adoraríamos ver você.

Meu coração se abrandou.

— E como você não tem obrigações, nem filhos nem nada... Vê, isso tem suas vantagens!

Foi como se eu tivesse levado um soco no estômago.

Não conseguia acreditar.

Não podia ser apenas falta de tato. Eu tinha acabado de perder um bebê, pelo amor de Deus. Não poderia ter filhos, era a cruz da minha vida, e ela faz um comentário desses, na mesma hora em que me convidava para o Natal? Meus olhos se encheram de lágrimas.

— Obrigada, mas vou ficar em Glen Avich. Peggy vai dar um jantar de Natal aqui — falei com a voz firme. Não podia deixá-la perceber que eu estava magoada.

— Mamãe e papai adorariam vê-la — falou com ar de reprovação.

— Falei com eles na semana passada. Verei todos vocês em breve. Obrigada por telefonar.

— Ah, bem, então até mais, Ei...

Desliguei o telefone. Deixe-me em paz, deixe-me em paz, deixe-me em *paz*!

Corri escada acima com um nó no estômago.

— Ah, Eilidh! Aquela garota, pelo amor de Deus, o que ela lhe disse? Ela sempre teve veneno na língua, aquela uma! — exclamou Peggy lealmente.

Eu estava tão brava. Tão brava com Katrina e comigo mesma por ser tão fraca e boba, e chorar em vez de dizer a ela para sumir da minha vida para sempre.

— Venha, queridinha, venha. É como quando você era pequenininha, não é? Lembro muito bem. Venha, venha tomar uma xícara de chá... Você se divertiu em Aberdeen?

Concordei com a cabeça.

A campainha tocou.

— Suba e lave o rosto, meu amor — pediu ela, como se eu fosse uma menininha.

Corri para cima com as sacolas.

— Ah, Jamie, oi, entre, que surpresa adorável — fiquei no patamar da escada, paralisada.

— Desculpe incomodá-la, sei que é quase hora do jantar. Minha irmã acabou de me ligar e disse para eu passar aqui e pegar algo com Eilidh... Algo que ela comprou em Aberdeen hoje. Maisie vai dormir fora, então pensei em passar aqui...

Entrei em pânico. Eu não poderia me esconder. Ele certamente veria que eu tinha chorado. Ah, não...

Corri para o banheiro para lavar o rosto, tropecei em uma das sacolas e caí de rosto no chão, batendo a cabeça na porta do banheiro.

— Só pode ser Eilidh — ouvi Peggy dizendo calmamente, apesar do barulho horrendo.

Levantei-me. Ai. Ah, Deus, que vergonha.

Lavei o rosto, escovei o cabelo e desci mal-humorada.

— Oi.

— Oi.

Jamie estava sentado na cozinha, com uma xícara de chá diante de si.

— Aí está você — falei, estendendo-lhe a sacola.

— Obrigado.

Peggy olhou de um para o outro: Jamie, silencioso e envergonhado, e eu, silenciosa e emburrada com olhos vermelhos.

— Maisie saiu?

— Sim.

— Você se lembrou de mandar a casinha rosa? — o novo brinquedo de Maisie, ela queria exibi-lo.

— Sim — respondeu olhando para mim pela primeira vez — você está bem? — indagou, os olhos acinzentados cheios de preocupação.

— Sim. Sim, claro — eu estava monossilábica como uma adolescente.

— Aconteceu alguma coisa em Aberdeen?

— Não, imagine! — balancei a cabeça veementemente — Me diverti muito com Shona. Nos divertimos muito — eu odiaria que Jamie pensasse que não me diverti, quando Shona me deu o melhor dia que eu tinha tido em... Bem, não me lembro em quanto tempo.

— Katrina — explicou Peggy, e saiu do cômodo antes que eu pudesse protestar.

— Ah — Jamie assentiu com a cabeça. Ele também a conhecia.

Ficamos sozinhos na cozinha.

— Você deve estar cansada.

— Sim.

— Senão eu ia convidá-la para sair e tomar alguma coisa.

— Ainda não jantei. Peggy preparou o jantar.

— Posso voltar depois do jantar, se quiser. Ir a Kinnear, talvez?

— Hoje não, Jamie — eu não tinha terminado de chorar. Afinal, esse tinha sido meu passatempo favorito por meses, é difícil parar completamente.

Além disso, estava com aquela sensação terrível de que se ele se aproximasse muito de mim, eu iria colocar a cabeça em seu peito, fechar os olhos e apenas *ficar lá*.

E isso eu não podia fazer.

14

Chamado na noite

Jamie

Não dirigi até a casa de Peggy apenas para pegar o presente de Shona, é claro. Fui lá porque minha casa estava muito silenciosa e vazia sem Maisie.
    E porque eu queria ver Eilidh.
    Mais que tudo, eu queria ver Eilidh.
    Quando vi seus olhos avermelhados e inchados, quis desesperadamente fazer as coisas melhorarem. Como quando Maisie cai no parquinho ou algo a aborrece, e seco suas lágrimas com os dedos e a seguro até seu coração acalmar o compasso e ela relaxar em meus braços como um passarinho. Era isso que eu queria fazer por Eilidh – e quase fiz. Quase levantei as mãos para pegá-la pelos ombros e puxá-la para mim. Mas não fiz.
    Às vezes, todo esse silêncio em que eu nasci parece uma maldição. Mesmo sem palavras eu ainda poderia ter lhe mostrado como eu me sentia, se eu não tivesse ficado paralisado.
    Voltei para casa, o coração ecoando as palavras que não fui capaz de expressar. Queria que ela pudesse me escutar.

O uísque deixou um gosto amargo na minha boca, queimando-me a garganta sem trazer alento. Bebi, bebi e bebi, procurando um alívio que não veio. O uísque costumava trazer, para mim, um ótimo conforto, uma sensação de paz, um estado de sonho... A pureza cor de âmbar, o cheiro de turfa, o gosto de sangue da própria Escócia... Agora traz apenas esquecimento, cheiro e gosto de solidão, nada mais. O sorridente com uma faca.

Olhei para o relógio sobre a abóbada da lareira: três horas em ponto, a hora mais mortal. Levantei-me, um pouco tonto, mas perfeitamente lúcido. Peguei a garrafa, andei até a pia da cozinha e esvaziei o resto do conteúdo, observando-o descer pelo ralo.

Abri o armário da cozinha – *aquele* que mantive para minhas noites e madrugadas solitárias. Tirei as garrafas – três. Abri-as e coloquei-as enfileiradas na pia. Esvaziei uma por uma.

Fiquei ali parado, agarrado à pia.

Homens não choram.

Homens não choram quando há testemunhas.

E então algo estranho ocorreu.

Senti algo... alguém... acariciando meu cabelo, uma mão leve e carinhosa, como um sonho de carícia.

E mais uma vez, outra carícia, dessa vez no rosto.

Fiquei paralisado no lugar, de repente totalmente sóbrio. Engoli seco. Pude ouvir o sangue fluindo em minhas orelhas, o coração batendo e batendo como se fosse pular fora do peito.

Devagar, andei até a poltrona antes que o fogo se apagasse totalmente e fiquei ali sentado.

O silêncio era inquietante, então liguei a TV. Sua luz tremeluzente encheu a sala, acompanhada de vozes e sons reconfortantes. Sentei-me, assistindo à tela sem ver nada, e adormeci.

Acordei ao amanhecer, a luz acinzentada enchendo a sala; todos os fantasmas haviam partido.

Vi as garrafas vazias enfileiradas com esmero; seu conteúdo havia descido para o rio e depois para o mar, e me senti leve, mais leve do que me costumava sentir havia muito tempo.

Então eu podia parar. Achei que não pudesse, mas na verdade parei.

Pensamentos de uma vida nova e cheia de esperança encheram meu ser enquanto eu tomava banho, a água quente lavando o frio, o silêncio e a decepção e levando-os para se juntar ao uísque no mar.

Eilidh

Fiquei ali deitada, olhando o teto. Havia uma pequena rachadura à esquerda, uma comprida à direita e, um pouco mais acima, ao lado da lâmpada, faltava um pequeno pedaço redondo da pintura. Fiquei virando de um lado para o outro.

Não adiantava contar carneirinhos, o sono não chegaria.

Levantei-me para abrir as cortinas, para aliviar um pouco a sensação de claustrofobia. Montanhas escuras, céu escuro, sem lua. Abri a janela, com esperança de que o ar frio de novembro pudesse espantar a ansiedade, o pânico que se apoderara de mim desde o telefonema.

Nem mesmo sei por que me senti daquele modo.

Ou talvez saiba. Ele me lembrou de que minha vida em Glen Avich era apenas um respiro temporário, que mais cedo ou mais tarde eu teria de voltar à realidade. Enfrentar tudo. Minha família. Southport. Tom.

Um divórcio.

Não adiantou. Nem mesmo a brisa úmida e com cheiro adocicado ajudava.

Eu precisava sair.

Olhei o relógio. Três da manhã. Ah, bem, ninguém me veria.

Vesti uma malha sobre o pijama e desci as escadas. Coloquei o casaco e o tênis e sai na noite fria e escura.

Comecei a andar em direção ao som do vento nas árvores e o pio esporádico de uma coruja. Uma raposa cruzou a rodovia, a alguns metros de mim. Ela parou para olhar, os olhos amarelos brilhando na escuridão, e então desapareceu. Andei nas ruas escuras de Glen Avich, pela St. Colman's Way, passando pela casa de Jamie e subindo o morro.

Sentei-me no banco do pequeno jardim que fora construído ao redor da fonte. Diziam que as águas da St. Colman's traziam fertilidade.

Que ironia. Eu teria de beber a fonte toda para dar certo, pensei com amargura.

Podia ver toda Glen Avich aos meus pés e as colinas escuras atrás dela. À minha direita, a rodovia onde ventava muito e que me levara até lá em cima, repleta de casas enfileiradas – incluindo a casa dos McAnena. A luz da cozinha de Jamie estava acesa. Fiquei imaginando por que ele ainda estava acordado àquela hora.

Eu tinha agido certo, é claro. A última coisa de que precisava era uma noite com ele. Um toque e toda a solidão e tristeza teriam se manifestado, e sabe Deus o que teria acontecido.

E isso tinha acabado para mim.

Pois quem iria me querer, quem iria desejar alguém que não pode ter filhos?

Por isso Tom encontrara outra pessoa, uma mulher que funciona adequadamente, como as mulheres normais. As mulheres não devem ser estéreis.

Pronto, falei. O segredo que eu não podia contar a ninguém, pois revelaria a verdade mais profunda da minha aversão por mim mesma, a sensação da minha própria inutilidade. Nunca consegui dizer isso em voz alta, é muito injusto, muito cruel. Eu diria: como alguém pode pensar assim, como pode se odiar nesse nível? Como pode pensar que ninguém nunca vai lhe querer porque você não pode ter filhos? E ainda assim eu penso isso de mim, essa coisa terrível que nunca falarei em voz alta.

Eu acreditava nisso; acreditava no fundo do meu coração que ninguém iria querer alguém como eu. Muito menos Jamie McAnena, ele e sua filha adorável que têm a vida pela frente, seu sucesso como artista, sua alma maravilhosa, seu rosto bonito, sua voz que me inunda como águas quentes, acalmando-me e tranquilizando-me e me fazendo sentir que está tudo bem com o mundo.

Ele vai encontrar alguém... adequado. Uma mulher de verdade, uma dessas que funcionam corretamente.

Ah, não, Eilidh, não vai começar a chorar de novo. NÃO VAI. Escondi o rosto nas mãos e então olhei para cima rapidamente.

Risadas.

Risadas saindo dos arbustos e vozes sussurrantes.

Vindo em minha direção.

Pulei do banco e me escondi atrás de um pinheiro, o coração acelerado. Quem poderia estar fora a essa hora da noite – bem, além de mim?

Uma silhueta escura saiu dos arbustos, de alguém alto. Uma mulher. Seguida por... Franzi os olhos, espiando de trás de uma árvore... outra mulher, mais baixa. Elas cochichavam e riam. Estava claro o que se passava.

Ah, bem, os tempos também mudaram em Glen Avich. Decidi ficar escondida até elas passarem. Não queria constrangê-las e também não podia dar uma boa explicação para estar na rua no meio da noite.

Havia luzes pequenas que funcionavam com energia solar por todo o jardim, enterradas no chão como cogumelos brilhantes. Elas conferiam um brilho fraco, como luzinhas de fada pontilhando todo o lugar. As garotas pararam em cima de uma delas em seu abraço e pude ver seus rostos: Silke... e...

Deus do céu! Fiona Robertson! Aquela coisinha tímida, neta de Mary. Ela ficaria extremamente corada só de alguém olhar para ela. Ah, bem, águas silenciosas, como diria minha mãe sobre mim.

Eu realmente queria ir embora. Senti-me tão mal me intrometendo entre elas desse modo. Respirei fundo e saí devagar, na ponta dos pés.

Fiona e Silke agora se olhavam. O olhar no rosto delas era... maravilhoso. Era amor puro e autêntico.

Ninguém nunca havia me olhado dessa maneira. *Eu* nunca tinha olhado para ninguém assim. Não para Tom, disso tenho certeza.

Fiquei na sombra, segurando na árvore, olhando para elas enquanto se admiravam.

E tive duas revelações. A primeira: eu nunca tinha amado ninguém e agora era tarde demais. A outra: eu não precisava voltar a Southport. Podia escolher ficar lá, resolver as coisas, amarrar todos esses nós frouxos, com Tom, com minha família e *ficar*.

Todos têm escolha.

Eu quero ficar, quero ficar em casa. Mais que tudo; quero ficar em casa.

15

Uma estrela no oeste

Elizabeth

A animação é palpável, até eu posso senti-la fluindo por meu corpo sem substância enquanto me sento em uma viga de madeira, próxima ao teto. Consigo ver Silke, não dá para não vê-la, tão alta e chamativa com seu cabelo rosa. Ela me faz sorrir porque é corajosa, autêntica e livre. As garotas da minha geração nunca teriam ousado tanto.

    E lá está minha querida Maisie, conversando com tudo e todos com seu jeito doce, engraçado e confiante. Ela está usando sua fantasia de fada cor-de-rosa, e isso quer dizer que ela conseguiu convencer o pai a deixar usá-la! Com uma ajudinha de Shona, é claro. Jamie estava preocupado, com medo que passasse frio. Ele deve ter decidido que ela podia usar o vestido macio e levinho apesar do ar frio, desde que o usasse sobre uma blusa de manga comprida rosa e meias-calças listradas de rosa e roxo para manter-se aquecida. Juro, meu filho é como uma mãe às vezes. Shona espalhou um pouco do brilho azul de Kirsty nas bochechinhas de Maisie e seu lindo cabelo loiro está solto sobre os ombros como uma cascata dourada. O visual completo está tão bonito daqui de cima, sinto como se uma mão apertasse meu coração.

Jamie parece inteligente com sua camisa quadriculada azul e branca e jeans estiloso. Está de pé junto a um grupo de artistas conhecidos, uma cerveja na mão, quieto e despretensioso como sempre. Tenho tanto orgulho dele. Seu trabalho é de longe o mais extraordinário de todos à mostra, uma linda coleção de medalhas, pequenas esculturas e bijuterias, todas com temas escoceses, os símbolos de costume – o cardo, o veado – reinventados e interpretados de outra maneira. Tenho orgulho do seu trabalho e da decisão que tomou ontem à noite. Tenho sentido pavor há tanto tempo, vendo-o beber, sozinho, noite após noite, imaginando quando isso começaria a atingir sua vida, seu trabalho e o mundo de Maisie. Mas ele parou. Quando Jamie fecha uma porta, ela continua assim. Ele é como o pai – indeciso, sonhador e hesitante, mas de repente ele se decide e não há volta. Não consegui resistir a tocar seu rosto ontem à noite, embora pudesse notar que ele ficou surpreso...

Eilidh acabou de entrar. Está verdadeiramente linda esta noite. Algumas pessoas viraram a cabeça para olhá-la, de vestido preto e olhos brilhantes, passando para conversar com Shona. Fraser e as meninas ficaram em Aberdeen para irem à festa de aniversário da sobrinha de Fraser, e Shona está hospedada na casa de Jamie. Noto como Shona ficou amiga de Eilidh desde que ela se mudou. A diferença de quatro anos entre elas era um grande obstáculo quando eram crianças, mas não mais. Jamie não a viu entrando. Espere até ele a vir nesse vestido!

Oh, meu Deus, Mary está aqui. Em uma cadeira de rodas. Sinto-me como se tivesse *dissolvendo* de verdade de tanta vergonha. Se alguém tivesse me dito anos atrás que um dia eu seria um fantasma e praticamente lançaria uma mulher inocente e frágil escada abaixo...

Mas valeu a pena.

O que posso dizer? Elizabeth McAnena, você não tem vergonha.

Mas valeu a pena *mesmo*.

Olha lá, exatamente como imaginei. Jamie viu Eilidh. Sorrio para mim mesma quando vejo seus olhos se arregalando de admiração, mas ele continua parado onde está, desajeitadamente. Homens. Confio em

Shona para fazer o que é certo, pegar Eilidh pela mão e levá-la até ele e seus amigos, John e Ally – lá estão eles, os três malandros. Lembro-me dos três, com dez anos recém-feitos, sentados em minha cozinha comendo pão com geleia antes de irem pescar juntos. John e Ally estão casados agora, um é professor em Kinnear, o outro trabalha em um banco em Aberdeen.

Ally olha Shona quando acha que ninguém o vê. Ele sempre gostou dela e acho que ela também, mas então Fraser apareceu em cena e pronto. Sempre pensei o que teria acontecido se Fraser não tivesse surgido um dia para visitar seus primos em Kinnear, parando em Glen Avich para passar o dia. Depois de cerca de um ano de namoro à distância e cansado da estrada entre Londres e Glen Avich, ele percebeu que, se quisesse que Shona se casasse com ele, teria de mudar para cá, e foi o que fez. Um casamento, uma casa linda e três filhas depois, nenhum dos dois jamais olhou para trás.

Shona queria ser enfermeira, mas nunca conseguiu porque ficou grávida, e depois mais uma vez e outra. Mas todos nós temos arrependimentos e aprendemos a viver com eles, certo?

Meu arrependimento é segredo. Ninguém nunca fala sobre ele. Para eles, foi algo passageiro, uma "coisa que acontece". Para mim, foi um filho. Com idade suficiente para saber seu sexo, novo demais para sobreviver fora de mim. Chamei-o de Charlie. Então Jamie veio e todo mundo esqueceu. Todo mundo menos James e eu. Dizem que toda mulher tem alguma história com filho que nunca divide ou fala com alguém. Bem, essa é a minha.

Sim, todos têm arrependimentos, e Shona é feliz, percebo isso. Ela está sondando para ver se consegue voltar à faculdade, começar no ano que vem. Ela daria uma ótima enfermeira, carinhosa e eficiente como é. Assustadoramente eficiente, na verdade. Ela costumava manter nós três na linha e ainda é a única pessoa que consegue mandar em Jamie sem levar bronca.

A música começou agora. Jamie e Eilidh estão sentados lado a lado na fileira da frente; Maisie está no colo de Jamie. A próxima será Eilidh.

Alguns da plateia vão se lembrar da última vez em que ela ficou de pé em frente a Glen Avich para ler, mais de vinte anos atrás.

Lá vai ela, de pé em frente ao microfone por um segundo, ajeitando-se. Ela lê muito bem, sua voz parece de veludo enquanto ela conduz a plateia à tristeza e à perda e então à alegria de novo, por meio de um poema para Lucy, o favorito de Jamie.

Um segundo de emoção em suspense, então alguém bate palmas e o encanto se quebra. Eilidh desce e Silke a abraça, murmurando:

— Obrigada.

Hora de Maisie ir para casa, está quase dormindo nos braços de Shona. Uma onda de despedidas e Jamie e Eilidh ficam sozinhos, um de frente para o outro. Até...

— Jamie McAnena? Oi, como vai? Sou Emily — diz a mulher grisalha usando uma *pashmina* azul e bijuterias étnicas. — Adoro seu trabalho.

E Eilidh se afasta.

Jamie

Hoje à noite, tudo estava certo com o mundo. A terrível preocupação no fundo da minha mente, a sensação de vergonha, a ameaça escondida que eu sabia que um dia dominaria minha vida – tudo isso acabou. Tenho certeza disso, não há dúvidas – nunca vou voltar para aquilo. Uma vez que joguei fora o uísque, não quero mais saber dele.

Estou livre agora.

Eilidh está linda esta noite. Sempre está, usando calça jeans, camiseta e tênis, mas hoje, com aquele vestido e o cabelo ondulado e macio... Queria que todos desaparecessem e nos deixassem sozinhos.

Contudo, vejo tristeza em seus olhos outra vez. A mesma tristeza que vi quando ela chegou a Glen Avich. Fico pensando o que Katrina disse ontem.

— Eilidh... Obrigado, você foi maravilhosa.

— Ah, estou feliz porque me lembrei de tudo.

— Você está bem? Parece um pouco... — vacilei. Palavras. São tão... difíceis.

Ela riu.

— Não, não sou eu, são meus olhos. Herdei os olhos do meu pai, sabe. Ele é judeu, todos têm olhos muito tristes nesse lado da família. Olhos dos Kletzmer, ele diz.

Não tinha a menor ideia do que dizer a seguir. Então lancei:

— Seus olhos são lindos.

Que clichê.

Ela sorriu, corou e tomou um gole do seu vinho branco.

— Jamie McAnena? Oi, como vai? Sou Emily. Adoro seu trabalho.

Virei para ver uma mulher de cerca de setenta anos, de cabelos grisalhos e olhos escuros chamativos. Como se eu me importasse que você seja Emily e ama meu trabalho! É claro que não disse isso. Assenti com a cabeça educadamente e peguei a mão da senhora, e Eilidh se afastou.

Então algo estranho aconteceu.

Emily soltou minha mão.

— Vá atrás dela — pediu.

Do que ela estava falando? Eu nem conheço essa mulher! Fiquei parado no mesmo lugar.

— Vá, Jamie McAnena — Emily incitou. Olhei para seu rosto, havia um sorriso em seus olhos escuros. — Podemos falar sobre seu trabalho em outra oportunidade.

Ela se virou e saiu em uma nuvem de perfume e *pashmina* azul-claro.

Então me ocorreu. Emily Simms! *A* Emily Simms. Escultora e patrona das artes.

Merda!

Ah, bem, que seja. Olhei ao redor para achar Eilidh e a encontrei conversando com um grupo de garotas. Respirei fundo. Vamos lá.

— Eilidh, você gostaria de dar uma volta?

Ela olhou para cima, surpresa.

— Você não deveria estar trabalhando?

— Sim. Mas preciso de ar fresco. Venha comigo.

Eilidh olhou ao redor.

— Mas... a noite meio que... só começou. Silke vai nos matar.

— Não vai demorar nem dez minutos. Vamos. Preciso falar com você.

— Falar? Parece sério — riu — o que eu fiz? Dei refrigerante e bala de lanche para Maisie ou algo assim?

Ela pegou o casaco e, sem olharmos em volta por medo que alguém falasse conosco e nos impedisse, saímos na noite gelada.

— Está tão frio! — disse ela — Mas é bom. Adoro quando está bem frio e podemos ver nossa respiração como nuvenzinhas.

— Eilidh. Ouça-me. Você gostaria de sair comigo? Esse fim de semana? Só você e eu? — seu rosto desmontou. Não era o que eu esperava.

— Eu... eu não posso, Jamie. Desculpe. Não posso.

— Você precisa me dizer por quê. Você precisa me dizer que não quer sair comigo porque... porque não está interessada em mim ou porque ainda ama seu marido ou seja lá o que for, você precisa me dizer o motivo.

— Nenhum desses — sussurrou e olhou ao longe — Jamie, por favor. Por favor, deixe-me ir agora. Não posso ficar com você.

— Por quê?

— Porque não posso.

— Isso não é motivo.

— Por que está... me atormentando assim? — gritou — Pensei que se importasse comigo. Por que está fazendo isso? O que quer que eu diga?

Senti-me inalando bruscamente, surpreso e consternado.

— Eilidh... desculpe... Por favor, não chore...

Ela escondeu o rosto nas mãos.

— Quero ficar sozinha. Quero ficar *sozinha*!

Peguei-a pelos ombros e a puxei para mim. Ela não protestou, ficou mole e maleável como se encaixasse em volta de mim, no meu peito, colocando os braços em volta do meu pescoço e me apertando. Abraçamo-nos, ninei-a e acaricie seu cabelo e sussurrei em seu ouvido que sentia muito, desejando que ela desaparecesse dentro de mim, assim eu nunca teria de deixá-la ir.

Isso tudo pareceu durar um segundo, pois não era suficiente, nunca seria suficiente.

Então escutamos a voz de Silke despedindo-se dos convidados na porta e o encanto foi quebrado.

Ela parecia ter sido arrancada de mim – como uma parte sendo cortada fora. Segurei seu rosto em minhas mãos enquanto ela me olhava e dizia que não estava mais chorando. Ela parecia calma. Parecia... *resignada*, dizia uma voz dentro de mim.

— Por que, Eilidh?

— Porque não sou uma mulher normal — revelou, e se afastou na noite.

16

A vida é o que acontece a você

Há duas linhas.
Duas linhas.
Duas linhas pequenas rosadas, uma ao lado da outra.
Sento-me no chão do banheiro entre o vaso sanitário e a pia, incrédula.
Como isso foi acontecer?
Pessoas sofrem acidentes, mas na verdade, *outras* pessoas sofrem acidentes, não eu.
As linhas rosa dançam diante dos meus olhos e me sinto enjoada. É cedo demais para os enjoos matinais, essa é apenas uma reação.
Talvez tudo isso passe, de repente me ocorreu. Coisas acontecem. É muito cedo, algo vai acontecer e fazer isso desaparecer.
Sim, vai desaparecer.
Abro a porta do banheiro e saio, como se não tivesse preocupações, como se meu mundo não tivesse virado de cabeça para baixo em um instante, como se nada tivesse acontecido.

Pois *nada* aconteceu mesmo, isso iria desaparecer, como um sonho se dissolve no segundo depois que abrimos os olhos, e minha vida seria normal de novo.

Enrolei o teste em uma folha de papel toalha, enfiei-o na lata de lixo quando ninguém me olhava e pronto, acabou-se, feito. Agora eu só preciso esperar até minha menstruação vir e tudo ficará bem de novo.

Eilidh

— Eilidh! Oi, querida! Oi, Maisie!

Ótimo, pensei. Bem quem eu queria encontrar: a mãe de Keira.

— Oi, Paula.

— Posso falar um minutinho com você?

Por que diabos todo mundo quer falar um minutinho comigo?

— Claro.

Ela fez um gesto para Maisie com um olhar que queria dizer: "Não com ela por perto".

"Por que não nos deixa em paz?", pensei, mas concordei com a cabeça. Ao portão da escola, diplomacia é a chave do negócio. Os encontros de mães podem ser como conferências da ONU.

— Bem, o que eu queria dizer é — sussurrou com ar conspiratório — que vamos levar nossas meninas à aula de balé no sábado de manhã, vão Molly, Rachel e Alina, e Maisie é meio que a única que não vai. Quero dizer, entendo que Jamie não queira fazer isso, ir com as mães e meninas, mas agora que você está em cena...

Levantei a sobrancelha. Em cena? Ruth percebeu meu olhar por um segundo, vi que ela queria rir, mas manteve a expressão impassível.

— Eu adoraria levá-la, Paula, mas você precisa entender, eu apenas trabalho para eles. Os fins de semana são dedicados à família. Jamie quer passar tempo com Maisie, meio que só eles dois, se você entende o que quero dizer.

— Então *eu* poderia levá-la. Posso pegá-la e deixá-la em casa depois. Só para ela poder participar, coitadinha...

Senti minhas bochechas corarem. É que costumo ser bem calma e gentil a maior parte do tempo, mas tenho o gênio dos McCrimmon, embora minha mãe diga que ele pulou uma geração e passou direto de Flora para mim. Ela está mentindo, é claro. Ela tem o pior gênio de todas nós.

— Não entendo por que você acha que Maisie é coitadinha, Paula. Ela tem um pai que a adora e uma vidinha adorável. Pavonear por aí em uma saia de balé cor-de-rosa não é a ideia de divertimento de todo mundo, você sabe — disse friamente, e saí.

Não me importava mais com a diplomacia do portão da escola. Eu estava *furiosa*.

— Venha, Maisie! Vamos embora.

Ruth me alcançou.

— Meu Deus, que bom que tenho dois meninos — disse baixinho.

Não consegui responder. Não conseguia falar ainda. Estava enrubescida, dava para sentir, e sem ar de tanta irritação.

— Sabe, Paula pode ser um pouco... Bem, um pouco opressora...

— Você é sempre tão politicamente correta, Ruth! Ela não é opressora, é uma bruxa! — sussurrei com cuidado para que as crianças não ouvissem — Maisie é perfeitamente feliz. Jamie é um ótimo pai e eles têm coisas melhores para fazer do que ir a um balé idiota.

— Entendo, tenho certeza de que eles têm várias coisas divertidas para fazer nos fins de semana, mas... bem, é verdade que todas as meninas exceto Maisie e outra menina vão à aula de balé. E embora eu saiba que Maisie é feliz, bem, vi sua expressão quando elas mostraram as fotos da exibição do ano passado. Todas as fantasias lindas; é o sonho de toda garotinha. Talvez você pudesse conversar com Jaimie.

Suspirei.

— Vou fazer isso — aposto que ele mal pode esperar para se encontrar com Paula e sua gangue — ou conciliábulo, eu devia dizer.

Ruth riu.

— Você é sempre tão... franca.

— E você é sempre tão boa — falei com sinceridade — nunca a vi dizer nada de ruim sobre alguém.

— Acho que não tenho isso em mim. Peggy está esperando você na loja?

— Não, hoje não.

— Então vamos até minha casa tomar uma xícara de chá.

— Eu adoraria — sorri olhando para Maisie e Ben andando amigavelmente lado a lado, conversando sobre a peça de Natal.

— Tomara que eu seja a Maria para poder usar o vestido.

— Tomara que eu seja uma árvore como no maternal para minha mãe pintar meu rosto e minhas mãos e eu poder tocar nas coisas e elas ficarem verdes. Como o casaco da minha mãe.

Ruth e eu nos olhamos e sorrimos.

Ela se tornara uma amiga tão boa para mim, embora eu não a conhecesse havia muito tempo. O que era bom, pois a relação com Helena tinha se tornado um tanto fria, para minha frustração. Recentemente, eu a encontrara descendo a rua, pareceu-me que sem pressa nenhuma, mas quando ela me viu, de repente saiu em passos largos.

— Desculpe, Eilidh, preciso correr. Minha mãe está meio mal, você sabe, com toda essa gripe por aí...

— Ah, que chato, vou passar lá para dar um oi — falei sem pensar.

— Não, não, está tudo bem, mesmo, ela fica cansada com facilidade.

— É claro, desculpe, devia ter pensado nisso. Vou apenas levar uns bombons ou algo, então, não vou ficar.

— Não, de verdade. Está tudo bem, não acho... — ela olhou ao longe.

Alguns segundos de silêncio; então pensei, que diabos, eu tinha o direito de dizer o que pensava.

— Helena, vi Gail no trem vindo de Aberdeen na semana passada. Ela me ignorou. Acho que sei o que está acontecendo e você está errada. Não há nada entre mim e Jamie, nada — afirmei veementemente.

— Ah, Eilidh, vamos lá. Não acha uma coincidência ele ter terminado com a Gail quando você voltou para cá? Quero dizer, achei que fosse Silke — ah, como você se engana, pensei comigo mesma —, mas então vi o modo como ele olha pra você...

— Ele pode olhar como quiser. Não estou saindo com ele. Nem com ninguém. Helena... conheço você há muitos anos. Não deixe isso interferir.

— Desculpe... sei que não é sua culpa... mas Gail está transtornada, devastada. Ela pensou que ele fosse... você sabe... o cara.

— Sinto muito. Gail é uma garota adorável. Não quis fazer mal a ela, ou a você e sua família. Vou ficar fora do caminho — falei exasperada, como se fosse minha culpa que Jamie não estivesse interessado em Gail!

— Ligo para você — disse antes de sair praticamente correndo.

Ótimo. Muito bom.

Desde então, Ruth, Silke e meus e-mails com Harry e Doug têm sido minhas principais interações sociais. Shona também não tem entrado em contato. Fiquei pensando se Jamie falou com ela sobre o que aconteceu naquela noite, mas não era do feitio dela cortar relações comigo por causa disso.

Não comentei com ninguém o que aconteceu na inauguração da galeria. Nem mesmo com Harry e Doug. Sei o que eles diriam: que sou idiota. Não posso lhes contar a verdade; não quero que ninguém saiba por que não quero me envolver com ele. Nunca poderia dizer que é porque não vou fazer outra pessoa passar pelo que Tom passou comigo.

— Então... já se decidiu? — começou Ruth, interrompendo meus pensamentos ao me estender uma xícara de café quente. Maisie e Ben estavam brincando no quarto dele e Jack brincava com Lego a nossos pés.

— Então, vou ficar — respondi, sabendo na hora do que ela estava falando. Havia dito a ela que não tinha certeza quanto ao que aconteceria depois do Natal, sobre como eu temia voltar.

— Que ótima notícia! — anunciou verdadeiramente contente. Meu coração se aqueceu ao vê-la tão aliviada diante da minha permanência — Já falou com Peggy?

— Sim. Disse a ela que posso me mudar e procurar um emprego, provavelmente em Kinnear, mas ela disse que precisa de verdade de uma ajuda na loja e adora me hospedar na casa dela. Sei que não dá para ser para sempre... Preciso garantir um trabalho em tempo integral e quando Mary se recuperar, vai cuidar de Maisie. Mas por enquanto, tanto Peggy quanto Maisie precisam de mim, então...

— E quanto à sua família? E Tom?

— Minha família aceitou. Bem, meus pais, pelo menos. Acho que estão aliviados por eu estar recuperada. Minha irmã ficou meio contrariada. Ela adorava me ter por perto para olhar os filhos dela, resolver coisas na rua e tal, e para tripudiar de mim também — sorri com amargura.

— Que pesadelo — já havia contado a Ruth as dificuldades do meu relacionamento com Katrina.

— Ela é legal, de verdade, só não tem muito tato. No fim das contas, não é culpa dela que ela seja tão fértil enquanto eu... eu...

Ruth colocou a mão sobre a minha.

— Não se torture. Todos têm uma cruz para carregar, todos dão um jeito.

Concordei com a cabeça. Ruth estava com problemas também, seu casamento estava em dificuldades.

— E Tom?

— Meus pais contaram a ele. Ele liga para os dois toda semana. Vou telefonar depois do Natal. Quero resolver as coisas o mais rápido possível.

— Deve ter sido terrível para você... Quero dizer, descobrir...

— Não, não foi, essa é a questão. Fiquei chateada, é claro, mas havia tanta coisa mais acontecendo. Não queria que ele fosse embora, só isso, pois tínhamos marcado a fertilização in vitro e tudo mais... Mas não fiquei inconsolável. Nem surpresa, mesmo... mas... — inspirei profundamente — Chega de falar de mim. Como vão as coisas com você?

— Bem, estressantes no trabalho, e Billy diz que não aguenta mais e quer sair e se mudar para Aberdeen... sozinho.

— Ah, Ruth! Fiquei chocada. Não achei que a situação estivesse tão ruim assim.

Ela assentiu com a cabeça, os olhos marejados.

— Vamos ver no que vai dar — falou engasgando — assim são os homens, acho — ambas olhamos para Jack, batendo seu Lego um no outro, feliz, tão bonitinho em seu macacão jeans. — Com exceção deste aqui, é claro! — acrescentou, e nós duas rimos, acompanhadas da risada deliciosa de Jack, balançando um Lego sobre a cabeça.

Naquela noite, mandei uma mensagem de texto para Shona.

Td bem? Não nos falamos há séculos.

Sim, td bem. Ocupada demais. Vc?

Td bem ☺ Pode falar? É sobre Maisie.

Ela tá bem?

Sim. Só preciso de um conselho.

Claro. Falamos semana q vem.

Falamos na semana que vem? Isso não combinava com Shona. Em geral, ela ligaria na hora. Queria perguntar a ela o que pensava sobre as aulas de balé, se eu deveria falar com Jamie sobre isso ou deixar para lá.

Ok. Boa noite.

Franzi a testa.
— Está tudo bem? — Peggy e eu estávamos sentadas juntas, assistindo a "Eastenders". Eu *amo* seriados. Adoro passar uma hora pensando em nada a não ser na vida emaranhada dos personagens, como se estivesse em algum tipo de realidade suspensa.
— Mmmm, acho que sim. É que Shona está um pouco estranha.
— Sim, ela estava esquisita na última sexta-feira, sabe, quando veio à inauguração. Passou aqui um minuto a caminho da casa de Jamie para pegar algumas coisas e me pareceu meio cansada. Bem, bastante cansada, na verdade.
Glen Avich é assim. Você não pode espirrar sem que todo mundo saiba. Minha mãe adorava contar esta história: uma vez, a caminho da escola secundária em Kinnear, ela desceu um ponto de ônibus antes do que estava acostumada a descer para olhar a vitrine de uma loja de roupas que ficava um pouco fora do caminho. Quando ela chegou em casa, Flora perguntou por que ela havia parado lá e não no ponto de sempre, mais próximo à escola.
— Como você soube?

— May me contou.

— May? Mas ela mora no *Canadá*!

— Bem, Sharon a viu e contou à mãe, Agnes mencionou o fato a May pelo telefone e May me ligou do Canadá para me contar. Todas estão pensando no motivo para você ter parado no ponto errado.

Então é isso. Shona não estava se sentindo bem na sexta-feira. Ela parecia normal na inauguração, embora eu tenha percebido que ela usava um pouco mais de maquiagem que o habitual.

Na tela da TV, uma mulher com minissaia de estampa de leopardo estava parada em uma banca na feira, berrando e gritando com alguém.

— Meu Deus, eles estão sempre discutindo, não é? — riu Peggy, tomando um gole de chá.

— Sim, é um milagre que os atores tenham voz no final da semana. Bom, vai passar *New Tricks* hoje à noite, tia Peggy, a senhora adora — falei, enquanto olhava no guia de programação da TV.

Adorava essa sensação de domesticidade. Parecia... seguro. Como se nada de ruim pudesse acontecer de novo. Como quando eu era garotinha, sentada com Flora, a sala escura com exceção do branco e preto da TV no canto, assistindo a algum programa de variedades enquanto tomávamos chocolate com biscoitos.

Não podia durar para sempre; eu sabia disso. Porém, naquele momento, estava me fazendo ficar forte de novo. Olhei pela janela e imaginei se Silke e Fiona se encontrariam hoje à noite. Silke estava hospedada com uma família da região e Fiona, com Mary – não havia privacidade. Sentia compaixão por elas.

De: harrydouglasdesing@live.co.uk
Para: eilidhlawson@hotmail.co.uk

Casos amorosos em Glen Avich? Fogo do inferno! A propósito, o que você estava fazendo vagando pela madrugada? Tendo encontros ilícitos também?

De: eilidhlawson@hotmail.co.uk
Para: harrydouglasdesing@live.co.uk

Não, só não conseguia dormir. Silke e Fiona estão mantendo segredo. Espero que dê tudo certo para elas.

De: harrydouglasdesing@live.co.uk
Para: eilidhlawson@hotmail.co.uk

Nos mantenha informados. E você, como vai? Como vai o galante escocês? Aquele cabelo negro... Ele tem a altura perfeita, aposto que se encaixa perfeitamente. Doug está morrendo aqui de vontade de ir visitá-la. Desde que enviou aquela foto de Maisie com Jamie no quintal, ele não fala de outra coisa ☺ ☺

De: eilidhlawson@hotmail.co.uk
Para: harrydouglasdesing@live.co.uk

Por favor, parem com isso, rapazes. Não quero mesmo ouvir mais uma palavra sobre isso. Venham para o Ano-Novo. Falei com Peggy, ela se lembra de vocês do meu casamento e diz que adoraria recebê-los.

De: harrydouglasdesing@live.co.uk
Para: eilidhlawson@hotmail.co.uk

Desculpe, não queríamos irritar você. Sabemos que está muito machucada. O que queremos dizer é para não se fechar para o mundo. Nós com certeza iremos para *Hogmanay*, ah, sim! Preparem-se para uma visão maravilhosa: pernas inglesas brancas e cabeludas expostas em um kilt emprestado. Doug está ouvindo o chamado dos ancestrais.

P.S.: Sabemos que é alérgica à nova tecnologia e devemos estar gratos por na verdade conseguir ligar o laptop, mas quando vai baixar o Skype? Queremos ver sua cara, Beijos H&D

Sorri e desliguei o computador. Imaginei o que eles deveriam estar fazendo, todos meus amigos e minha família, cada um em sua casa.

Imaginei o que Jamie estaria fazendo.

Naquela noite, tive um sonho esquisito. Já tinha ouvido minha mãe e minha avó falarem sobre mulheres da região que tinham o dom de ter visões, mas isso acontecia só em algumas famílias e nenhuma de nós o tinha. Eu certamente não. E, mesmo assim, o sonho era como uma visão, uma visão do passado. Só que não era *meu* passado.

Vi um garotinho de não mais de dois anos, andando desengonçadamente no chão de madeira. Eu estava ajoelhada na frente dele, mas não era eu mesma – era outra pessoa. Via minhas próprias pernas, em meias-calças beges e saia de lã, e um raio de sol vinha da janela, um milhão de partículas dançando sobre ele. De alguma maneira, eu sabia que o garotinho era Jamie. Abri os braços para ele e ele oscilou em minha direção e para meus braços. Segurei-o e ele olhou em meu rosto. Nossos olhos se encontraram e eu percebi que em meu sonho eu era Elizabeth e Jamie era meu filho. Acordei me sentindo perdida.

17

Degelando

Jamie

Não sei o que deu em mim na noite da inauguração. Foi loucura. *Eu* estava louco, inebriado pelo alívio do que fizera na noite anterior; me despedi do uísque.

Foi o fim das minhas sessões solitárias de bebedeira e das manhãs de pensamento confuso que chamavam mais uísque. Se eu não tivesse parado, quanto tempo levaria para que eu atendesse ao chamado e tomasse uma dose antes do café da manhã? Apenas essa ideia me fazia tremer, pensar no abismo que isso teria aberto na frente dos pés da minha Maisie.

Mas consegui parar e me sentia novo em folha. Isso somado ao sucesso da noite fez-me sentir como se eu pudesse extrapolar, deixou-me destemido.

Sei que é um clichê, mas... me pareceu o certo. Senti como se não pudesse dar errado.

Mas deu.

Foi apenas naquela noite que percebi como as feridas de Eilidh eram profundas. Quando ela veio aos meus braços e a segurei, senti como se tivesse chegado em casa. E então ela partiu.

Eu ia deixá-la sozinha. Foi isso que ela pediu que eu fizesse, com todas as letras, junto com a frase: "Deixe-me em paz, por que está me atormentando?". E a última coisa que eu queria era machucá-la. Mas não consegui acreditar naquela frase terrível que ela disse: "Não sou uma mulher normal". Pareceu-me tão absurdo que ela dissesse algo assim sobre si mesma. Ela era tão preciosa para mim e ainda assim pensava que não.

Não a vi no domingo e então passei a segunda-feira inteira batendo nas coisas e quebrando moldes delicados, até que desisti e voltei para casa mais cedo. Lá estavam elas, Eilidh e Maisie, sentadas no sofá, fazendo a leitura de Maisie para o dia seguinte, as cabeças próximas e os braços de Eilidh em volta dos ombrinhos da minha filha.

Ela enrubesceu quando me viu e foi embora correndo. Queria que ela ficasse, mas tive medo que pensasse que eu estava tentando pressioná-la, mais uma vez. Que pensasse que eu era algum tipo de... Não sei, que era fácil para mim me insinuar, que eu era namorador. Primeiro com Gail, depois com ela. Quando na verdade foi Gail quem se insinuou, não eu. E quanto a Eilidh, foi preciso muita coragem para levá-la para fora naquela noite e abrir meu coração. Mas como ela poderia saber disso? Um homem com uma filha de uma mulher que desapareceu. Um homem que precisa preencher suas noites solitárias.

Nunca mais falaria com ela daquele jeito, nunca mais.

Quando entrei, ela vestiu o casaco rapidamente e foi em direção à porta. Coloquei a mão em seu braço para pará-la por um segundo. Eu tinha algo a dizer.

Ficamos parados na soleira da porta, o crepúsculo lilás e rosa atrás dela, os pinheiros negros em contraste com o céu.

— Eilidh, eu só queria lhe dizer... se quiser parar de cuidar de Maisie, eu entendo.

Ela me encarou, os olhos cheios de consternação.

— Quer que eu faça isso?

— Não, de jeito nenhum! Nem por um momento! Maisie está tão feliz com você e eu.. eu... — vacilei. Merda. Qualquer coisa que eu dissesse naquele momento, pensei comigo mesmo, soaria errado. Eu sabia disso. Palavras são torpes, constroem barreiras, enquanto um toque, apenas um toque, é capaz de revelar a verdade em um segundo. Mas eu não conseguiria tocá-la, não importava o quanto desejasse fazê-lo.

— Eu quero muito, muito continuar cuidando de Maisie — revelou baixinho — gosto demais da companhia dela.

Tive de sorrir diante do modo como ela disse isso.

Adoro o jeito como ela fala, tão dramático. Adoro o jeito como diz "bastante". E como diz "tão", como em "estou tão, *tão* faminta", ou como disse ontem à noite "está tãããããããão frio!". Adoro o modo como ela olha as pessoas diretamente no rosto, diretamente no olho, e a maneira como sorri, pois parece que o sol saiu...

Percebi que estava ali parado, encarando-a como um tolo. Balancei-me.

— Desculpe constrangê-la.

— Tudo bem. Até mais. — E ela se foi. Assim. Praticamente saiu correndo.

Senti uma onda de desespero, além de mim. Como... como se a vida estivesse passando por mim.

— Papai, pode ouvir minha leitura?

— Claro. Vou ouvi-la e então preparar o jantar.

— Nosso jantar está no forno, Eilidh e eu fizemos bolo de carne com batata, ela me colocou um avental e eu misturei as batatas e amassei.

Inspirei profundamente. Você não pode ficar triste, Jamie McAnena, sua vida está desgelando.

— Vamos, querida, deixe-me ouvir como você lê bem. — E nos sentamos no sofá e nos aninhamos, até que notei: na bancada, ao lado da chaleira, uma caixa de leite e apenas uma caneca, a que Maisie me dera no Dia dos Pais do ano passado, depois que Shona levou as meninas para comprarem presentes para Fraser e eu. Eilidh sempre deixa a caneca para fora, pronta para quando eu chegar em casa, pois sabe que é minha predileta. Mas, em geral, ela deixa outra ao lado dela, para tomarmos uma xícara de chá antes de ela sair. Desde aquele dia embaraçoso, quando eu praticamente a forcei a sair, a xícara de chá na mesa da cozinha se tornara um tipo de tradição.

Isso até hoje à noite. Apenas uma caneca. Como... bem, como metade de alguma coisa.

Na noite da inauguração, depois que Eilidh foi embora, só queria ir para casa. Mas não pude, pois Silke contava comigo para entreter os convidados. Não sou muito bom nisso. Aliás, odeio essa *palavra*. Mas queria ajudar Silke. Ela havia organizado uma inauguração bem-sucedida, e embora meu negócio não precisasse de mais propaganda, estava feliz por fazer parte daquilo e pelos outros artistas da região.

Então entrei de novo, sentindo-me péssimo, mas escondi isso bem.

Lá estava eu, fazendo contatos – bem, parado em silêncio e sorrindo, na verdade – quando Emily Simms veio me procurando.

— Você faria a gentileza de me falar mais sobre seu trabalho? — pediu-me habilmente, levando-me até uma das minhas esculturas em um local um tanto isolado. Percebi que ela queria falar comigo em particular.

— Não vou lhe perguntar como foi. Isso seria intromissão, certo? — falou com a mão em meu ombro. Ela tinha olhos calorosos e um rosto adorável e sábio. Parecia... serena. Algo em sua atitude me fez querer me abrir, o que não acontece com frequência.

— Nada bem — respondi, dando um gole no chá que Silke havia colocado em minha mão quando eu voltei do frio.

— Sinto muito — lamentou, e olhou para a xícara na minha mão, enquanto todo mundo estava tomando bebida alcoólica de um jeito ou de outro. Ela *sabe*, pensei.

— Então... sim, a senhora vai ficar aqui por bastante tempo?

— Não. Só uma noite. Vim conhecê-lo. Mantenho um olho no seu trabalho há uns dois anos e sugeri a alguns amigos australianos que fizessem a mesma coisa. Eles estão ansiosos para conhecê-lo melhor, assim como eu.

— Bem, isso é muito lisonjeador. Obrigado.

— Acho que há grandes chances de você expor na Austrália, em todo o país. Acha que podemos conversar sobre isso amanhã? Silke vai me levar para almoçar em um pub da região, depois vou voltar de carro para casa.

Exposição na Austrália? Fiquei sem palavras.

— Eu adoraria. Claro. Obrigado.

— Melhor eu ir agora, a viagem de amanhã será longa. Ah, e Jamie...

— Sim?

— Posso ser sincera? Não quero lhe constranger...

— Claro...

Ela sorriu e seu rosto ficou alegremente enrugado, como se costumasse sorrir muito.

— Tenho quase sessenta anos agora. Tenho um tanto de experiência de vida e acho que sempre vale arriscar. Mesmo quando a recompensa não aparece imediatamente.

E com isso, afastou-se.

Terminei a noite no sofá de Silke, comendo salgadinho, com a terrível sensação de frio e solidão deixada pela rejeição de Eilidh suavizada e tranquilizada pela companhia de Silke. Algo nela parece desatar meus nós, me acalmar.

Sentamo-nos juntos, conversamos e comemos, e apenas desejei com todo meu coração que tudo desse certo para ela, que Fiona logo encontrasse coragem para assumir o amor entre elas.

— Espero que Eilidh perceba também — falou com o sotaque alemão mais forte por causa do cansaço, o cabelo rosa descansando nas almofadas de veludo.

Sim, minha vida estava desgelando, afinal.

Desgelando e mudando. Até mesmo virando de cabeça para baixo.

Durante o almoço no dia seguinte, Emily me perguntou se eu estaria interessado em marcar algumas exposições na Austrália e depois fazer um *tour* por outras inaugurações.

Fiquei meio animado, meio atemorizado. Ela disse que eu precisaria ficar lá por cerca de quatro meses e viajaria constantemente, então seria melhor deixar Maisie. Mas eu não podia deixá-la por tanto tempo.

Se ela fosse comigo, sentiria falta da escola, mas aprenderia tanta coisa na viagem. Seria uma vida louca para uma criança de cinco anos, mas melhor que ficar separada de mim por tanto tempo.

Era a oportunidade de uma vida, mas eu não podia dizer sim imediatamente, havia muito a se considerar.

Disse a Emily que lhe daria uma resposta, mas precisava de tempo para pensar, e a vi sair com uma mistura de animação e uma sensação de... inquietude. Mudanças me perturbam, mesmo as boas. Como meu pai, sempre tento manter o *status quo*, manter as coisas como estão. Precisava falar com Shona para saber o que ela pensava.

— Então, como foi sua noite de ontem? Ouvi dizer que você chegou de madrugada! — ela estava sentada à mesa do café da manhã, ainda de camisola, embora já tivesse passado do meio-dia. Muito estranho em se tratando de Shona.

— Estava com Silke.

Ela pareceu chocada.

— Jura?

— Não, não é o que está pensando. Silke é gay. Esse é o segredo mais fajuto de toda a Escócia. Todo mundo sabe. O negócio é que ninguém sabe quem é sua namorada, por isso, elas estão tentando manter a coisa em silêncio.

— Quem? — perguntou Shona com ar conspiratório. Shona guarda o segredo de todo mundo, então contei a ela.

— Está brincando! Fiona? Bem, bom para ela! Só que... bem, você conhece os Robertson. Eles são muito...

— Intolerantes?

— Eu ia dizer conservadores. São gente boa. Só não estão acostumados com coisas... sabe, diferentes.

— Bem, vamos ver como a coisa segue. De todo jeito, Silke e eu não estamos tendo um caso. Apesar do que Gail diz.

— Gail acha isso? Não mais, entretanto. Encontrei Helena na casa de Sharon ontem e ela ficou tentando arrancar alguma informação de mim sobre você e Eilidh.

Desviei o olhar.

— Achei que Helena fosse amiga da Eilidh.

— Meio amiga. O clã todo está contra ela agora. Gail está mal, aparentemente tem falado em ir para Nova York passar um ano, eles têm família lá. Estão furiosos com você também.

— Eles teriam ficado mais furiosos se eu tivesse me casado com ela e a feito infeliz. Não a amo — eles não conseguem entender isso? — saímos durante seis meses, não é como se eu a tivesse enganado durante anos!

— Eu sei, eu sei, deixa estar. Não fique irritado com isso.

— Não estou. Bem, talvez um pouco. Você não me parece muito bem, está um pouco pálida. Não dormiu bem? Está se sentindo bem?

— Não dormi muito na noite passada, na verdade. Estou um bagaço hoje. Tudo bem se eu ligar para Fraser e ficar outra noite aqui? Assim eu dormiria bem e dirigiria amanhã.

— Claro, não vá dirigir à noite se não está bem. Desculpe ter deixado você cuidando de Maisie de manhã.

— Não tem problema, você precisava sair e encontrar aquela tal Emily... Qual seu nome mesmo?

— Emily Simms. Ela me perguntou... — inspirei profundamente — bem, ela perguntou se eu quero ir à Austrália por alguns meses. Organizar algumas exposições, ir a inaugurações e tudo isso. Por todo o país.

Houve um momento de silêncio.

— Por alguns meses? E Maisie? Quero dizer, é maravilhoso, mas... o que Maisie vai fazer?

— Ela iria comigo. Não acho que devamos nos separar por tanto tempo.

— Não, é claro que não, você precisa levá-la com você, senão vocês dois sofreriam, acho.

Concordei com a cabeça. Ela não disse nada.

— É uma oportunidade maravilhosa — revelei hesitante — o tipo de sucesso com que nunca sonhei.

— Isso porque você nunca sonhou com nenhum sucesso. O sucesso nunca pareceu ocupar uma posição elevada na sua lista de prioridades. Dinheiro, menos ainda.

— Sucesso significaria ter de trabalhar menos e ficar mais com Maisie, e dinheiro significaria dar as melhores oportunidades da vida para ela.

— Como o quê?

— Como a melhor universidade, o melhor... não sei. O melhor de tudo. Está bem, sei o que você está fazendo.

Sorri.

Shona sorriu de volta e deu de ombros.

— Se sente que deve ir, não acho que no fim ela sofreria. Você cuidaria dela, ela ficaria bem e aprenderia muito e veria muitas coisas... É que não estou certa de que você gostaria disso. Ficar longe de casa por tanto tempo, tendo de entreter e conhecer um monte de gente nova, fazer novas relações e contatos. Você teria de se socializar terrivelmente. Não sei, acho que você ficaria um pouco... bem, como um peixe fora d'água. Mas também é por apenas uns meses...

— Você diz que ficar longe de casa seria ruim, mas o que me mantém aqui? Você tem a própria vida em Aberdeen, meus amigos estão todos casados, temos um milhão de primos com a média de idade de setenta anos... *quem* me mantém aqui? Ninguém vai ficar devastado se eu sair por um tempinho.

— Eu ficarei. Mas isso não interessa. Sabe o que penso? Há algo que você não está me contando. Não sei... é como se você *quisesse* se afastar daqui.

— Bem, acho que há algo que *você* não está me contando. Você tem estado estranha este fim de semana e não sei bem o que é.

— Não tente me distrair. Isso não é sobre mim.

— Bem, não, mas vou lhe propor um trato. Eu conto se você me contar.

Ela hesitou e me olhou com a boca semiaberta por um segundo. Então lançou:

— Estou grávida. De novo. Não vou entrar na faculdade no ano que vem, vou voltar para as noites sem dormir e cochilos... Eu realmente... realmente queria fazer isso, sabe? Tornar-me enfermeira. Casei-me tão nova, comecei a ter filhos... Essa era a *minha* hora...

— Ah, Shona... — coloquei meu braço em volta do seu ombro e afastei seu cabelo loiro do rosto — sinto muito.

— Não diga isso! Não diga que sente muito. Parece algo terrível para se dizer sobre um bebê...

— Eu sei, mas não consigo lhe dar os parabéns se você diz que está devastada.

— Dá para acreditar? Foi um acidente. Um acidente! Estou tomando pílula, não pulo um dia, não vomitei nem nada, mas ainda assim aconteceu! Nem fazemos com tanta frequência, com as meninas e todas as coisas, estou sempre exaurida...

— SHONA, por favor, não quero ouvir sobre isso. Seja o que for, não quero escutar nada sobre a vida sexual da minha irmã!

— Desculpe...

— Fraser sabe?

— Não. Só tive certeza hoje de manhã.

— Bem, talvez seja um menino...

— Não diga isso! É terrível dizer isso, pois se for uma menina, vai parecer que ela foi menos desejada que as outras três.

Ri.

— O que é engraçado?

— Não posso dizer que sinto muito porque não é algo bom para dizer sobre um bebê. Não me parece que você está infeliz quanto a esse bebê.

— NÃO diga isso, não diga que estou infe... Ah, sim, entendi o que quer dizer...

— Sei que está decepcionada quanto ao curso, mas você pode voltar em alguns anos. É só um adiamento. Sei que não é o ideal... — ela abriu a boca — eu sei, eu sei, não diga que não é ideal porque o bebê pode se ofender!

Nós dois rimos e ela secou o rosto molhado.

— Obrigada.

— De nada. Parabéns — dei-lhe um abraço.

— Agora é sua vez. E não tente mudar de assunto.

— Convidei Eilidh para sair comigo, e ela disse não.

O rosto de Shona despencou.

— *Não?* Mas por quê?

— Talvez ela não goste de mim, sei que parece impossível para você que alguém não goste do seu irmãozinho, mas...

— Não, não é isso. Ela gosta de você. Talvez seja cedo demais...

— Sim. Que seja. Estou desistindo. Para sempre. Não quero mais isso... não quero mais dor de cabeça — as palavras saíram com dificuldade. Não é fácil falar sobre sentimentos, nem mesmo com minha irmã.

— Ah, Jamie. É tão complicado, não é? Nossos planos estão indo por água abaixo... Outro filho, talvez Austrália e Eilidh dando errado...

— O que quer dizer com Eilidh dando errado? Você estava contando que ficaríamos juntos?

— Você não entende mesmo as mulheres, não é? É claro que eu estava contando com isso!

— Ah, bem, sou sempre o último a saber.

— Verdade. De todo jeito, é tudo tão confuso. Queria que alguém... bem, queria que alguém pudesse cuidar de nós... resolver tudo...

Olhamo-nos.

— Eu vou cuidar de você. Vou preparar um jantar bem gostoso e uma xícara de chá e então vou colocá-la na cama.

— Você parece a mamãe.

Isso me fez sorrir.

18

Aulas de balé

Eilidh

As tais aulas de balé se tornaram minha cruz. Aquelas mulheres ficavam me fazendo perguntas sem parar. Quatro vezes em uma semana. *Precisava* fazer aquilo parar.

— Jamie, você tem um minuto?
— Claro. Chá?
— Sim.
— Vai ficar? — indagou uma vozinha de trás do sofá. Maisie tinha construído uma toca com um lençol entre uma cadeira e as costas dos sofás, e a havia mobiliado com almofadas, seu Chalé Rosa e seus pôneis.
— Não, querida, não para jantar, apenas para uma xícara de chá — respondi.

Vi Jamie abrindo a boca para dizer algo. Provavelmente reiteraria o que eu acabara de dizer. Ele com certeza não queria passar mais tempo comigo, depois daquela noite terrível.

— Ah, tá bom... — disse ele.

Ficamos em volta da chaleira até o chá ficar pronto, depois nos sentamos no sofá. Maisie estava brincando de servir chá para seus pôneis.

— Mais chá, Maisie? Sim, obrigada, Rosinha. Vou comer um bolinho com geleia e salgadinho e pipoca, obrigada.

— Certo. O que foi? — perguntou ele. Ele parecia cansado, pálido, sombrio. Tem estado bem ocupado, mais ocupado ainda depois da inauguração.

— Bem, uma mãe da escola tem me atormentado. Ela diz que todas as garotas menos duas vão às aulas de balé no sábado de manhã, e uma delas é Maisie. Diz que Maisie está sentindo falta, que eu deveria levá-la. Mas sei que vocês dois gostam de ficar em família nos fins de semana, e não tenho certeza se você quer abrir mão disso.

— Nunca soube dessas aulas de balé... Também não posso lhe pedir para levá-la. Vou levá-la. Embora seja um horror — ele sorriu com um brilho no olhar.

— *Vai ser*. Eu mesma teria medo, será o baluarte da máfia das mães.

Ele riu, uma risada profunda e incondicional.

— A máfia das mães?

— Você talvez nunca tenha reparado. Os homens nunca notam esse tipo de coisa.

— Engraçado você dizer isso. Shona me disse a mesma coisa no fim de semana passado. Sobre outra coisa.

— Shona estava certa. De todo modo, não se preocupe com as mães mordazes. Vão ficar todas em cima de você. Elas amam você, Jamie! — virei os olhos.

— É claro que amam — falou dando uma piscadela, e nós dois rimos. Era bom conversar com ele daquele modo, sem... mal-entendidos.

— Não me importaria de levá-la, entretanto. Não seria nenhum problema para mim. Ela vai ficar muito, muito bonitinha com a roupa de balé!

— Então vamos conosco — convidou, olhando diretamente nos meus olhos.

Hesitei.

— Olha, sei que você não se sente... Sei que não quer... — ele começou a se atrapalhar e a corar. Queria salvá-lo disso.

— Tudo bem, sério...

— O que quero dizer é que podemos ser amigos. Como quando éramos crianças. Eu... eu quero você na minha vida. Mesmo que não seja do jeito que eu desejava... ainda assim quero você na minha vida.

— O que tem para o jantar? — espiou Maisie da toca. Nós dois saltamos.

— Desculpem, não preparei nada para vocês hoje... acho que não tem jantar! — revelei, grata pela interrupção. Estávamos entrando em um terreno perigoso.

— Não tem problema, mesmo, você não precisa fazer isso, aliás.

— Mas eu quero. Gosto de cozinhar. É que hoje... — dei de ombros.

— Ah, sei o que está tentando dizer, não tem comida no armário — ele sorriu — estive tão ocupado com a inauguração e os pedidos que chegaram...

— Não se preocupe, vou trazer alguma coisa da loja amanhã.

— Você não precisa trabalhar mais ainda.

— Não é nenhum incômodo. Sério.

— Obrigado. Sempre guardo algum dinheiro aqui, é só pegar — ele esticou a mão para pegar a lata de biscoito no alto da prateleira.

— Papai! Estou com fome! — o alto da cabeça loira apareceu detrás do sofá, seguida por um rostinho.

— Chinês?

— Danado! — sorri.

Ele riu.

— Feito, então. Agora, onde está o cardápio... — Jamie começou a revirar a gaveta da cozinha.

— A propósito, não tenho ouvido notícias da Shona há um tempo. Mandei uma mensagem de texto para ela perguntando o que ela achava sobre as aulas, você sabe, uma opinião de mãe. Espero que não se importe.

— Nem um pouco, ela é a autoridade oficial em assuntos de meninas — respondeu pegando um maço de cardápios e panfletos — está aqui em algum lugar...

— O negócio é que ela prometeu que me ligaria e não ligou. Não combina com ela, especialmente no que se refere a Maisie. Você sabe se está acontecendo alguma coisa?

— Bem... não tenho certeza. Acho que ela... acho que ela está com algum problema agora...

— Entendo — Jamie *sabia*, mas não queria dizer — bem, diga a ela que estarei sempre à disposição, se ela precisar conversar ou de uma mão ou algo assim...

— Vou falar. Aqui está. O melhor e único de Glen Avich, o Golden Palace. O que vão querer?

Shona

Então aqui estou eu, parada em frente ao espelho de calcinha e sutiã. Os inconfundíveis sinais da gravidez. Seios maiores para começar, cheios de veias, inchados e um pouco doloridos. Cabelo mais reluzente, pele brilhante, mas sombras azuladas embaixo dos olhos – por causa do cansaço, do enjoo matinal, da insônia ou tudo isso junto. E a barriga, a barriguinha que não é bem real, propriamente uma barriga, mas é bem grande, bem firme e sólida para ser apenas sinal de bolos recheados demais.

A primeira vez em que engravidei parecia que um trem tinha me atingido. Eu estava constantemente enjoada, não conseguia segurar nada no estômago, nem dormir, quanto mais pensar. Meu cérebro tinha sumido. Honestamente, foi um inferno, tanto que eu precisava ficar me lembrando o tempo todo de que haveria um prêmio no final disso tudo. Os hormônios me deixavam instável, deprimida e incrivelmente irritada. Temo quando lembro a vez em que atormentei a gerente de uma loja em Kinnear porque os funcionários não empacotaram meus congelados rápido o suficiente! Eu, em geral de modos suaves, a extremamente delicada Shona, que foi educada para nunca, nunca, nunca ser grosseira. O pior foi quando gritei com Fraser por duas horas inteiras, durante todo o caminho para Borders, onde passaríamos as férias. O coitado deve ter temido pela vida, duas semanas preso em um chalé no meio do nada com uma mulher possuída.

Fiquei um pouco mais alegre quando o enjoo diminuiu e consegui comer de novo. A cor voltou ao meu rosto. E, então, veio o primeiro chute. Nunca vou me esquecer da sensação: um farfalhar, como uma borboleta ou uma bolha estourando dentro de mim. Foi a primeira vez em que senti que ela estava lá, minha filha, que estávamos *juntas*. Comecei a conversar com ela e sabia quando ela estava dormindo, quando fazia algum exercício, quando não se sentia cômoda ou queria se mover. Ela me contava tudo isso, com chutes e movimentos e... bem, telepatia. Eu sei, não é telepatia em sentido literal, é que parecia que ela falava comigo sem palavras. Em todo caso, sempre que acontecia, eu sabia.

O trabalho de parto foi... Como posso dizer? Bem, quando se trata do primeiro filho e você conversa com mulheres que já passaram por isso, elas dizem algo como: "Sim, o trabalho de parto é um pouco dolorido, mas depois você esquece e terá seu lindo bebê no final..."

Tudo um monte de mentiras. Não é "um pouco" dolorido e você não esquece nada – é apenas uma conspiração iniciada por mulheres para preservar a raça humana. O trabalho de parto é um *inferno*. É um dia e meio de agonia pura e infindável e não esqueci nenhum detalhe. Nem Fraser, que teve de cuidar da mão estraçalhada – a única que segurei pelo tempo todo – por alguns dias depois. Ele tentou se soltar, mas não deixei.

— Querida, se importaria... pode soltar minha mão por um minutinho... ai!

— Acha que isso é dor? — gritava com ele. — VOCÊ NUNCA SENTIU DOR! DESGRAÇADO... AAAAAAAIIIIIIIIIIIII!!!!!!!!!!!!!

O engraçado é que quando uma amiga grávida me perguntou sobre o trabalho de parto, adivinha o que respondi? "Bem, dói um pouco, mas você esquece e depois recebe seu lindo bebê no final de tudo...", e assim a conspiração continua e a raça humana não se extingue. E embora eu não tenha esquecido a dor, o resultado final foi tão maravilhoso, tão incrivelmente alegre, que mal pude esperar por passar por tudo outra vez.

Alison Elizabeth Boyd era maravilhosa, tão pequenina, enrugadinha e macia, com olhos que pareciam duas piscinas escuras de outro mundo. Apaixonei-me por ela desde que soube que ela estava lá, então me apaixonei de novo quando ela começou a se mexer. Mas quando ela nasceu foi diferente. Foi como uma onda do mais intenso amor que eu já havia sentido na vida. Foi um tsunami, na verdade. Fiquei sem ar. Segurei-a e não consegui soltá-la por cerca de seis meses.

"Não sabia o que era amor até você nascer", sussurrei para ela uma noite quando estávamos sozinhas, lágrimas de pura emoção rolando no meu rosto. Aqueles momentos que você nunca, nunca conta a ninguém. Como quando eu tirava seu macacão e a blusa e a fralda e a deixava chutar em uma toalha sobre nossa cama, apenas para desfrutar da visão de seu corpinho rosado, macio e perfeito e sentir que se eu morresse ali, então teria valido a pena só por aquele momento.

Era uma felicidade. E era terror. Todos os meus radares estavam a postos, atentos ao perigo. Quando ela estava em meus braços, a cabeça delicada poderia bater em algo. Durante os primeiros dias, fiquei paralisada toda vez em que passava por uma porta. Seu banho podia estar quente ou frio demais. Eu podia beliscá-la sem querer ao trocar sua fralda, com essas coisas adesivas assustadoras que ficam do lado. E, pior de tudo, ela podia parar de respirar no meio da noite. O mundo a nossa volta era cheio de perigos e eu tinha uma necessidade dolorosa e física de protegê-la. Sentia-me tão furiosamente protetora que poderia até *rosnar*.

Demorei uns dois anos para relaxar, e nessa época engravidei de novo, de Lucy. Meus sentimentos por ela não foram menos intensos, mas inteiramente diferentes. Bem menos penosos, bem menos assustadores. Lucy chegou à nossa família sem incomodar, um bebê feliz e calmo que comia e dormia e quase não chorava, e Alison adorava ter uma irmã.

Alguns anos depois veio Kirsty, o bebê da família. Acho que eu deveria ter sido um tanto blasé em relação a tudo nessa época, mas Kirsty me nocauteou com seu cabelo preto, igual ao do meu pai e do Jamie, e sua doçura, seu... jeitinho de ser Kirsty. E foi assim. Nossa família estava completa.

E então você veio.

Meus panfletos e formulários da faculdade estão na lata de lixo reciclável, e você está crescendo em silêncio, esperando para aterrissar e virar minha vida de cabeça para baixo.

Estou morta de medo. Estou preocupada que um bebê que venha assim, sem ser planejado, inesperado, possa acabar sendo... menos desejado. E não posso suportar que um de meus filhos seja menos desejado. Não suporto o pensamento de não ser nocauteada por todas as coisas que você vai fazer – o primeiro passo, a primeira palavra – como foi com minhas meninas.

Estou morta de medo de não amar você do modo tão natural e fácil como amo suas irmãs. Jamie acha isso impossível. Esse é seu tio Jamie, você vai gostar dele, ele é ótimo. E quanto a seu pai, bem, ele ainda não sabe.

Suas irmãs foram dormir fora e preparei um jantar delicioso para seu pai e eu; assim podemos ter um pouco de paz e silêncio para conversar. Sobre você, é claro. Ah, aí está ele.

Ele vira a chave na porta e sobe as escadas. Entra e me olha, parada de lingerie.

— Oi... desculpe, ainda não estou vestida...

— Ai, meu Deus...

— O quê?

— Ai, meu Deus...

— O QUÊ?

— Você está grávida!

Ele fica parado ali, com a boca aberta. Pelo amor de Deus, DIGA alguma coisa!

— Como... como isso aconteceu?

Ah, Deus. Ele não está feliz.

— O que acha?

— Sim, bem, eu sei, mas... você esta tomando pílula... Ah, quem se importa! — e sorri, me abraça, acaricia meu cabelo e diz com a voz abafada em meu pescoço: — Amo você.

Todos os meus medos desapareceram de uma vez e eu sei que vou amar você, meu querido bebê que ainda não nasceu, tanto quanto os outros. Mas não como os outros. Você vai ter seu tipo de amor especial, como todas elas têm; um que só você e eu dividimos.

Mas por favor, por favor, deixe o enjoo matinal de fora desta vez.

19

Longe e distante

Jamie

Pensei e pensei e pensei nisso. Então pensei nisso mais uma vez. Deixar Maisie para trás não era opção, quatro meses longe dela seria simplesmente insuportável.

Eu podia levar alguém comigo, como Emily sugeriu, alguém que pudesse cuidar de Maisie e ajudá-la com o trabalho da escola também. Obviamente, Eilidh estava fora de questão, seria muito estranho, com tudo que estava acontecendo entre nós. Não queria nenhuma outra pessoa, mas não achei que seria difícil encontrar alguém que aceitasse o trabalho. Um tour de quatro meses pela Austrália, cuidando de uma menina de cinco anos, fácil de lidar e doce seria atraente para muita gente.

Sabia que sentiria falta de Shona, mas voltaríamos pouco depois do nascimento. E quanto a ficar longe de Eilidh... Bem, foi por isso que quis ir, na verdade. Não podia afastar meus sentimentos. Esse acordo que fizemos, de nos encontrar toda noite quando eu chegava em casa e todo sábado para ir às aulas de balé, estava ficando impossivelmente difícil para mim. Como um tipo de tortura.

Depois da nossa conversa, ela começou a colocar duas canecas de novo e lá estávamos nós, sentados no sofá com Maisie a nossos pés, e eu sentia seu perfume e sua pele quando de vez em quando ela se encostava em mim, e sentia como se uma mão estivesse espremendo meu coração. Eu falaria com ela e não seria suficiente. Eu a veria e não seria suficiente. Quando conversávamos, eu nunca queria que parássemos de falar. Quando eu estava com ela, nunca queria me separar. Queria segurá-la em meus braços e nunca deixá-la sair. Mas nada, nada podia ser suficiente, pois eu queria beijá-la, tocá-la, fazer amor com ela. Não tenho vergonha de assumir, por que deveria?

O que aconteceu comigo? Apenas alguns meses atrás eu não tinha condições de deixar ninguém entrar em minha vida. Estava determinado a garantir que seríamos apenas Maisie e eu. Magoei Gail ao deixá-la entrar em nossa vida; eu apenas não a queria lá.

E, então, Eilidh chegou e *destruiu* todos os muros, apenas os derrubou, transformando-os de pedra em pedregulhos e depois em areia, e eu fiquei... vulnerável.

Seus olhos azuis, o cabelo que tem a cor de castanhas, uma matiz de marrom escura, intensa e brilhante, a pele cor de creme com uma pitada de âmbar, talvez de seus ancestrais judeus? Sua voz, a risada, o modo como anda e para, tão pequena e vulnerável e ainda assim forte. Como se tivesse a espinha dorsal de aço, embora não saiba disso. E nisso, nela, era tudo que eu conseguia pensar. Ela me perseguia. Meu coração se elevava sempre que a via e então apertava quando ela partia. Vivia para os momentos que passávamos juntos.

Eu *precisava* ir para a Austrália. Era o único modo. Seria tortura continuar daquele jeito. Nunca pensei que desejaria sair da Escócia, mas de alguma maneira a Escócia e Eilidh estavam se fundindo, tornando-se a mesma coisa, aquilo que significava lar para mim.

— Oi, aqui é Jamie McAnena, posso falar com Emily, por favor?
— É ela. Como vai? Espero que tenha boas notícias para mim.
— Bem, decidi aceitar o convite.
— Ah, estou tão contente!

— Mas não tenho ninguém para ir comigo e cuidar da Maisie, pelo menos por enquanto. Então preciso resolver isso antes de lhe dar um sim definitivo.

— Talvez eu consiga ajudá-lo com isso. Falei com minha sobrinha, Emma. Ela é professora primária, se formou em julho, e está trabalhando como professora substituta em várias escolas. Está pensando em lecionar no exterior, talvez em Singapura, mas ficaria feliz em ficar quatro meses aqui para dar aulas e cuidar de Maisie. Ela é uma menina adorável, tem apenas vinte e um anos e é ótima, embora eu saiba que sou suspeita!

— Não, parece bom. Ótimo, na verdade. Uma professora seria o ideal.

— Exatamente. Emma pode falar com a professora de Maisie, assim poderia continuar com as aulas e ela não perderia o ano.

— E onde Emma mora?

— Em Londres, como eu. Venha conhecê-la, pode ficar conosco. Ou iremos até aí visitá-lo, se quiser. Meu marido mal pode esperar para conhecer Glen Avich, eu lhe contei que é lindo.

— Tanto faz. Podemos ir até aí ou se quiserem tirar uns dias de folga, venham e fiquem aqui em casa comigo.

— Não, são três pessoas, talvez quatro, porque minha irmã, a mãe de Emma, adoraria ir junto. Vamos nos hospedar no Green Hat. Meu Deus, há tanto o que conversar... Estou tão feliz que tenha dito sim. Assim que nos der o sinal verde com os acertos de Maisie, vou entrar em contato com o pessoal da Austrália para organizarmos tudo.

— Está bem. Obrigado, Emily. Mande um e-mail ou me telefone quando estiverem chegando.

— Sim. Falo com você em breve. Ah, e Jamie...

— Sim?

— Você tomou a decisão certa.

— Sim. Obrigado. Até mais.

Será?

Emily havia falado em Sidney, Melbourne, Perth e talvez Nova Zelândia, também. Lugares que nunca pensei visitar, que nunca pensei que Maisie fosse conhecer tão nova. Ela ia aprender tanto.

Emily também tinha dito que deveríamos deixar tudo pronto preferencialmente até março. Tenho menos de quatro meses. Tudo me pareceu tão repentino. O Natal seria em três semanas e então março chegaria antes que notássemos. Precisava contar para Maisie. Conhecendo-a como a conhecia, ela ficaria extasiada. Ela não é uma criança nada temerosa, sabia que aceitaria o desafio. O problema era que ela e Eilidh haviam ficado tão próximas...

Eu tinha de contar a Eilidh. E, é claro, a Shona. Mas ia esperar um pouquinho, até o choque de sua gravidez inesperada passar.

Imaginei como Eilidh aceitaria a decisão. Por outro lado, eu nem mesmo sabia se Eilidh estaria aqui quando voltássemos. Sabia que ela estava pensando em voltar após o Natal, depois ela me dissera que ficaria até pelo menos a próxima primavera. Ela claramente não queria voltar para Southport, mas quem sabe?

O fogo estava se apagando, a tela de TV piscava. O ar daquela noite estava quente, como um dia de verão indiano. Minha sala parecia um tanto estranha, como se as coisas de algum modo tivessem se movido, trocado de lugar. Como se tudo tivesse mudado um pouco.

Logo, minha casa seria um hotel, um lar diferente em alguns meses. Meu Deus. Eu, em *turnê*? Sou apenas um ferreiro, não um *popstar* ou algo assim. A vida *é* imprevisível.

Não tinha certeza se estava realmente animado ou de fato apavorado. Uma mistura dos dois. Terminei meu copo de água com gás com limão, desliguei a TV e comecei a subir as escadas.

E então aconteceu. As cortinas da janela no fundo da sala tremeram quando saí.

Quando isso começou a acontecer, quando percebi que não era minha gata Mischa – ela deveria estar fora para sua caça noturna diária –, me assustei muito. Meu coração sempre parava de bater por um segundo e os pelos da nuca se arrepiavam. Mas começou a ocorrer com tanta frequência – não toda noite, mas quase isso – que não me assustei mais. Comecei a esperar por isso. Um leve tremeluzir, o modo como as cortinas tremulam e esvoaçam um pouco quando alguém anda ao lado delas...

Minha casa é muito velha e muita gente morou aqui antes de nós. Há uma longa linhagem de pessoas atrás de cada um de nós. Não me surpreenderia se houvesse algum rastro delas, isso não me assustaria.

Subi, toquei a testa de Maisie com os lábios, acariciei levemente seus cabelos loiros e me certifiquei de que ela estava aquecida e aconchegada debaixo do edredom branco com estrelinhas lilás. Como faço toda noite, maravilhei-me diante de sua doçura, sua inocência ao dormir, e pensei em como tenho sorte porque Deus, a vida ou qualquer poder que seja, a tenha me enviado. Deitei-me na cama, fria, grande e vazia, e, como acontece toda noite, apesar dos meus maiores esforços, o rosto de Eilidh surgiu flutuando diante de mim, atrás dos meus olhos fechados.

Elizabeth

Ele está indo embora.

Ele está indo embora e eu sei que não estarei mais aqui quando ele voltar. Não posso fazer muita coisa, não posso resistir por muito tempo antes que me afaste, antes que minha alma seja chamada de volta, torne-se nova e seja enviada de novo para a roda da vida.

Sei que nunca mais verei meu filho amado outra vez. Minha adorada Maisie.

Não vou impedi-lo. Preciso deixá-lo ir. Se as coisas com Eilidh não estão dando certo do jeito que eu esperava, do jeito que ele esperava... Ainda assim, ele está vivendo sua vida. Parou de beber sozinho, começou a se abrir. Está vivo outra vez. Eilidh fez um milagre, embora não da maneira como eu esperava que fizesse.

Quem sabe o que vai acontecer quando estiver na Austrália. Talvez conheça alguém. Talvez fique por lá. Quem sabe? Não estarei lá para ver. Mas preciso acreditar que ele vai ficar bem, e que Shona se sairá bem com sua quarta filha – é outra menina. Vou esperar até ela dar à luz, estarei lá para abençoar minha nova neta.

E então partirei. Espero, espero com todo o meu coração que eu possa voltar à Escócia. Mais que tudo, espero que, quando eu for outra pessoa, a Escócia ainda seja minha casa.

Jamie

Eilidh estava certa quanto à máfia das mães. Elas *eram* assustadoras. Nas aulas de dança, eu ficava bem quieto, e Eilidh apenas sorria e não falava nada. Elas pareciam usar um uniforme: jeans apertado, casaco preto, sapatilhas com estampas de animais diferentes, bolsa enorme e aliança enorme. E todas pareciam dirigir jipes enormes. As aulas eram caras, o equipamento era caro, as fantasias para as apresentações — três para cada — eram uma extorsão, e assim apenas "certo tipo de pessoas" podia levar suas filhas lá.

No entanto, as garotinhas eram um grupo legal, engraçadas e bonitinhas em suas roupinhas rosa de balé. Maisie, é claro, era a mais bonita. Ela levantava os braços com tanta graciosidade, treinava ficar na ponta dos pés, inclinava a cabeça para um lado e sorria, e eu explodia de orgulho. Eilidh arrumara o cabelo de Maisie em um coque no alto da cabeça, mantido no lugar por uma... coisa rosa de tricô. Não sei bem como se chama. Na verdade, uma toalhinha para o cabelo que Peggy tricotara. Maisie foi a primeira a usá-la, então todas a imitaram, mobilizando avós e tias-avós para tricotar para elas.

Havia um garoto nas aulas também, aparentando estar farto enquanto pulava para lá e para cá de meia-calça. Ele claramente odiava aquilo, mas sua mãe não tinha filhas e queria participar do círculo dourado de mães, então ele tinha de ir. Pobrezinho, eu o ouvira falar com a mãe uma vez que todos os seus amigos faziam aula de taekwondo nos sábados de manhã, mas ele foi ignorado. A aula de taekwondo era logo ao lado, então as meninas de rosa se misturavam no vestíbulo com os — principalmente — meninos de branco. O menino de meia-calça conversava com os amigos e olhava com vontade para suas roupas, claramente morrendo para se juntar a eles.

Isso me fez pensar se eu tivesse um filho.

Pelo terceiro sábado seguido, Eilidh e eu assistíamos a Maisie da lateral, tentando nos manter na nossa, mas não dava certo.

— Oiiiii, Jamie!

A mãe de Keira. Rápido, esconda-se.

— Ouça, estava pensando por que vocês não vêm almoçar no próximo sábado? — convidou, olhando diretamente para mim e ignorando Eilidh.

Ela tinha unhas muito grandes, muito vermelhas.

— Não posso, desculpe, estou muito ocupado esses dias e trabalharei no final de semana também.

— Ah, bem, talvez a gente possa tomar conta de Maisie para você, e você pode buscá-la e ficar para o jantar, que tal?

— Muita gentiliza sua oferecer, mas minha irmã virá com mais frequência, ela e Eilidh vão dar conta.

— Deve ser difícil para você, sem ajuda — sussurrou com compaixão. Vi os olhos de Eilidh se apertarem, as bochechas ficarem mais vermelhas.

— Eilidh ajuda muito — falei sorrindo e fazendo um gesto para ela.

— Deve ser difícil — reiterou — bem, quem sabe outro dia? — falou ainda sem se dar conta de Eilidh.

— Não, acho que não.

Merda. Eu disse mesmo isso alto?

Eilidh estava atônita. Paula também. Ela me lançou um olhar surpreso, disse algo sobre estar com pressa e saiu.

— Muito diplomático — atestou Eilidh, os olhos arregalados de surpresa, mas os lábios ondulados em um sorriso relutante.

Fiquei mortificado.

— Não devia ter dito isso... apenas *saiu*... Keira é a melhor amiga dela...

— Na verdade, Maisie já não é mais tão amiga dela assim. Diz que Keira está sempre mandando nela e entra sempre em confusão com a professora. E ela não é legal com Ben.

— Quem é esse Ben?

— Ah, lá vamos nós, o papai ciumento! — Eilidh caçoou de mim — Seu novo melhor amigo. Ele é adorável. Um menino muito legal. Faz taekwondo à tarde.

— Você acha que Maisie gostaria de trocar para taekwondo?

— De jeito nenhum. É a roupa rosa, entende. E os acessórios para o cabelo, fim do assunto. Deus, não acredito no que você disse para aquela mulher!

— Nem eu, para ser honesto. Entretanto, ela mereceu, ignorando você daquele modo.

As garotas foram dispensadas e correram em nossa direção, desajeitadas e engraçadas como costumam ser as menininhas, como um bando de patinhos cor-de-rosa.

— Muito bem! Você estava ótima. Certo, querida, vamos, vou ajudá-la a se trocar — falou Eilidh, abraçando Maisie rapidamente. Elas pareciam tão unidas... Eu tinha de contar a Eilidh sobre nossos planos.

— Posso levar vocês duas para almoçar? — perguntei quando elas saíram do vestiário, Maisie de novo em trajes civis – macacão jeans – e o cabelo comprido solto sobre os ombros.

— Sim! Podemos ir ao restaurante vermelho?

O restaurante vermelho é uma espécie de churrascaria entre Glen Avich e Kinnear. Maisie ama esse lugar.

— Está bom para você? — indaguei Eilidh.

— Não sei... Talvez eu devesse voltar, Peggy estará sozinha.

— Bem, eu estava esperando... estava esperando conversar com você sobre uma coisa. Contar às duas de uma vez só...

— Parece sério! — ela riu, mas um pouco preocupada.

— Não, não, nada ruim, só algo que preciso contar a vocês duas. Bem, *perguntar* a Maisie, na verdade. Porque se ela não quiser...

— Quiser o quê? — interveio Maisie. Olhei para Eilidh.

— Está bem. Está bem, eu vou. Vamos.

Depois de um ótimo almoço, do qual não aproveitei por estar nervoso, passamos à sobremesa. Bolo de chocolate para as meninas, café para mim.

— Então... O negócio é que me chamaram para trabalhar na Austrália por um tempo. É um país bem longe, distante, do outro lado do oceano — acrescentei para explicar a Maisie — e eu gostaria de ir. Apenas por poucos meses, então voltaremos.

Respirei profundamente.

— Posso ir com você, papai? — Maisie parecia sem jeito.

— Claro, claro, querida. Você virá comigo e viajaremos juntos, e uma professora vai conosco, assim você não vai perder o ano na escola. Vai ver um monte de lugar maravilhoso.

— Está bem — falou, antes de colocar um grande pedaço de bolo na boca.

— Será legal. Ficaremos em hotéis bons e será uma grande aventura! — expliquei um pouco entusiasmado demais.

— Tá bom, papai — repetiu, dando de ombros.

Ah, bem, essa foi fácil.

Então veio a parte mais difícil.

— Queria contar às duas juntas porque... Bem, Maisie merecia saber antes, você sabe, já que é ela que vai, mas então ela teria contado a você e eu queria fazer isso...

— Isso é ótimo, Jamie, mesmo. Uma oportunidade maravilhosa.

— Sim, uma oportunidade... E ficaremos fora apenas alguns meses.

— Então, quando vão? — perguntou, olhando para o bolo.

— Nessa primavera. Em março.

— Já? — engasgou, mas logo se recompôs. Eu sabia que ela sentiria muita falta de Maisie.

— É daqui a cinco meses... e você ainda verá Maisie muitas vezes até lá...

— Claro, claro. Nem mesmo sei se estarei aqui quando vocês voltarem. Quero dizer, talvez eu volte para Southport...

Não consegui respirar por um segundo.

— Sim, entendo...

— Bem, e sua... Bem, não posso dizer mudança, posso? Vocês vão voltar...

— Emily... Você conhece Emily Simms, falei dela para você... Ela disse que é uma turnê.

— Um ferreiro em turnê? — riu ela.

— Eu sei... parece um pouco... 'X-Factor', não é?

— Só não vá destruir quartos de hotel! À sua *turnê* — falou com um grande sorriso, levantando o copo de suco. Juntamo-nos a ela.

— À turnê...

— O que é turnê?

Eilidh e eu rimos, Maisie também, mesmo sem saber por quê. Então terminamos a refeição, embora Eilidh tenha apenas beliscado o bolo depois disso e ficado muito quieta no caminho de volta.

Eu queria dizer a ela que as coisas teriam sido diferentes se ela tivesse dito sim naquela noite... Mas não disse, não precisava, ela sabia.

— Não se esqueça de fazer as malas — disse Maisie quando Eilidh saía do carro. Eilidh ficou paralisada. Eu também.

— Eilidh não vai, querida, só vamos eu e você.

O rosto de Maisie desmoronou.

Sabia que tinha sido fácil demais.

Eilidh sorriu como se nada estivesse acontecendo, deu uma batidinha na janela de Maisie e acenou alegremente, mas eu olhei pelo espelho quando dirigia e vi que sua expressão era de... abandono. Esse é o único modo de descrever.

Maisie também ficou quietinha.

Meu coração apertou.

— Papai?

— Sim?

— Sabe quando formos para Austrália?

— Sim?

— Vovó irá?

Fiquei em silêncio por um minuto.

— Sua avó? Querida, você sabe que vovó está no céu...

— Não à noite, à noite ela vai à minha cama.

Não respondi. Precisava admitir, eu estava um pouco assustado. Ela não disse nada mais sobre isso e não perguntei.

20

Não deixe que nada aflija você

Eilidh

— Oi, mãe, sou eu.

— Oi, Eilidh, como vai você? Você tem ligado muito esses dias.

— Sim, bem, desculpe — só minha mãe para dizer algo assim.

— Achei que deveria contar que vou ficar aqui no Natal.

— Bem, está bem, mas não espere que a gente vá até aí. Peggy não pode hospedar todos nós e sairia uma fortuna para Katrina pagar a hospedagem de todo mundo no Green Hat.

— Não, é claro, claro que não espero que venham para cá — Deus me livre!

— Não vai sentir falta das crianças? São seus sobrinhos, afinal — seu ar era reprovador.

Sim, eu sentia falta deles. Sentia falta dos meus sobrinhos, embora Katrina nunca tenha deixado que nos aproximássemos direito, nunca tenha dado tempo para nos conhecermos. Mas eu os amava muito – Jack, as gêmeas e a pequenina Molly...

— Sim, é claro, mas não estou pronta para voltar. Nem mesmo para o Natal.

— Katrina me contou que você foi muito fria com ela quando ela telefonou para lhe convidar.

Não valia a pena dizer nada. Minha mãe nunca me ouve quando digo algo que seja remotamente crítico a respeito de Katrina. E elas têm a mesma noção de diplomacia, portanto, os comentários ofensivos de Katrina fazem parte do que minha mãe considera normal. De algum modo.

— Eu estava pensando, talvez você e papai pudessem vir até aqui... Só vocês dois... Talvez não para o Natal, mas nessa época...

— Nós? Não, querida, desculpe, mas não podemos. Vamos passar as datas festivas com Katrina e as crianças e depois vamos para Cornwall visitar Jim e Laura.

— Ah, claro, eu não devia ter perguntado.

— Precisamos de férias apropriadas, você entende.

— Sim, claro. É claro que precisam. — inspirei profundamente — Tem falado com Tom recentemente?

— Sim, ele liga bastante. Garantimos a ele que você está bem. Perguntei a ele, você sabe, sobre a garota. Eles estão morando juntos.

Ah. Uma pausa enquanto eu tentava respirar novamente.

— Sinto muito, Eilidh. Que bons ventos o levem. Não sei como falo com esse cara! Seu pai queria dar um soco nele!

Imaginar meu pai, sempre tão pacífico e amoroso, dando um soco em alguém era difícil.

— Não, não façam isso! Está bem? Vou resolver tudo logo, não se preocupem. Estou bem. Estou bem... quanto a isso.

— Como eu disse, bons ventos o levem. Preciso ir, Eilidh. Tenho que ligar para Laura. Até mais.

Ela era capaz de passar horas com Laura no telefone, mas sempre me cortava. Não adiantava ficar chateada com isso, as coisas são assim e pronto.

Depois do Natal, eu iria resolver tudo. Falar com Tom, deixar o processo de divórcio em andamento.

Divórcio. Deus. Que palavra difícil. Eu estava sem dúvida adiando, mas precisava resolver minha situação.

Peggy veio até mim.

— Eilidh, querida, não consegui deixar de ouvir a conversa de vocês. Margaret e Sandy vêm para a ceia de Natal. Eu adoraria se você ficasse.

— Eu também, se estiver tudo bem para você.

O rosto de Peggy se iluminou e isso aqueceu meu coração.

— É um prazer. Sabe, como as meninas não vêm este ano, é ótimo tê-la aqui. Sandy e Margaret estão sozinhas, também – James vai ficar em Londres com os parentes da mulher –, assim seremos apenas nós quatro. Tem certeza de que não se importa de ficar só com as mais velhas?

— Ah, vai ser uma loucura, Peggy. Vamos dançar nas mesas e nos acabar!

Peggy riu.

— Oh, santo Deus. Você tem uma *personalidade*.

— Tudo bem se eu cozinhar? Estou pensando em algo alternativo. Não o peru de sempre, você sabe... algo mais... não sei, algo que nos estimule um pouco. Como chefes de cozinha.

— Chefes de cozinha? Ah, santo Deus — Peggy diz muito "santo Deus" quando está animada — parece ótimo. Vou ter de fazer pavê, sabe; Sandy e Margaret não ligam muito para pudim de natal, mas amam pavê.

— Ótimo. Vou comprar um panetone também. Sobremesa tradicional italiana.

— Italiana? Ah, santo Deus... — de novo? As coisas claramente estavam saindo do controle — Mal posso esperar para provar! — riu.

—Vou fazer *blinis*[4] e salmão e creme fresco de entrada... Que tal pato? Pato assado com legumes e batatas?

— Claro, querida, qualquer coisa, acredito no seu gosto. E posso aceitar uma mudança. Comi peru por anos. Surpreenda-me. Espere até eu ligar para Margaret e contar a ela sobre nossos planos.

---

[4] Um tipo de panqueca fina. (N. E.)

Sorri. Então uma ideia tomou forma em minha mente; uma ideia totalmente perversa, nada típica de Eilidh.

Nosso cartão de crédito, meu e de Tom.

Talvez ele não o tivesse cancelado.

Oh, meu Deus. Totalmente desonesta.

Ainda assim, o homem estava morando com a namorada. Teve uma namorada ao seu lado durante anos, enquanto eu passava por tudo aquilo... Talvez ele até saísse com ela enquanto eu estava no hospital...

Certo. Vou fazer isso.

— Está saindo, querida? Vai voltar para o almoço?

— Não, vou passar o dia em Aberdeen, Peggy, você se importa? Vou fazer compras de Natal.

— Não me importo, querida, vou ficar sentada aqui e assistir a episódios de *Coronation Street*, esquentando os ossos um pouco — ela fez um gesto para a lareira.

— Parece que já tem planos — arrumei-me o mais rápido possível e saí no ar gelado. Enquanto caminhava para a estação, verifiquei o quadro de horários. Ótimo, eu precisava esperar apenas vinte minutos. Sentia-me mais animada a cada passo. No trem, entretanto, comecei a titubear quanto ao cartão de crédito. Ah, Deus, o que eu estava fazendo? Mas, então, ainda estávamos casados. Depois de tudo, eu não ia pedir nem querer mais nada, ele podia ficar com tudo, não me importava. Mas essas compras, ah, ele me devia isso.

Colinas e charneca passaram diante dos meus olhos enquanto eu me encostava à janela, beberiscando café em um copo de papel. Talvez ele tivesse cancelado o cartão, mas eu não acreditava nisso. Não seria típico de Tom, sabendo que eu estava sem trabalhar, me deixar abandonada. Minha mãe me contara que ele havia perguntado várias vezes se eu precisava de dinheiro, mas a resposta tinha sido sempre não. Eu podia viver bem com o que Peggy me pagava. Não era muito, mas eu não precisava de muito. Não queria nada de Tom, apenas minha liberdade e um novo começo.

Sabia que eu precisava resolver minha vida, garantir uma casa, guardar algum dinheiro. Minhas economias eram poucas, mas eu tinha minha profissão. Eu podia encontrar emprego em uma creche e continuar morando com Peggy até ter dinheiro suficiente para dar entrada em uma casa. Fazer uma hipoteca. Ter meu próprio lugarzinho, um emprego de tempo integral. Uma vida. Estava tudo diante de mim, um milhão de possibilidades, e me senti fortalecida.

Aberdeen estava muito fria, gelada, brilhante, linda. As lojas estavam todas decoradas para o Natal e as ruas, lotadas de pessoas envoltas em chapéus e cachecóis. Sempre amei o Natal. Mesmo com o fardo de não ter filhos para aproveitar a época comigo, ainda o amava. As árvores, o odor das pimentas, a escuridão do inverno quebrada pelas luzes natalinas, as vitrines das lojas iluminadas e festivas. Na creche, costumávamos fazer vários pequenos artesanatos de Natal, a peça para os alunos da pré-escola, e eu adorava tudo.

Trazia um sorriso no rosto quando entrei na Station Square e fui em direção à Marks and Spencer. Peggy merecia um agrado.

— Entrega, por favor. Sim, na próxima quinta-feira está bom. Peggy Watson, Holly Cottage, Glen Avich. Não, a casa não tem número. Obrigada.

Pato, um.

Batatas, três pacotes.

Legumes variados, três pacotes.

Panetone, dois.

Salmão defumado, dois.

Ingredientes variados para cozinhar, muitos.

Biscoito amanteigado, cinco caixas (para darmos para os amigos).

Garrafas de uísque, cinco (uma para nossa mesa, uma para meu pai, uma para Harry e Doug, uma para Jamie e uma para Fraser).

Cortesia do Sr. Tom Davies.

Entreguei o cartão de crédito decidida, desafiadora, mas meu coração estava na garganta. Talvez eu devesse ter checado antes. Imagine a cena.

Muito, muito, muito tempo depois, um zunido. O cartão foi aceito.

Rá. Vingança.

Mas então me senti culpada.

Saí rapidamente e descobri uma ruazinha lateral. Peguei o telefone. Como eu poderia bloquear meu número? Não queria que ele me ligasse quando bem quisesse. Penei um pouco até descobrir como fazer – Deus sabe como consegui, sou péssima com esse tipo de coisa.

O telefone estava tocando.

— Tom, sou eu.

— Eilidh! Ai, meu Deus, Eilidh! — ouvi uma comoção no fundo. Provavelmente a namorada — Você está bem? — ele estava sem ar, como se falar comigo fosse algo chocante. O que de fato era. Para nós dois.

— Estou bem, obrigada. Só queria que soubesse que quero o divórcio. Contrate um advogado, por favor. Não quero nada de você, só que o processo seja rápido.

— O quê? Divórcio? — ele estava sussurrando.

— Bem, o que você esperava? Viver com nós duas?

— Não, não, mas... foi tão repentino...

— Repentino? Já dura anos. E eu sempre soube.

— Eilidh, é complicado. Olha, não podemos resolver as coisas assim. Precisamos conversar.

— Não, não precisamos. Contrate um advogado. Telefono depois do Natal, para assinar o que você quiser.

— Eilidh...

— Ah, e tem mais, usei nosso cartão de crédito para comprar coisas para a ceia de Natal para mim e minha família. Minha família escocesa, quero dizer. Obrigada.

— Fique com o cartão, Eilidh, você precisa dele... Sua mãe me disse que você trabalha naquela loja em Glen Avich. Vamos lá, você não pode viver assim.

— Acho que você vai descobrir que posso. Estou destruindo o cartão agora mesmo — revelei, ao dobrar o objeto várias vezes até ficar inutilizado e jogá-lo no lixo.

— Ei...

— Preciso ir. Até mais.

Fechei o telefone. Meu coração estava a mil. Eu tinha conseguido.

— Muito bem, companheira.

— Sim, muito bem! — vozes surgiram da esquina. Dei um passo e vi duas senhorinhas frágeis usando chapéus de lã e sobretudo, uma agarrada a um carrinho cheio de mantimentos. Minha travessa deserta não estava deserta, afinal.

— Falou e disse. Boa garota — disse a mulher número um.

— Sim, boa garota! — mulher número dois.

— Tenho certeza de que ele mereceu.

— Sim, mereceu!

— Obrigada, meninas! — falei, e me dirigi à Debenhams para mais compras. Com meu próprio dinheiro, muito obrigada.

Uma hora depois, havia comprado presentes para todos, singelos, mas eu estava satisfeita. Comprei livros para meus sobrinhos e o novo da Nigella Lawson para Harry e Doug. Eles amavam cozinhar, como eu. Comprei um cardigã macio e quentinho para Peggy e o colar mais adorável e lindinho para Maisie, com uma estrela prateada, pois ela vai interpretar uma estrela na peça de Natal.

Tentava não pensar na partida dela. Eu não devia ter dito que não estaria aqui quando voltassem. É claro que ainda estaria em Glen Avich. Cada dia que passava, cada semana, cada mês, me levava para mais longe de Southport. Alguns podem pensar que eu era louca, ir morar em um pequeno vilarejo nas Terras Altas escocesas, mas lá era o único lugar do qual sentia fazer parte, e, fora isso, eu não tinha mais nada na vida, precisava seguir aquele sentimento. A Escócia era para mim um farol na tempestade.

Estava perdida nos meus pensamentos quando as vi. De novo. Isso tinha se tornado algum hábito esquisito, ela estava me seguindo todas as vezes em que ia à estação?

— Oi, Helena. Oi, Gail. Como vão?

— Oi, desculpe, precisamos correr... — avisou Helena. Claro.

A expressão de Gail parecia um trovão.

— Então, Jamie está indo embora — lançou, enquanto Helena tentava conduzi-la gentilmente.

— Sim, ele está indo para a Austrália.

— Sinto muito que não tenha dado certo entre vocês — falou, como se não falasse nada importante. Seu rosto estava retorcido e horrível. Jesus. "Mulher Solteira Procura"[5].

— Não havia nada para dar certo. Boas compras — embarquei no trem de que elas haviam acabado de descer.

— Você não parece conseguir ficar com ninguém, não é, Eilidh? Seu marido também a deixou, não foi?

Parei entre as duas portas, paralisada.

— Gail, isso é inapropriado! — Helena parecia verdadeiramente chocada.

Por um segundo, pensei que fosse dar um tapa naquela garota, mas então consegui evitar.

Gail também parecia chocada.

— Olha, desculpe, talvez eu tenha ido longe demais...

— Foi mesmo, Gail — disse friamente. — E quando Jamie souber como você pode ser maldosa e cruel, bem, se você ainda tinha alguma esperança...

Seu rosto desmoronou.

— Tchau, Helena. A gente se vê por aí.

— SUA BRUXA CRUEL! SUA MERDINHA!

Meu Deus. É a voz de Shona. Mas Shona, falando desse jeito?

— RETIRE O QUE DISSE!

Era Shona! Ela saltou do trem – literalmente – e agarrou Gail pela manga da roupa.

— RETIRE O QUE DISSE!

Não podia ser Shona. Só podia ser sua irmã gêmea má.

— Tudo bem, tudo bem, eu retiro o que disse! Sua louca!

— Nunca, NUNCA mais ouse chegar perto do meu irmão DE NOVO, entendido? — grunhiu com uma voz saída direto do filme "O Exorcista".

Helena e Gail tinham saído, claramente apavoradas.

---

[5] A autora faz referência ao filme em que a atriz Jennifer Jason Leigh faz o papel de uma psicopata. (N. T.)

Vi um rapaz de uniforme nos olhando, um cobrador ou algo assim.

— Está tudo bem, estamos bem, obrigada! — acenei para ele sorrindo, nervosa — Venha, Shona...

— Jesus — a voz de "O Exorcista" de novo —, ela está fora de controle, aquela lá!

Hã, está bem. *Gail* está fora de controle.

Encontramos assentos no trem e respirei fundo.

— Shona! Você foi possuída pelo quê? Nunca a vi assim!

— Eilidh... você é como uma irmã para mim — revelou com os olhos marejados. Ela agia como se estivesse em uma ópera. Eu realmente estava esperando que ela começasse a cantar uma ária e se envolvesse em cortinas de veludo vermelho com rosas nas mãos — não suporto aquela BRUXA CRUEL falando com você daquele jeito.

— Shhh... Shona! O que você tem?

— Por quê? O que foi? — indagou — O que tem de errado? Nada. São os hormônios. Fico meio emotiva quando estou grávida, nada demais.

— Você está grávida? — sussurrei atônita.

Seu rosto despencou.

— Ah. Ah, não pensei que... — ela pegou minhas mãos — desculpe... não queria chateá-la... com tudo que tem passado...

— Não seja boba! Venha aqui — sorri e a abracei. Não podia viver com inveja e amargura — que notícia maravilhosa!

— É, bem, inesperada, na verdade.

— Quanto tempo?

— Quatro meses.

— Que ótimo. Você precisa tomar cuidado com seu gênio – você ficou possuída. Fiquei com um pouco de medo de você agora.

— Sim, eu sei. Fraser vive aterrorizado. Quando não estou gritando, estou chorando. Todo mundo está cheio de dedos comigo. Bem, é o mínimo que podem fazer. Passarei pelo INFERNO por nove meses! Chocolate? — acrescentou, me estendo uma barra enorme.

— Hã, não, obrigada. Meu Deus, se você comer todo esse chocolate durante nove meses, vai dar à luz uma barra. Não quero ser insensível nem nada...

— Só consigo manter isso no estômago. Vomito todo o resto. Na verdade, perdi peso, acredite ou não. Se Fraser perguntar para mim de novo quando vai chegar a fase 'ardente', sou capaz de socá-lo.

— Sim, acredito que fará isso. Ah, Shona. Você tem tanta sorte. Quatro filhos... — senti-me um pouquinho triste. Tentei não ficar, mas não consegui.

— Sim, *sou* sortuda — assumiu, dando um tapinha na barriga com um gesto que me partiu o coração.

— Então, o que ia fazer em Aberdeen? Quero dizer, antes de encontrar essas duas harpias?

— Compras de Natal. Comprei uma coisinha para Maisie também. Veja.

Abri a sacola de uma loja famosa, desfiz o embrulho de papel de seda com cuidado e mostrei o colar prateado.

— É lindo... Ah, Eilidh, ela vai sentir tanto a sua falta quando estiver na Austrália.

— Eu também vou.

— Espero que não se importe de eu dizer... Você sabe que poderia impedi-lo de ir, se quisesse...

— Eu sei. Eu sei. Mas é tão... É complicado.

— Eu sei, você tem muitas coisas para resolver.

— Tenho. Sim. Mas mesmo depois de resolver tudo. Bem, ainda sou eu. E não posso...

— Desculpe, não devia ter tocado nesse assunto. Não fique chateada.

— Sim, bem. Só queria que as pessoas parassem de falar de Jamie e eu.

— Aqui é Glen Avich, é impossível fazer as pessoas pararem de fofocar. Elas também falam sobre Silke e Jamie.

— Ouvi falar. Mas não é verdade.

— Eu sei.

— Sabe?

— Sim — olhamo-nos sem dizer nada, em lealdade a Silke e seu segredo.

— Então... — falei rapidamente, mudando de assunto — o que vai fazer no Natal?

— O Natal vai ser na minha casa este ano. Jamie e Masie virão, e a família de Fraser também.

— Deus do céu! É muita comida para preparar!

— Você será bem-vinda para se juntar a nós.

— Obrigada, mas vou ficar com Peggy. Não quero me chatear indo à Inglaterra e as filhas dela não vão poder vir do Canadá, então...

— E no *Hogmanay*[6]?

— Harry e Doug vêm para cá. Vamos fazer uma festa na casa de Silke, pois o pessoal que a hospeda não vai estar aqui.

— Parece legal. Se eu conseguisse arrumar alguma coisa para as meninas, eu e Fraser poderíamos ir também, se estiver tudo bem.

— Tenho certeza de que sim, Silke adoraria.

— Bem, foi ótimo encontrá-la — afirmou quando o trem parou na plataforma, o céu escurecendo atrás de nós. — Desculpe por não ter retornado sua ligação antes. Passei por maus bocados com essa... novidade, você sabe... — ela tocou a barriga mais uma vez.

— Tudo bem, está tudo resolvido. Vejo você em breve — abracei-a e inspirei o aroma adorável e fresco de Shona, de cabelo limpo e sabonete.

Naquela noite, sonhei que estava grávida. Sonhei que tinha um menino. Acordei no meio da noite, uma onda de felicidade me invadindo, depois me abandonando, baixando e se afastando como a maré. Foi apenas um sonho.

Não havia nenhum bebê. Ainda era apenas eu.

---

[6] *Hogmanay* é uma celebração escocesa do Ano-Novo, que dura alguns dias. É celebrada com muitas festas, festivais de ruas, entretenimento, entre outras coisas. (N. E.)

21

Famílias

Jamie

Sempre adorei a casa de Shona – cálida, acolhedora, cheia de barulho e de vida.

Analisando de fora, sua vida familiar parecia caótica, com três garotinhas correndo ao redor, roupas e brinquedos espalhados por todo lugar, uma agitação contínua: idas à escola, aulas de balé, natação, consultas com o dentista e festas de aniversário. Um dia com elas me deixava tonto. Mas, se olhássemos com atenção, seria possível notar que tudo corre como um relógio, que por trás do caos aparente há uma rotina rígida. De manhã, todo mundo levanta e fica pronto às oito e meia, depois de as meninas limparem a cozinha das sobras do café da manhã. Toda noite, elas fazem a lição de casa, as tarefas domésticas, jantam, tomam banho e se aprontam para o dia seguinte, deixando os uniformes e acessórios esportivos separados. As garotas têm horas diferentes para dormir, assim Alison pode ficar um pouco sozinha com a mãe e o pai, já que é a mais velha. Quando as luzes se apagam, ninguém mais pode levantar da cama. Minha irmã é um pouco... como posso dizer? Autoritária, para dizer o mínimo.

Os finais de semana são tão organizados quanto os dias úteis, com aulas extras e clube no sábado e tempo para a família no domingo. Este dia à tarde, em especial, é sagrado: as meninas brincam, desenham ou assistem a DVDs na sala e Fraser passa o dia com elas, enquanto Shona coloca a roupa para passar em dia. É muito bom se juntar a eles nessas tardes – sentar no sofá com as meninas aos pés, o perfume familiar de rosas da água para passar roupa, a conversa agradável interrompida pelo barulho do vapor saindo do ferro de Shona. É como... bem, é como estar em casa – exatamente como o lar que conheci quando pequeno.

Sempre que eu e Maisie vamos para lá e passamos o fim de semana, nos adaptamos confortavelmente à rotina, felizes por recebermos ordens em troca da sensação de segurança e paz. E por termos uma mãe, da qual ambos sentimos falta, de maneiras diferentes.

Um fim de semana, Eilidh veio passar o dia conosco. No caminho de volta, no carro, ela ficou muito calada.

— Gostou do dia de hoje?

— Muito. Foi ótimo. Na verdade, me fez pensar.

— Em quê?

— Na minha própria família.

— É claro. Você deve sentir falta deles.

— Não, não foi isso que quis dizer — ela fez uma pausa enquanto organizava os pensamentos.

— Me fez pensar que nunca houve paz na minha família. Sempre havia... algum conflito, de um jeito ou de outro. Não consigo me lembrar de um único dia como o que tivemos hoje. Continuo me... surpreendendo. Você sabe, quando vejo como algumas famílias vivem, como a de Shona, a sua quando éramos pequenos. A sensação de... harmonia — ela buscava as palavras certas — é difícil explicar. Para nós, Natal, aniversários, todas as ocasiões, mesmo, eram tão tensas.

— Eu lembro. Quero dizer, lembro que sua mãe era sempre dura com você.

— Sim — ela parecia perdida nos pensamentos. — O engraçado é que eles não parecem *gostar* muito de mim. Meus pais e minha irmã. Não sei bem o motivo. Quando eu era pequena, ficava pensando, será que sou tão difícil de gostar? — ela falou sem emoção, como se já tivesse aceitado o fato.

— Ah, Eilidh... Isso é terrível.

— Sim. Foi mesmo. É mesmo. Quando minha avó estava aqui, as coisas foram bem por alguns anos. Quando voltamos à Inglaterra... mal podia esperar para sair de lá, ir viver por conta própria.

— Você morou sozinha quando estudava?

— Bem, eu dividia um apartamento com Harry depois que acabamos a escola, aos dezessete anos. Foi bom — ela sorriu diante da lembrança — mas sempre senti que eu tinha... não sei, que cuidar dos meus pais. Senti-me terrivelmente culpada por sair de casa. Eu teria voltado para lá, provavelmente, se não tivesse conhecido Tom.

Não disse nada. Não queria que ela achasse que eu estava sendo muito curioso ou intrometido, embora estivesse morrendo de curiosidade de saber mais sobre seu marido.

— Sabe, Tom é um homem muito bom e gentil. Nunca elevou a voz, nunca me colocou para baixo. Foi um alívio tão grande, depois de anos sendo o bode expiatório preferido de todo mundo.

— Vocês... vocês têm se falado? — senti como se as palavras me sufocassem.

— Só nos falamos uma vez desde que o deixei. Ele está morando com sua nova... sua nova parceira.

— Sinto muito.

— Não, tudo bem. Mesmo, tudo bem — olhei para ela enquanto ela falava isso. Mais uma vez, parecia ter aceitado o fato — não sinto nada por ele há muito tempo.

— Não está nem um pouco brava? Quero dizer, ele a traiu....

— Estou, estou muito brava... Mas espero que nós dois sejamos felizes no futuro, embora isso pareça um tanto... um tanto impossível agora. Não faz sentido desejar seu sofrimento, já tivemos o bastante. Nosso casamento foi meio... vazio. Já estava de fato acabado quando ele começou a sair com essa garota.

Ela olhava pela janela, seu perfil adorável projetado contra o céu que escurecia. Mais uma vez, desejei abraçá-la. Toda aquela conversa sobre sofrimento, todas as coisas que dissera sobre a família, queria que tudo passasse, queria que ela fosse feliz.

Mas não cabia a mim fazer isso, não era a mim que ela queria.

Talvez a Austrália ajude. Talvez eu consiga tirá-la do meu coração, da minha alma. Talvez, quando voltar, eu esteja livre. Ela disse que quando voltarmos provavelmente não estará aqui.

Um mundo sem Eilidh.

Já demos conta antes, vamos dar conta depois, Maisie e eu.

— Veja, ah, olhe a lua, está tão branca hoje! Está muito, *muito* bonita! — ela sorria encantada. A beleza a alegrava, tocava-a profundamente de um modo que nunca havia visto em mais ninguém.

"*Muito, muito, tão, tão linda.*" Sorri. Quando ela se anima, parece uma menininha. A lua é tão, tão linda, e ela é tão, tão... Eilidh. Minha Eilidh.

Dia de Natal. Estamos todos sentados em volta da mesa de Shona, os pais de Fraser, o irmão e sua esposa e filho. Para todo lugar que virava, havia algo brilhando e reluzindo pendurado por Shona e as meninas. Um cheiro delicioso de ganso assado com cravos e laranjas enchia o ambiente.

Fraser levantou-se com uma taça de champanhe na mão.

— Bem, suponho que alguns de vocês já saibam...

— Eu sei! — revelou Alison.

— Sabe o quê? — indagou Kirsty.

— Mamãe vai ter um bebê!

Aaaaaahs encantados vieram de toda a mesa, uma onda de cumprimentos e apertos de mãos e abraços.

— Mamãe tem um bebê na barriga? — quis assegurar-se Kirsty.

— Tem, e eu soube disso antes de todo mundo! — respondeu Alison orgulhosa.

Shona pegou Kirsty no colo e tirou seu cabelo do rosto.

Todos sorriam, todos estavam felizes. Maisie conversava animadamente com as primas. Estava tão bonita, tão doce em sua jardineira azul, meia-calça creme e sapatilhas pretas brilhantes, o cabelo em uma trança francesa feita habilmente pela tia.

Pensar em me sentar aqui sozinho, seria... impossível. Maisie é minha única e pequena família dentro da família.

Comíamos pudim e sua mãozinha escorreu na minha enquanto Fraser, vestido de Papai Noel, fazia sua aparição.

— Há alguma Maisie aqui? — vociferou ele.

— Estou aqui — ela revelou baixinho e séria.

— Aqui, Papai Noel, aqui está ela, minha filha — falei com orgulho. Não sei por quê. Apenas saiu. Filha. Experimentei a palavra, saboreei-a.

Shona riu. Percebi que foi uma coisa meio estranha de se dizer. Corei e fiquei calado por um tempo depois disso.

Eilidh

Peggy parecia encantada quando seus olhos percorreram a mesa, as bochechas coradas por causa da lareira e do xerez atrevido que ela e Margaret tomaram depois da igreja.

— Eilidh cozinhou tudo, fora o pavê, mas isso foi bem rápido e fácil, ela fez todo o trabalho difícil.

— Ela está estragando você, não é? — falou Margaret sorrindo.

— Sem dúvida, Margaret, ela é uma ótima menina, não é, queridinha? — ela acariciou meu rosto e engoli em seco, um pouco asfixiada.

— E pensar que eu a roubei da mãe este ano! Ela ficou aqui comigo em vez de ir para lá.

E pensar que minha mãe não estava assim tão chateada.

— Bem, não vamos devolvê-la. Vamos ficar com você! — atestou Sandy com carinho.

— Que benção para você, com a casa e a loja para cuidar.

— Uma benção mesmo, Margaret. Só queria que Flora estivesse aqui para vê-la de volta.

— Todas queríamos isso. Se ela estivesse aqui sentada conosco – ela amava uma festa, sua avó! E como cantava! Nunca ouvi uma voz como a dela.

Sorri diante da lembrança. Sandy e Flora costumavam entreter todo mundo com sua cantoria. Infelizmente, nem Katrina nem eu herdamos a voz adorável de Flora.

— Verdade, Sandy, isso mesmo. Nunca ouvi uma voz como a de Flora. Mas Eilidh pode não cantar, mas cozinha! Flora não era boa na cozinha.

— Não era, não... — todas concordaram com isso. Ri. A comida da minha avó é famosa, e não de um modo bom. Eu era a única que de fato gostava da sua comida, por pura lealdade.

— Bem, a Marks and Spencer me deu uma mão aqui, sou obrigada a admitir!

O jantar estava ótimo, embora eu tenha dito isso só para mim mesma, e então nos sentamos amigavelmente em frente à lareira. Era o melhor Natal em anos, tão calmo e amoroso. E então o telefone tocou. As filhas de Peggy haviam telefonado de manhã, portanto, era muito provável que fosse...

— Rhona! Feliz Natal, como estão todos? Que bom, que bom, ela está aqui!

Queria não ter de falar com eles, mas seria grosseria. Além disso, eu queria falar, por algum motivo estranho. Tom sempre dizia que era um tipo de masoquismo o modo como eu procurava minha família, minha mãe em particular, apenas para me machucar mais e mais. Eu não conseguia evitar.

— Feliz Natal, mãe!

— Feliz Natal, Eilidh. Espere, seu pai quer falar...

Ah, está bem.

— O quê? — meu pai estava atrapalhado com o telefone — Sim. Sim. Eilidh? Feliz Natal.

— E você, papai, está tendo um bom Natal?

— Sim, acho que sim, você sabe que não acredito em Natal, mas...

— Sim, eu sei — eu sei. Sempre me lembravam disso quando eu era pequena.

— O que você... — mas ele já tinha saído.

— Oi, Feliz Natal, Eilidh, como vai?

— Oi, Katrina, sim, está tudo bem, está ótimo aqui com Peggy.

— Meu Deus, Eilidh, com trinta e cinco anos e passando o Natal sozinha com sua tia velha, isso não é normal. Você deveria ter vindo, pelo menos ajudar mamãe. Sim, estou indo, querida! — uma vozinha ao fundo. Molly — As crianças estão bem. Divertindo-se. Ah, sim, vou deixar você... seu Natal deve estar sendo o máximo! — ela riu.

Não disse nada. O que eu podia dizer?

— Eilidh? — minha mãe — Bem, foi bom falar com você.

Falar comigo? Mas você *não falou*.

— Com você também, mãe. Estamos comendo pato, e vocês?

— Peru, e bife para seu pai. Ele diz que peru é seco, ele é tão seletivo.

— Margaret está aqui, elas...

— Preciso ir, querida, tenho de ligar para Laura. Feliz Natal de novo, beijo em Peggy.

— Ah, sim, claro, vou deixá-la ir. Divirta-se.

— Bem, não estou me divertindo. Não estou me sentindo bem, na verdade, não comi nada, meu estômago está um nó. Tchau...

Para variar. As indisposições da minha mãe não têm explicação, só servem como razão para todo mundo se preocupar, não aproveitar o momento.

— Que pena... — mas ela já tinha desligado o telefone.

Deus.

Respirei fundo. Nunca, nunca me acostumei com isso. Tenho certeza de que Katrina não queria estar lá também. Imagine poder passar o Natal com a família e ter uma noite agradável de verdade. A mãe de Tom havia morrido quando ele mal completara vinte anos, seu pai se casara de novo e eles não eram próximos, então também não pude procurar refúgio nos parentes do meu marido. Mas a família do meu cunhado era adorável, então pelo menos Katrina passava um bom Natal a cada dois anos. Embora *eles* provavelmente não passassem, sobrecarregados com ela.

Talvez seja por isso que ela é tão horrível comigo, sugerindo que eu era triste e patética por passar o Natal desse jeito. Ela também não queria estar lá, meu pai mal-humorado, minha mãe fazendo a cena costumeira do "não estou me sentindo bem" e indo para a cama no meio da festa. Quase senti pena da minha irmã. Quase.

Voltei à sala. Peggy estava sentada calmamente perto da lareira, uma xícara de chá na mão — Chega de xerez, querida! —, conversando com suas antigas amigas. Margaret, com seu chapéu de papel na cabeça, comia bombons e conversava animadamente sobre seu filho e nora, sobre como seu neto era engraçado com o leve sotaque inglês. E Sandy, com os olhos castanhos cheios de bondade e um pouco de travessura, sentada gentilmente tirando sarro das "meninas". Na moldura da janela, a fria e invernosa Escócia, mágica como sempre. Meu lar.

Sentei-me feliz enquanto desembrulhava um bombom e bebericava o chá, as palavras amargas de Katrina dissolvendo-se em minha memória, frágeis e sem sentido. Eles sempre vão conseguir me ferir – meus pais e Katrina. Eu os amo, embora sempre tenham poder sobre mim. Mas hoje não, agora não.

O bipe do meu telefone tocou. Uma mensagem de texto.

Feliz Natal de todos nós, querida. H, D e nossos parentes.

Pensei neles e em Maisie vestindo seu colar de estrela prateado e sorri para mim mesma.

Elizabeth

Precisaria de muita energia para sobreviver fora de Glen Avich, então não posso estar com Jamie e Shona hoje. Em vez disso, estou sentada com Peggy e minhas antigas amigas, invisível, empoleirada no braço do sofá.

— Lembra quando organizamos um brechó – tínhamos cerca de quinze anos, não? – e Beth Ramsay veio e trouxe um presente para cada uma de nós?

— Sim, ela sempre foi adorável. Lady Ramsay, verdadeiro coração de ouro. Sua família costumava ajudar muito, sabem, na nossa época, quando Glen Avich era bem mais pobre, repleta de pessoas lutando para sobreviver...

— Ela foi maravilhosa com os McAnena, lembram? Quando James morreu na Espanha e Mary e o pequeno James ficaram sozinhos.

— Sim, ficaram. Pobre Mary, como ela lutou. Criou James sozinha, e ele era um rapaz tão bom.

— E se tornou um homem bom. Elizabeth teve sorte...

— E James também, com Elizabeth! — acrescentou Peggy. Isso me fez sorrir. Peggy sempre foi uma amiga muito leal.

— Queria que ela estivesse aqui também, não é, Peggy?

— Ah, sim.

Mas eu *estou* aqui. Vocês não podem me ver, mas estou aqui.

— Jamie é igual ao pai, não é?

— Sim, igualzinho. E retraído, como James era.

— Ele está se saindo bem, vai para a Austrália, não é, Eilidh?

— É o que parece — uma sombra passou pelo seu rosto.

— Ele não está mais saindo com Gail? — quis saber Margaret.

— Não, já faz um tempo. A pobrezinha está quietinha agora, ouvi dizer. Sua mãe passou na loja pouco tempo atrás. Gail está falando em sair do país por um tempo. Mas talvez agora, com a ida de Jamie...

— Bem, você não pode ficar com alguém só porque a pessoa vai ficar chateada se você a deixar. O rapaz fez a coisa certa. Melhor isso do que ficar preso para o resto da vida.

— Como você, Sandy? — riu Margaret com um brilho no olhar.

— Sim, como eu! — riu Sandy, virando os olhos e olhando para ela com carinho.

— Aquela menininha, Maisie, ela é a menina dos olhos dele.

— Ela é, é uma bonequinha, uma graça, igual à mãe.

Senti Eilidh ficando tensa.

— Dá para acreditar que ela foi embora sem olhar para trás? Deixando a filha? Sem dar ouvidos a...

— Ela era deslumbrante, não me admira que Jamie tenha se apaixonado por ela.

— Chega, Sandy! — Margaret riu.

— Bem, desculpem, mas ela era!

— Era mesmo? — indagou Eilidh, tentando fingir que estava apenas fazendo uma observação à toa, mas, na verdade, sei que ela está prestando atenção.

— Sim, alta, loira, muito altiva...

Errado. Janet podia parecer pretensiosa, mas era apenas muito, muito tímida. Preferia a companhia de suas telas e pincéis à de pessoas.

— Se eu pudesse morar no alto de uma montanha e pintar, seria feliz — contou-me uma vez, e tentei ignorar o fato de que ela não mencionara Jamie e Maisie no alto da montanha com ela. De todo modo, pensar nisso agora não serve para nada.

Sandy continuou falando.

— Logo Jamie vai encontrar outra pessoa; a garotinha precisa de uma mãe, principalmente depois que Elizabeth se foi.

Peggy ficou em silêncio. Eilidh levantou-se rapidamente.

— Alguém quer chá?

Sorri para mim mesma. Ela tem sentimentos por ele. Se ela apenas pudesse deixar o medo de lado... Ela acha que não pode se permitir ser feliz, que não é boa o bastante para Jamie. Diz a si mesma que é porque não pode ter filhos, mas sei que é mais profundo que isso. Sua família a fez sentir-se tão pouco amada durante anos; nem mesmo Tom, um homem que sei que era bom e amoroso com ela, pôde mudar isso.

Ela está aterrorizada, posso sentir. Morta de medo de se deixar levar e receber outro golpe. Ela não poderia sobreviver a mais dor, ela sabe disso, e está se mantendo distante, em segurança, protegida. Minha esperança é que, quando suas feridas se cicatrizarem, ela se sinta forte o bastante para assumir o risco. Não sei se isso um dia vai acontecer ou, caso aconteça, se Jamie estará longe ou aqui para ver. Mas espero que sim, por ela e por nós. Seu amor transborda, mas ela não tem a quem dedicá-lo. Vejo o modo como ela afaga Maisie e acaricia seu cabelo, e como as duas se aconchegam muito, muito próximas uma da outra, como se estivessem famintas por carinho. Maisie recebe muito carinho de Jamie, mas para uma menina de cinco anos nunca é o suficiente. E Eilidh, bem, ela precisa ser *tocada*. É uma necessidade básica de todos nós, a proximidade física com quem amamos. Sem isso, nossa existência fica terrivelmente fria. Suficiente para nos fazer murchar e definhar como uma planta sem água.

Vejo Jamie e Eilidh juntos, como eles gravitam em direção um ao outro, tentando se aproximar sem exatamente intencionarem isso. Vejo

Jamie olhando para ela quando ela não está olhando. Vejo Eilidh armando uma carapaça para viver uma vida solitária que ela não *precisa* viver.

Vejo muitas coisas e ninguém me vê, então estou livre para observar.

Posso ver Fiona chorando em seu quarto, tirando o colar que Silke lhe deu antes de ir para casa passar o Natal.

22

O primeiro-visitante[7]

Eilidh

Estava fazendo a cama no quarto vago quando ouvi um carro estacionando. Corri escada abaixo e abri a porta.

— Harry! É tão, *tão* bom ver você! Ah, que saudade! — falei, dando-lhe um abraço apertado. Afastei-me para olhá-lo. Ele estava radiante. Abracei-o de novo.

— Você está ótima, Eilidh... Parece... bem, a antiga Eilidh!

— Você também está muito bem — disse sinceramente. Ele estava em ótima forma, os olhos castanhos brilhando.

— Oi, querida! — Doug saiu do carro carregado de malas. Tentamos nos abraçar.

---

[7] O "primeiro-visitante", conhecido também como "first-foot", faz parte do folclore da Escócia e ocorre no *Hogmanay*, o Ano-Novo. O "primeiro-visitante", geralmente um homem belo e de cabelo escuro, leva alguns presentes aos donos da casa, logo após a virada do ano, e em agradecimento recebe um copo de uísque.

— Deus, estou sem ar! — revelou ele.
— Chá?

Eles riram.

— Chá? Estamos comemorando! Onde fica o pub?

Meia hora mais tarde, depois de uma visita rápida a Peggy para cumprimentá-la na loja, nós três estávamos sentados nos sofás de veludo vermelho do Green Hat, um copo de uísque na frente de cada um. Sim, eu também. Eu sei, parece loucura beber no início da tarde, mas aí vamos nós.

Olhei meus amigos com carinho. Harry usava uma boina de *tweed* na careca, um cachecol xadrez grande e um casaco de veludo cotelê azul. Tudo com muita ironia, é claro – ele estava interpretando o "cavalheiro do interior".

— Adorei sua boina! — falei, dando-lhe um tapinha.

— Sim, você sabe, em Roma...

— Harry, vê alguém usando uma boina de *tweed*?

— Está bem, sei o que quer dizer, mas não pude resistir.

— Tive que convencê-lo a não usar calças com estampa xadrez. Ele parecia o Tiger Woods — contou Doug, que, ao contrário de Harry, usava jeans de uma marca famosa superestilosos e uma camiseta *fashion*. Doug tinha esta característica: parecia sorrir o tempo todo, mesmo quando não estava sorrindo. As pessoas eram atraídas por ele e pelo seu bom humor, tranquilo e fácil de lidar. Doug é um homem sem preocupações. É feliz consigo mesmo, com as pessoas a seu redor, e o mundo parece bem mais reluzente quando ele está por perto.

— Juro, Eilidh, você parece a antiga Eilidh — reafirmou Harry.
— Talvez seja a água daqui ou algo assim. Seus olhos estão brilhantes de novo e você ganhou peso. Deus, você estava tão esquelética!

— Sim, não paro de comer desde que cheguei aqui. Se eu não parar, vou ficar enorme logo, logo.

— Diria que você está muito longe disso! Lembra que você se sentava em frente ao meu maravilhoso raviólli, olhava para ele e dizia: 'Não consigo...' Era horrível.

— Isso tudo é passado. Nunca vou voltar para aquilo. Já contei que Tom está morando com a namorada?

— Sim, contou.

— O negócio é que — interveio Doug — ela não parece estar fazendo-o muito feliz. Vi-o na cidade um tempo atrás. Ele não estava bem.

Meu coração saltou. Fiquei com vergonha de sentir um tipo de satisfação maligna.

— Não tenho nada a ver com isso — falei friamente.

— Não, não mais. Quero dizer, vocês dois, vocês apenas não combinavam. E traí-la durante anos, realmente, o cara é um imbecil.

— Isso mesmo — concordou Doug, e todos tomamos um gole do uísque.

— Agora, quanto a Jamie.

— Shhhh... Todo mundo se conhece aqui! Falem baixo!

— *Desculpe* — sussurrou Harry exageradamente — então, qual o lance?

— Não tem lance nenhum. Nada a dizer.

— Você acredita nela, Doug?

— Nós não acreditamos nela, Harry. Você falou sobre Jamie ou Maisie – ou ambos – em todos os e-mails. Alguma coisa tem de estar acontecendo.

— Ele me convidou para sair, eu disse não.

— POR QUÊ? — os dois gritaram em uníssono.

— Shhhhh!!!!

— Por quê? — sussurraram.

— Porque não quero um relacionamento. Não quero ter mais dor de cabeça. E, de todo jeito, nem estou propriamente divorciada.

— Está separada.

— Sim, nos separamos não faz nem seis meses.

— Ouça, você não precisa casar com o cara! Não pode apenas se divertir um pouco?

Olhei para eles.

— Não, é claro que não. Eilidh e diversão, duas desconhecidas. Eilidh apenas procura a alma gêmea e complica as coisas simples...

— Exatamente. Vocês me conhecem. Sou muito neurótica.

— Mas você tem um toque da tragédia típica das Terras Altas. A combinação perfeita. De todo modo, estamos aqui agora, vamos tratar de fazer você se divertir.

— Não me coloquem em confusão!

— Nós? É claro que não — falou Harry.

— Jamie vem para a festa de *Hogmanay*, não vem? — perguntou Doug.

— Não sei. Talvez.

— Deixe conosco.

— Não temos dezesseis anos, rapazes! 'Minha amiga gosta de você' e tudo isso! Fiquem longe disso — exclamei. Mas eu estava sorrindo. Deus, senti saudade deles.

— Como estou? — indagou Harry, dando um rodopio.

— Elegante! — respondeu Peggy, rindo. — Nunca vi nada igual!

Harry vestia calças de veludo e uma camisa de seda colada na pele. Estava fazendo o estilo "discoteca dos anos de 1970 com ironia", aparentemente. Seu jeito de se vestir estava, a cada ano, cada vez mais perto do estereótipo gay, para a alegria de Doug, que vestia calça jeans e camisa listrada. Ele havia desistido de usar *kilt*, embora alegasse que seu bisavô era de Dundee. Eu usava o mesmo vestido que vesti na inauguração da galeria e prendi o cabelo em um coque frouxo.

— Você está adorável, queridinha.

— Obrigada, tia Peggy. A senhora também — ela estava mesmo, com a camisa de lã azul, uma saia branca e o cabelo grisalho arrumado. Ia à festa sozinha, na casa de Margaret.

— Agora vamos jantar antes de vocês irem. Não vou deixá-los saírem de estômago vazio.

Sentamo-nos à mesa todos arrumados, comendo sanduíche de presunto e tomando chá.

— Nada que possa manchar — falou Peggy.

— Obrigada mais uma vez por nos receber, Peggy. É ótimo estar aqui com Eilidh.

— Nenhum problema, nenhum problema, querido. Sempre que quiserem.

Sorri. Peggy, Flora e Elizabeth – a porta delas parecia estar sempre aberta. Seu jeito caloroso e a hospitalidade eram, para mim, o resumo da Escócia.

Todos a beijamos antes de sair. O céu já estava escuro, fazia um frio de amargar e corremos pelas ruas de Glen Avich.

A casa de Silke não ficava longe da de Peggy. Ela estava hospedada com um casal idoso em uma casa caiada com terraço do outro lado da St. Colman's Way.

— Isto é lindo! — disse Doug, enquanto fazíamos nosso caminho pelo vilarejo — E o ar... é tão fresco.

— Ar da montanha — falei.

— É um lugar fantástico. Não é de estranhar que você não queira voltar.

As janelas da casa de Silke estavam iluminadas e o brilho amarelo alaranjado parecia aconchegante e convidativo, em contraste com os arredores escuros. Batemos à porta.

— Olá, bem-vindos! — Silke nos deu um abraço forte, como se conhecesse Harry e Doug havia uma eternidade.

A sala e a cozinha estavam cheias de gente, algumas conhecidas, outras não. Alguns traziam instrumentos – ótimo, isso daria a Harry e Doug um gostinho das Terras Altas.

Eu estava tão feliz naquela noite. Tudo estava perfeito – absoluta, total e completamente perfeito. O uísque fez efeito, e dançamos, cantamos e ouvimos música.

E então Jamie chegou, sozinho.

— Nada de Shona?

— Ela não se sentiu bem, falou que ficaria em casa para cuidar das meninas, Fraser não quis sair sem ela.

— Mas você veio.

— Mas eu vim, sim. Queria ver você.

Engoli seco. Estava um tanto "alta". Ele também.

— Venha conhecer meus amigos — peguei-o pela mão e levei-o à cozinha, onde Harry e Doug conversavam seriamente com Silke sobre a situação das artes na Grã-Bretanha contemporânea. Verdade, não estou inventando.

— Pessoal, este é Jamie!

— Bem, prazer em conhecer vocês.

— Sim, muito, muito prazer em conhecê-lo.

Eles sorriram de um jeito comprometedor.

Eu poderia tê-los matado.

Jamie ficou sem graça; dava para perceber que ele tinha sido o centro das conversas.

— Você veio! — falou Silke, abraçando-o forte.

— Como vai? — perguntou ele, apertando-a com força.

— Já estive melhor. O que posso fazer?

— O que aconteceu? — perguntei preocupada.

— Fiona e eu terminamos.

— Terminaram? — perguntou Doug, verdadeiramente preocupado. Eu havia falado muito sobre Silke — Que pena.

— Todo mundo sabe? — indagou Silke — Ah, bem, isso não importa agora.

— Ah, Silke... — quis abraçá-la — Sinto muito... o que houve?

— Ela queria manter segredo sobre nós. Eu não aguentava mais.

— Você e Fiona terminaram? — perguntou uma loira que havia acabado de entrar na cozinha. Nunca a tinha visto — Ah, sinto muito!

— Bem, ela está fazendo um bom trabalho mantendo o segredo! — falou Harry.

— Todo mundo sabe, Silke — revelou Jamie. — Ninguém parece se importar. Quero dizer, estamos no século 21, mesmo em Glen Avich.

— Você não conhece a família dela... Bom, estão tocando ali, vamos lá.

Todos saíram e Jamie e eu ficamos parados lado a lado.

Eu sentia sua presença; cada pedacinho do meu corpo estava consciente dela.

A música, o uísque, o calor... Antes que eu pudesse notar, já tinha escorregado meu braço no dele.

De repente, sem aviso, ele me agarrou. Levou-me para fora da sala, para o corredor, e eu não protestei. Ficou me olhando enquanto abria a porta e entramos na escuridão, sua mão ainda segurando meu braço.

Ele colocou as mãos em volta da minha cintura e, sem dizer nada, beijou-me. Por muito tempo. Bem devagar, como se tivéssemos todo tempo do mundo. Senti meus joelhos bambearem e me segurei nele.

Eu poderia tê-lo beijado para sempre.

Então ele se afastou. Olhou-me e segurou meu rosto com as mãos.

— Jamie...

— Shhhh. Não. Não fale nada, por favor.

Fiquei quieta enquanto ele me olhava, nossos olhares presos. Fiquei paralisada. Seus olhos acinzentados estavam cheios de desejo e totalmente sérios.

Então ele me soltou.

— Precisei fazer isso. Precisei beijá-la. Desculpe.

— Não peça desculpas — sussurrei. Senti como se fosse cair. Queria que ele me segurasse de novo. Mas ele não segurou. Em vez disso, se virou.

— Não vá — pedi.

— Preciso ir.

— Por quê? — não entendi, por que ele estava indo embora daquele modo?

— Porque... ficar perto de você assim está me deixando louco. Mal posso esperar para ir para a Austrália. Não aguento mais ver você todo dia e... bem, feliz Ano-Novo.

Ele foi embora. Desse jeito.

Voltei para a sala com a cabeça rodando.

— Onde está Jamie?

— Foi para casa.

— Você está bem?

Concordei com a cabeça.

Não lembro mais nada do que aconteceu depois disso. A dança, a bebida, os sinos, nada. Voltei como um zumbi, caí na cama e o que pensei foi... Ah, o que pensei depois daquilo, eu nunca poderia dizer.

No dia seguinte, bem, na próxima tarde, melhor dizendo, fomos todos ao pub, com uma péssima aparência. Não, não para curar a ressaca com mais uma bebida, nada disso. Fomos almoçar. Morag e Jim, os donos, pareciam ótimos carregando pratos enormes de torta de carne e purê de batatas da cozinha para os festeiros famintos. Eles provavelmente eram os únicos em Glen Avich que não estavam de ressaca. Até Peggy e Margaret tinham o olhar um tanto cansado.

A torta de carne estava deliciosa, farta e suculenta. Rezei para Jamie não resolver aparecer no pub. Eu não conseguiria olhá-lo nos olhos.

— Olha, lá está seu amigo. Oi, Jamie! — gritou Harry, acenando para chamar sua atenção.

É claro.

— Oi, feliz Ano-Novo! Não conseguia de ser o primeiro-visitante das pessoas há duas horas. Se importam se eu me sentar?

Ele nem mesmo parecia envergonhado. Sem dúvida não estava sem graça. Era como se nada tivesse acontecido. Ah, bem. Claramente não tinha significado muito para ele, apesar do que ele dissera. Eu estava muito irritada.

— Oi, feliz Ano-Novo! — Shona, Fraser e as meninas.

Fiz um carinho em Maisie.

— Feliz Ano-Novo, querida. Você comemorou ontem à noite?

— Sim. Fizemos uma festa.

— Pintamos o rosto — contou Lucy.

— Tia Shona pintou o meu. Eu era uma borboleta.

— Hum, torta de carne! — disse Shona.

Sentamos todos amigavelmente. Ninguém sabia sobre a noite anterior, então ninguém agiu de modo diferente. Jamie ainda fingia que nada havia acontecido. Não que eu esperasse flores ou algo assim. Foi apenas um beijo, até um beijo um pouco bêbado, acho. Um beijo excepcionalmente maravilhoso, um beijo perfeito, terno e maravilhoso, mas ainda assim... só um beijo. Era melhor eu parar de lembrar, estava ficando corada.

Deus. As coisas que pensei sobre a noite anterior...

— Eilidh?

— SIM? — pulei.

— Você está bem?

— Sim, bem, tudo certo. Alguém viu Silke?

— Ela me enviou uma mensagem de texto de manhã — falou Jamie — cerca de 20 pessoas dormiram na casa dela.

— Quando os Duff vão voltar? — quis saber Shona.

— Semana que vem.

— Ah, está bem, então. Tem bastante tempo para ajeitar a casa. Vou ajudá-la mais tarde. Quanto tempo vão ficar aqui? — perguntou a Harry.

— Só mais uns dois dias. Acho que temos de voltar ao trabalho.

Meu estômago revirou. Eu realmente não queria que eles fossem embora.

— Voltaremos logo, entretanto — acrescentou Doug.

Sorri. O melhor *Hogmanay* da minha vida.

Olhei para Jamie. Seu cabelo preto estava arrepiado na ponta, ele vestia uma velha camiseta e sua calça jeans rasgada. Bem rasgada, não de um jeito moderno.

O que ia acontecer agora?

Jamie

Pensei, que se dane, preciso sentir seus lábios, *preciso* beijá-la. Nem considerei a possibilidade de ela me afastar e me fazer de bobo. Acho que o uísque ajudou, eu havia voltado temporariamente a ele para comemorar o *Hogmanay*.

Beijá-la foi como mergulhar em águas quentes. Como ter ficado em terras inférteis por muito, muito tempo, seca e árida, e de repente mergulhar no azul, mergulhar nela.

Vou embora daqui a oito semanas.

Ela pode me pedir para ficar.

Rezo para ela me pedir para ficar.

O que vai acontecer agora?

23

Segredos

Elizabeth

Segredos não são uma boa ideia. Eles nos devoram por dentro.

Quando temos algo precioso e frágil e o guardamos trancado como se fosse uma plantinha tentando crescer no escuro, bem, ele morre e seu segredo se transforma em arrependimento. O amor precisa da luz do dia; um amor secreto se devora e morre, ou devora nosso coração e nos mata.

Vi Fiona sentada na soleira da casa dos pais, arrancando o colar que Silke lhe dera quando saíram pela primeira vez. Algumas semanas haviam se passado, mas parte de Fiona ainda está sentada lá, ainda presa àquele momento chocante e devastador quando Silke lhe dissera: "Não, não vamos nos ver mais". Apenas meia hora depois, ela precisou secar as lágrimas e fingir que nada havia acontecido porque seus pais tinham ido para casa e ela não podia lhes contar, por nada neste mundo. Então ela fez uma expressão corajosa – como a de uma pessoa morta por dentro, na verdade – e seguiu em frente com aquilo.

Mas, sendo um fantasma, vejo todos os lados da realidade, todas as camadas separadas por véus finos e opacos que, para nós, são fáceis de levantar. Labirintos de momentos em cada esquina, as histórias das pessoas de Glen Avich em todo canto, para lermos como um livro.

Vi parte de Fiona sentada lá, parada, segurando o colar quebrado, sua compleição frágil balançando de tanto soluçar. Algumas semanas depois e essa sombra de realidade não dá sinais de desaparecer – ela está um pouco mais translúcida e, é claro, invisível para os vivos, mas não vai desaparecer tão já.

Algumas pessoas ficam presas a um momento pelo resto da vida. Como Beryl. Ela tem mais ou menos a minha idade, se eu estivesse viva. Uma Beryl vem e vai, entre sua casa em Glen Avich e a de sua filha e netos em Aberdeen. Trabalha em uma fábrica há quarenta anos, observa a filha crescer, sai em férias de vez em quando e envelhece como todos nós. Mas desde que morri, posso ver a outra Beryl. A mulher de trinta anos correndo na rua, mãos invisíveis segurando suas costas, os olhos enlouquecidos enquanto vê o filho de três anos deitado no meio da rua, sem respirar.

Elas às vezes se cruzam, as duas Beryl. Uma vem do supermercado, tranca o carro, segura a sacola de compras, passa correndo pela Beryl de trinta anos congelada, que grita em silêncio e cai no chão de novo e mais uma vez.

Acho que também fiquei um pouco presa quando perdi meu filho que nasceria entre meus dois filhos, mas consegui ficar inteira outra vez depois de um tempo. O nascimento de Jamie me curou.

Beryl vai ficar assim até morrer, mas sei que Fiona não vai. Sei que seu amor é profundo e verdadeiro e que, apesar de ela estar magoada agora, vai se curar um dia e o único traço do que aconteceu será uma cicatriz... Ainda vai doer, vai doer toda vez que as lembranças voltarem a assombrá-la, mas ela vai superar isso tudo.

Mas ainda espero que, seja lá o que Fiona decida no futuro, ela descubra a coragem para trazer a plantinha à luz antes que ela suma e morra. Sei que é isso que ela deseja.

Acredito que todos amam apenas uma vez. O problema é que, às vezes, aquele que devemos amar não é quem achamos que seja. Às vezes perdemos alguém, pensamos que a vida acabou e ficamos paralisados no momento de desespero. Mas pode acontecer de, apesar de toda angústia, nossa verdadeira alma gêmea estar de fato lá fora. A vida pode nos dar outra chance – quando aquele que julgamos ser nossa alma gêmea se for, a verdadeira surgirá.

Às vezes, entretanto, aquele que perdemos é *aquele* que julgamos amar e passamos o resto da vida tentando aceitar, nos adaptar, superar. Tentar fingir que aquela amizade, companheirismo, desejo, filhos, trabalho, o que quer que seja, possa substituir o amor da nossa vida. Não dá certo, não completamente, mas uma vida assim ainda pode ser feliz.

Olho à minha volta e penso em quem está escondendo um amor perdido, seja por amargura ou aceitação, tentando fazer o melhor com o que tem. Penso em quem nunca encontrou o verdadeiro amor. Sabe, desde que morri, não acredito mais em coincidências, vejo o destino escrevendo todas as harmonias da sinfonia da vida e a gente desempenhando nossos pequenos papéis ou papéis principais, de um modo que nunca é ao acaso. Vejo a teia do acaso sobrepondo-se à realidade, um milhão de pequenas conexões e caminhos que percorremos sem nos dar conta. Cada curva que tomamos abre um caminho diferente à nossa frente e, escolha após escolha, chegamos exatamente onde deveríamos chegar. Mas às vezes as pessoas se perdem de maneira a precisar de um pouco de orientação. É aí que elas gritam, e nós as ouvimos.

Janet não era a alma gêmea de Jamie, mesmo que ele pensasse que era na época. Tom não era a de Eilidh. James era a minha e Fraser, a de Shona. E Silke? Será que Fiona é sua alma gêmea?

Ainda não sei e talvez não esteja aqui tempo suficiente para descobrir. Outros fantasmas estarão aqui depois de mim para ler as histórias de Glen Avich, nesse mundo paralelo que habitamos. Um mundo de sinais, sussurros e lembranças, onde todas as vozes frágeis e quase inaudíveis e perdidas dos vivos soam como gritos para nós, e precisamos escutá-las. Somos nós que temos de ouvir as palavras não ditas.

Eilidh

As festas estavam acabando. Passei a maioria dos últimos dias sentada folgadamente em frente à lareira, observando os galhos escuros das árvores do outro lado da rua fazendo um laço contra o céu, tudo quieto, tudo adormecido.

À minha volta, Peggy assistia à TV ou tricotava uma roupinha para a nova neta da sua prima que mora no sul... O laptop emitia um som de vez em quando, já que Harry e eu conversávamos via e-mail... Visitas ocasionais, principalmente de parentes distantes, em casa para passar os feriados, trazendo flores e bombons, ficando para o chá antes de irem para "a estrada", de volta para onde a vida deles os levara, longe de Glen Avich.

Toda manhã, o chão brilhava por causa do gelo, com a grama emaranhada, acinzentada e estalando debaixo dos pés. No início da tarde, o gelo matinal havia desaparecido, mas o da noite já estava a caminho. O ar começava a virar outra vez, gelado e fino, um toque de escuridão no céu. Os dias curtos de inverno, que terminavam em um piscar de olhos.

Desde o beijo doce, enlouquecedor e perfeito no *Hogmanay*, tudo em minha vida ficara em suspenso – lembranças dolorosas do passado, decisões para o futuro, o relacionamento esquisito com Jamie –, tudo estava congelado e em espera, como a terra estava. Eu sabia que esse estado de calmaria não podia durar para sempre, mas ainda assim eu aproveitava o momento, aproveitava cada dia que surgia, como um colar de pérolas, um depois do outro.

Um dia, fiquei com a casa toda para mim e senti que era hora de dar outro passo em direção à liberdade.

Com as mãos trêmulas, liguei para ele.

Graças a Deus, está chamando. Seria terrível tentar reunir coragem para ligar para ele de novo e passar por tudo aquilo: a mão suada, o coração na boca, a respiração irregular.

— Alô?

— Oi, sou eu.

— Eilidh... — ele parecia diferente.

— Você está bem?

— Não, não estou bem.

— O que houve?

— Ah, Eilidh. Por favor, deixe-me vê-la. Precisamos conversar.

— Tom, podemos conversar durante dias, isso não vai mudar as coisas. O que mais tem a ser dito, afinal?

— Cometi um erro terrível. Ela foi embora. Você não tem ideia de como minha vida mudou. Ela não era... não era *você*.

— Ela era boa o bastante para mantê-lo aquecido enquanto eu enfrentava o inferno! — falei e imediatamente me arrependi. Não havia por quê. O estrago já estava feito entre nós, não podia ser reparado. Não havia mais "Tom e Eilidh".

— Você se importa um pouco comigo, Tom? Ainda sou importante para você?

— Sim! Quero nos dar outra chance... quero que dê certo.

— Se se importa comigo, precisa me deixar ir. Nunca vou voltar a Southport, não posso voltar à minha antiga vida nunca mais.

— Não estamos amarrados a Southport! Podemos nos mudar. Posso ir para a Escócia, arrumar um emprego em Aberdeen ou em Edimburgo...

— Tom.

Um momento de silêncio, uma inspiração profunda.

— Sim?

— Você vai me ajudar? Vai contratar um advogado e veremos o que precisamos fazer para nos divorciar? Ou vai dificultar as coisas para nós? — minha voz estava vacilante.

— Não quero...

— Tom, ouça. Eu mal saí do fundo do poço. Posso funcionar de novo, entende? Levanto de manhã e não estou desesperada, pela primeira vez em anos, tirando a época em que estive grávida — lágrimas escorreram dos meus olhos. Eu ainda tinha lágrimas, embora as tivesse chorado todas. Eu já devia ter enchido um lago. Lago Eilidh.

— Por favor, me ajude agora. Você precisa me deixar ir. Por favor.

Silêncio.

— Eu queria poder dizer não. Queria poder insistir e insistir até talvez convencê-la e fazê-la voltar. Mas não quero convencê-la, quero ajudá-la como você me pediu... Mas, Eilidh, não posso concordar com isso se não a vir mais uma vez. Precisamos conversar pessoalmente... Você não pode se esconder aí...

— Não estou me escondendo. Ao contrário do que você pode pensar, as pessoas também vivem de verdade aqui, como em Southport ou Londres.

— Está bem, está bem, desculpe... Quero dizer que você não pode se esconder de mim. Você precisa me ver e conversar comigo...

— Farei isso. Venha até aqui. Quando estiver pronto. Vou lhe dizer na sua cara que nosso casamento acabou.

— Não sei como dizer quantas vezes me arrependi dessa coisa com a Carol...

Carol. Então era esse o nome dela. Fiquei pensando se ela o amava. Imaginei se estava sofrendo. Esperava que sim. Eu a odiava. Queria não odiá-la, queria ser melhor que isso. Mas a odiava.

— Não foi a... *Carol* — seu nome era como fel na minha boca — fomos nós. Você e eu. Preciso ir agora. Vou ligar para você...

— Este fim de semana? Vou para aí na sexta-feira à noite...

Por um segundo, não consegui respirar. Meu coração batia tão depressa que pensei que fosse morrer. Pânico. Mas eu sabia que precisava enfrentar isso... precisava enfrentá-lo.

— Neste fim de semana não, não... não posso. No seguinte, se você não estiver muito ocupado.

— Muito ocupado? Está maluca? Estarei aí daqui a duas semanas, então. Na casa da sua tia?

— Sim. Você pode se hospedar no Green Hat. O número está em meu caderninho de telefone, perto do telefone, no corredor...

Eu podia vê-lo com a mente. O corredor, a casa. Tudo que eu conhecia antes.

— Combinado. Vejo você em breve, Eilidh.

— Sim. Até mais.

Fiquei contente por tudo estar quase no fim. Íamos nos separar, então nos divorciar oficialmente, depois nada de Tom. Eu estava contente.

Então por que eu chorava tanto que pensei que meu coração fosse se despedaçar?

Olhei pela janela. Em poucos minutos, enquanto eu não estava olhando, o ar ficou branco, o céu sumira e inumeráveis floquinhos brancos caíam. Tudo ficou quieto. Sentei-me e assisti à neve com um pesar silencioso.

Jamie

Um cartão de Natal? Janet não comemora o Natal. Todo ano, ela deposita dinheiro na conta de Maisie e coloca o recibo no correio, esse é seu cartão de Natal.

Fico mais feliz quando Janet está fora do caminho. Uma parte de mim sempre fica com medo de que ela volte para buscar Maisie. Preocupo-me tanto com isso que quis consultar um advogado em Aberdeen, só para verificar minha situação. Graças a Deus, ele garantiu que nenhum juiz a tiraria de mim ou de Glen Avich.

Ainda assim...

Lutei contra a tentação de jogar o cartão na lareira. Se Janet estava tentando entrar em contato com Maisie, eu não podia esconder isso dela. O que Masie diria se um dia descobrisse que eu escondi ou destruí as cartas da mãe? Que impedi as tentativas da mãe de entrar em contato, de se redimir? Estava endereçado a mim, entretanto, e não a Maisie.

Eu sabia que era necessário ler. Abri o envelope.

Caro Jamie,

Só queria que você soubesse que estou me mudando para Nova York. Ainda vou cuidar financeiramente de Maisie...

Cuidar de Maisie? Ela nunca cuidou de Maisie. Sua ideia de 'cuidar' é bem diferente da minha. Bem, da do resto do mundo, na verdade.

... mas meus contatos vão mudar. Na verdade, eu preferia que você não me procurasse de maneira nenhuma. Vou me casar e preferia manter essa parte da minha vida em segredo. Sei que posso confiar em você.
Feliz Natal,
Janet.

E feliz Natal para você. De mim e de sua filha secreta.

24

O berço vazio

Eilidh

A neve caiu pesada e por muito tempo, pela primeira vez em anos. Quando Maisie voltou da escola, um cobertor grosso e branco cobria tudo. Toda manhã acordávamos com uma paisagem mágica, e quase toda tarde um pouco mais de neve caía e continuava assim até a noite.

Eu estava tão tensa e ansiosa por causa da conversa que tivera com Tom que mal podia dormir. Ficava sentada metade da noite, vendo a neve cair, cair, cair. Contei os dias para ele chegar, não porque queria vê-lo, mas porque temia isso.

Daqui a duas semanas.

— Podemos ir e mostrar para o papai agora?

Maisie estava guardando seu caderninho na mochila, com cuidado. Era o melhor trabalho da classe, merecera um adesivo e um "muito bom" de caneta vermelha. Maisie havia pedido para levar para casa e mostrar ao pai e a senhora Hill aceitara, com a promessa de que levaria o caderninho de volta no dia seguinte.

— Bem, ele está trabalhando agora. Talvez possamos mostrar a ele mais tarde, quando ele vier para casa?

O rosto de Maisie despencou.

— Mas não quero esperar! — exclamou, olhando-me com olhos de cachorrinho. Ela sabia que isso sempre funcionava comigo.

— Está bem, então, vamos a pé até a oficina, mas vamos ficar apenas cinco minutos, seu pai está muito ocupado.

— Certo! — concordou, pulando para cima e para baixo de alegria.

Andamos na tarde gelada, sob um céu branco. A neve estalava sob nossos pés e todos os sons estavam abafados. Eu estava gostando de cada passo, era como andar em um conto de fadas. Maisie soprava devagar, para ver a respiração se transformar em nuvenzinhas brancas. Estava toda enrolada, o chapéu rosa afundando na testa e o cachecol em volta do queixo, de forma que apenas seus olhos azuis acinzentados e as bochechas carmim geladas estavam visíveis.

Era possível ver Jamie da janela, sentado à mesa de desenho, de costas para nós. Maisie bateu gentilmente no vidro e Jamie se virou, o rosto iluminado quando nos viu.

Demos a volta até a porta e entramos. Era minha primeira vez na oficina de Jamie. Ela era brilhantemente iluminada, já que a luz tênue do inverno não era suficiente para Jamie trabalhar. À nossa volta estavam as peças lindas feitas por ele, de objetos do dia a dia, como telas de chaminés e portõezinhos, a mesas cobertas de bijuterias e lembrancinhas primorosas.

Maisie correu até Jamie e ele lhe fez um afago.

— Olhe, papai! — pediu ao pegar o caderninho da mochila.

— Ah, uau, deixe-me ver... — ouvi-o dizer enquanto eu andava para o fundo da sala.

— Que lindo, Maisie, muito bem...

A voz de ambos se esvaiu enquanto a sala girava em minha volta. Pisquei uma, duas vezes. Não podia acreditar nos meus olhos.

O berço.

Meu berço.

O berço de ferro forjado, aquele que Tom trouxera para casa naquele dia, quando meu mundo ainda era um só. Aquele que ele insistira em colocar no quarto, apesar do meu medo. Eu podia ouvir sua voz de novo: "Foi feito em algum lugar das Terras Altas..."

Não conseguia respirar e fiquei tonta, então corri, corri para fora, cega na luz leitosa e no ar congelado; escorreguei na neve e não vi o carro subindo a St. Colman's Way.

— Ela saiu do nada!
— Eilidh? Eilidh!
— Ah, Deus, ah, Deus...
Vozes à minha volta.
Eu via o céu.
— Eilidh, meu amor...
Shona?
A mulher loira debruçou-se sobre mim e colocou a mão na minha testa; fechei os olhos.
— Shona... — murmurei, e então estava submersa, cega e surda e girando, girando para o nada.

Jamie

Não entendo. Em um minuto, Maisie e eu olhávamos seu caderno e Eilidh andava pela oficina com um sorriso no rosto, observando meu trabalho — eu a observava pelo canto do olho, torcendo para que ela gostasse do que via — e a próxima coisa de que sei é que Eilidh correu para fora como se tivesse visto um fantasma.

Então aquele som terrível, terrível, o baque repugnante de um corpo sendo acertado e arremessado, caindo no chão, o corpo de Eilidh, minha Eilidh. Mandei Maisie ficar lá dentro, não se mexer, sentar-se à escrivaninha do papai. Ela ouviu o tom da minha voz e sentou-se de uma só vez, paralisada.

Eilidh estava deitada no meio da rua. Ela me olhou com os olhos vazios e suspirou: "Shona...", e eu não soube o que fazer. Consegui me escutar arfando de medo e choque. Queria niná-la no colo, mas em um momento de lucidez pensei em não movê-la e me forcei a deixá-la lá, deitada no frio, no asfalto duro, na neve lamacenta. Segurei-lhe a mão e fiquei mudo, as palavras presas na garganta me sufocando. As palavras "eu te amo", mas não consegui pronunciá-las.

Atrás de mim, a motorista do carro ligava para a emergência. Ela estava consternada e não parava de dizer: "Ela surgiu do nada...".

A ambulância chegou. Nessa hora, minha vizinha Morag já tinha saído, pois ouvira o tumulto. Eu consegui avisá-la que Maisie estava na oficia e pedi para ela cuidar dela um pouco, enquanto eu ia com Eilidh. E saímos, as sirenes soando, rompendo o ar gélido à nossa volta, tocando Glen Avich para fora dos chalés e lojas, pessoas olhando da janela e imaginando quem era, o que teria acontecido.

Quando chegamos ao hospital, ela foi levada e eu não a vi mais por bastante tempo. Eles me mandaram ir para casa, disseram que eu não era parente, para eu ir cuidar da minha filha. Eu disse que não.

Telefonei para Peggy e a escutei chorando.

Não consegui lembrar o telefone de Morag, então liguei para minha casa e, como esperado, Morag havia levado Maisie para lá. Minha filha havia contado onde eu deixava as chaves extras, no arbusto de alecrim ao lado da porta. Morag disse para não me preocupar com nada, que Maisie estava um pouco abalada, mas bem; que ela lhe havia dado o jantar e esperaria em casa até eu voltar.

Liguei para Shona, ela disse que viria imediatamente.

Recebi um telefonema no celular de um número desconhecido. Era a mãe de Eilidh. Peggy certamente dera meu número.

Fiquei dizendo a ela que não sabia como Eilidh estava, que não haviam me dito nada, apenas a levado para dentro, mas ela não escutava, como eu não sabia de nada, eu estava lá, eu devia ter perguntado, devia *fazer alguma coisa.*

— Estamos indo até aí — falou e desligou.

Fiquei sentado por horas segurando uma xícara de café intocada. Havia começado a nevar de novo. Fiquei olhando para o poste de luz em frente à janela, para a dança hipnotizante dos flocos de neve na luz laranja, cercados pela escuridão.

Então uma médica saiu e disse que Eilidh teve de passar por uma cirurgia, que tinha sido delicada. Quem era o parente mais próximo? Eu havia avisado a família?

Suas palavras ficaram confusas, meu coração parou por um segundo e eu parei de respirar, com minha existência em suspenso como se fosse eu deitado na Unidade de Terapia Intensiva, e pensei: "Por favor, Deus, por favor, por favor, por favor, salve ela".

Elizabeth

Então era isso que eles estavam tentando me dizer, os sinais que vinha sentindo por um tempo. Era isso que eu sentia que aconteceria, como o vento que anuncia a tempestade, quando o ar está cheio de eletricidade e você não sabe onde o raio vai cair.

Tentei ficar de olho em todo mundo, em todos os meus entes queridos de Glen Avich, temendo que fosse um deles. Aconteceu de ser Eilidh.

Eu flutuava sobre o lago, no canto pedregoso onde eu adorava ficar, quando senti esse impulso dentro de mim, essa força terrível me atacando, me rompendo e depois me recompondo de novo. Os seres humanos são solitários, identidades independentes cujo corpo permanece sozinho; os fantasmas são parte de tudo. Fiquei parada por um tempo, estremecida, quando ouvi Jamie chamando. Fui até ele e vi Eilidh deitada na rua.

Sabia que ela estava viva, de outro modo teria visto seu fantasma ao lado dela, assombrado e chocado por estar separado do corpo. Ajoelhei-me a seu lado e coloquei a mão em sua testa.

Seus olhos estavam abertos e encontraram os meus. Por um segundo, ela me viu. Não fiquei muito surpresa, sei que às vezes podemos ser vistos, especialmente por crianças pequenas. Maisie me vê às vezes, de vez em quando até falo com ela.

Olhamo-nos por um momento enquanto mantinha minha mão na dela, tentando passar-lhe um pouco da minha energia, mantê-la forte. Então ela fechou os olhos e perdeu a consciência.

Foi um esforço tremendo ir até o hospital e me sentar com eles. Os fantasmas estão ligados ao local onde viveram ou morreram, e ir a outro lugar requer muita energia e concentração. É quase impossível.

Sentei-me com Jamie, meu coração retorcido de medo e compaixão. A paz que sentimos ao morrer, a sensação de desapego e serenidade nunca nos deixa de fato — mas ainda assim sentimos preocupação, dor e medo, embora de alguma maneira com mais brandura do que quando estamos vivos, como se as arestas tivessem sido aparadas.

Depois de um tempo, o fantasma de Eilidh apareceu. Flutuando contra a parede mais distante, o alto da sua cabeça tocando o teto. Ela parecia aterrorizada. Abri a boca para falar e tentar alcançá-la, mas não consegui fazer isso a tempo, porque da mesma maneira que ela aparecera, desapareceu.

Seu corpo era forte, estava lutando muito para se recuperar, para manter a alma dentro de si. Ela queria viver.

Decidi ir embora e ver Maisie, então fui até seu quarto, onde ela estava deitada na cama, a lanterna mágica projetando formas adoráveis que dançavam nas paredes e no teto.

Sentei-me na sua cama e toquei-lhe a testa, assim como havia feito com Eilidh. Ela dormia profundamente e não se mexeu. Eu estava exausta da jornada longe de Glen Avich e me perdi nas luzes dançantes por um tempo, observando-a dormir, até que ouvi as chaves na porta. Jamie voltara.

Ele entrou pálido, acabado. Morag cochilava no sofá, que Deus a abençoe, e acordou alarmada.

— Desculpe, Morag, não quis acordá-la.

— Não tem problema, não seja bobo, eu estava apenas descansando os olhos.

— Maisie?

— Dormindo como um anjo, Jamie, não precisa se preocupar com ela, ela está bem. Alguma notícia?

— Nenhuma. Ela ainda está dormindo.

— Pobrezinha. Venha aqui, tire o casaco...

Morag tem quatro filhos e dez netos, sabe como cuidar de alguém que acabou de passar por um abalo. Em dez minutos ela colocara Jamie no sofá com uma xícara de chá na mão, uma torrada cheirosa na outra e reacendera o fogo.

— Talvez você deva tentar dormir um pouco... são cinco da manhã, você ainda tem algumas horas...

— Não sei se consigo. Vou tentar.

Depois que Morag foi embora e Jamie saiu em direção às escadas, não consegui resistir. Eu tinha de avisá-lo de que ele não estava sozinho.

Balancei as cortinas, nosso sinal secreto. Sabia que ele ia reparar.

E ele reparou. Parou por um momento, olhou para a sala aturdido e então subiu para tentar dormir.

Mergulhei em um mar de almas, o mar de consciências que flutuam na minha, até encontrar a de Eilidh e poder ficar com ela, enquanto ela dorme, contando-lhe histórias como fazemos com uma menininha, contando-lhe sobre quando Jamie e Shona eram crianças e todas as coisas que costumávamos fazer, tranquilizando sua mente assustada até sentir que seus pensamentos estavam se acalmando, desembaralhando-se e se adaptando a um sono que não era a morte.

25

Queda

Eilidh

Observei-os sentados na sala verde com pôsteres nas paredes e cadeiras de plástico. Vi-os do teto, pois de alguma maneira era onde eu estava.

Jamie, branco como um lençol, parecia consternado... Meus pais choravam... Ver meu pai chorando era... impossível. Shona também estava lá, um pouco distante dos demais, sentada no canto, sozinha. Estava muito magra, sem barriga ainda, onde estava o bebê? Sentia-me confusa, meus pensamentos estavam atrapalhados.

Ninguém conseguia me ver.

Eu flutuava como se não tivesse corpo — na verdade, era isso mesmo, eu *não tinha* corpo. Ah, Deus, pensei. Estou morta. Estou morta mesmo.

Que pena. Tenho apenas trinta e cinco anos, pensei desesperada. Não fiz nada ainda. Desperdicei tantos anos chorando pelo que eu não tinha, agora estou morta e não posso mudar isso.

Só mais uma chance, por favor, me dê só mais uma chance, gritei dentro de mim, sem conseguir emitir nenhum som.

Um homem vestido de cinza andou em minha direção; eu sabia que era o médico. Ele falou com eles e minha mãe escondeu o rosto no peito do meu pai e chorou. O rosto dele estava retorcido e horrível, como se ele estivesse sendo torturado. Jamie não se mexia, estava pálido e distante. Eu sabia que eles sofriam por minha causa. Desculpem, desculpem, tentei falar várias vezes. Desculpem por colocá-los nessa situação. Se eu não tivesse corrido para fora, para a rua... se não tivesse escorregado na neve... se eu tivesse dito para Maisie "não, vamos esperar seu pai voltar para casa"... se aquele berço tivesse sido vendido, se nunca tivesse sido feito, se meu berço tivesse sido ocupado...

Mais uma chance, mais uma chance.

Shona levantou a cabeça e me olhou. Ela conseguia me ver! Abriu a boca para falar e tentei alcançá-la, mas fui afastada por uma força terrível, como uma maré, como uma corrente poderosa que me empurrava para trás, e não senti nem vi mais nada.

Mas ainda conseguia pensar, naquela escuridão profunda em que não sentia nada, tão desolada como as profundezas dos oceanos a quilômetros e quilômetros debaixo d'água, onde ninguém, nada, ninguém se move, ninguém atrapalha a paz profunda, solene e árida.

Pensei que estivesse morta.

Jamie

No dia seguinte ao acidente tudo parecia nebuloso. Acordei depois de um sono escuro, exausto e agitado que não deu trégua ao medo. Maisie e eu tomamos café da manhã juntos — tentei desajeitadamente esconder meu terror enquanto lhe explicava que Eilidh ainda não estava bem, que ainda estava no hospital, e os médicos cuidavam dela. Maisie não fez perguntas, era uma menina esperta, sabia que algo ruim tinha acontecido e esperava verdadeiramente que resolvêssemos o problema. Como se pudéssemos.

Levei-a à escola no piloto automático — um pé na frente do outro, um beijo e um afago para tentar tranquilizá-la: "Até mais tarde, querida", ignorando os olhares de preocupação de todos em volta. As notícias sobre o acidente haviam se espalhado depressa. Saí da escola o mais rápido que pude e assim que fiquei fora de alcance, telefonei para o pai de Eilidh, Simon.

Nenhuma resposta.

Merda. Seu telefone estava desligado. Eu precisava esperar até eles me ligarem. Talvez nem ligassem, pensei. Por que o fariam? Não sou parente, não sou seu marido nem namorado. Talvez eles não me dissessem nada, talvez ela morresse e eu não soubesse durante décadas. Senti lágrimas nos olhos, uma mistura de medo e exaustão, tudo flutuava e encostei-me à parede do parquinho por um momento.

— Jamie...

Os braços de Shona em volta de mim, seu sotaque conhecido, o mesmo da minha mãe e meu.

— Venha, venha. Vamos à casa de Peggy.

Os olhos de Peggy estavam vermelhos e inchados, ela também não havia dormido.

— Eles telefonaram de manhã. Nenhuma mudança importante, ela continua igual. O médico disse que ela pode não acordar ou, se acordar, talvez fique... qual a palavra... com dano cerebral. Foi isso que Rhona disse, dano cerebral. — Ela olhou em volta como se pedisse para esclarecermos. Shona e eu nos olhamos horrorizados.

Vi Shona abrindo a boca. Ela procurava algo tranquilizador para dizer, algo para tornar as coisas mais fáceis. Uma das frases que minha mãe costumava dizer quando as coisas iam mal, como quando meu pai ficou doente: "Tenho certeza de que tudo ficará bem", uma mistura de otimismo teimoso e total relutância em encarar o desespero de frente. Várias gerações de mulheres usaram esse mecanismo para sobreviver às dificuldades não mencionáveis: ficará tudo bem, ficaremos bem, vai dar tudo certo. Tome um chá, vá em frente, mantenha a fé, mantenha a esperança, levante a cabeça. Nós ficaremos bem.

E tenho certeza de que Shona e Peggy seguraram a mão uma da outra e desempenharam o ritual das mulheres escocesas diante do terror.

— Ela vai ficar bem, estão cuidando dela, você vai ver, ela é forte.

— Eu sei, Shona, vai ficar tudo bem. Vou fazer um chá.

E me sentei, pouco confortado pela força delas, como uma luz tremeluzente nessa escuridão terrível.

Ficamos com Peggy até Margaret chegar, então andamos para casa em silêncio.

Mais tarde, em casa, Shona esfregava a cozinha já imaculada – quando está ansiosa, ela gosta de fazer limpeza – e eu andava pela sala quando meu celular tocou. Pulei e atendi rapidamente, com o coração na garganta.

— Jamie? É a Silke. Me contaram sobre a Eilidh. Deus, é terrível. Alguma notícia, como ela está?

— Ela não acordou...

Um momento de silêncio, seguido de:

— Quer que eu vá até aí?

— Vou ao hospital mais tarde, assim que os pais dela saírem para descansar um pouco. Só para ela não ficar sozinha... — engasguei por um segundo — Talvez você possa ir comigo... Shona vai ficar aqui para tomar conta de Maisie, seria bom ter você do meu lado...

— Claro. Passe aqui para me pegar. Ela está em Kinnear ou Aberdeen?

— Kinnear, por enquanto. Não sei bem o que vai acontecer depois.

— Venha quando quiser, estou pronta.

Assim que desliguei o celular, o telefone de casa tocou.

— Oi, Jamie, é Simon. Estamos indo para a casa de Peggy descansar um pouco, Rhona não está bem, tiveram de medicá-la... Peggy disse que você viria... Disse que você tem sido um bom amigo para Eilidh desde que ela se mudou para cá... Obrigado por isso... — sua voz estava péssima.

— Não me agradeça. Por favor, diga a Rhona que farei o que puder. Chego ao hospital em meia hora.

— Veja, a irmã dela não pode vir, não tem com quem deixar as crianças. E Tom... bem, não estou certo se Eilidh quer Tom por perto. Sei que ele ainda é marido dela, mas... Não sei se você sabe...

— Sei. E Harry? O melhor amigo de Eilidh?

— Vou ligar para ele assim que soubermos o que vai acontecer. Não adianta preocupá-lo agora. Quero dizer, ela está em coma, nada mudou... Quando ela acordar, vou ligar para ele.

— Sim. É claro. Quando ela acordar.

Silke e eu dirigimos em silêncio, a paisagem invernal coberta de neve, tão linda que partia o coração.

Nenhuma mudança.

Passamos algumas horas sentados na sala de espera. Não tínhamos permissão para vê-la.

Voltamos para casa a tempo de colocar Maisie na cama. Eu precisava estar lá para fazer isso; ela precisava que as coisas fossem o mais normais possível. Shona ficaria comigo até domingo – Fraser havia tirado alguns dias de folga para cuidar das meninas. A bondade deles me comoveu.

Os dias seguintes foram confusos, com os pais de Eilidh e eu revezando no hospital. Ela estava deitada na cama, totalmente imóvel. Respirava sozinha, entretanto, e nos agarrávamos a isso – ela não precisava da ajuda de aparelhos, seu peito se elevava e abaixava em movimentos constantes. Ela me lembrava uma alga-marinha na costa, indo e vindo com as ondas. Sua pele era cor de creme e não havia cor nem em seu rosto nem em nenhuma parte do corpo, apenas o hematoma arroxeado em um dos lados da testa.

Não sei quantas horas passei naquela sala de espera, pensando nela – no modo como ela entrara na minha oficina alguns dias antes, milhões de anos antes, o rosto corado pelo frio, os olhos brilhantes, tão cheia de vida, tão vibrante. Ainda não sabia o que poderia ter acontecido para ela sair correndo daquele jeito para a rua, sem olhar.

Os médicos diziam que de nada adiantaria ficarmos sentados naquelas cadeiras horrorosas durante horas, que se houvesse alguma mudança eles nos telefonariam, mas ficamos lá mesmo assim. Precisávamos ter certeza de que, quando ela acordasse, haveria alguém por perto.

— Você estava lá? Você viu? — perguntou Simon com o rosto pálido.

— Eu estava na minha oficina. Maisie me mostrava seu trabalho, Eilidh olhava o meu. Então ela arquejou e saiu correndo. Assim.

— Algo a assustou? O que aconteceu?

— Não sei. Foi tão de repente. Ouvi uma pancada e...

— Você disse algo que a tenha chateado? — ele parecia exasperado. Precisava de um motivo.

— De jeito *nenhum*. Tudo que disse a ela foi 'oi', então Maisie me mostrou seu trabalho e foi isso. Se acha que é minha culpa, está muito, muito enganado.

— Não, é claro que não. Desculpe, eu não quis... É que ela estava tão melhor. Nos últimos telefonemas. Como a antiga Eilidh, antes de tudo acontecer. Só não consigo acreditar...

— O que quer dizer? Que ela se *jogou* debaixo daquele maldito carro? Está enganado de novo — minha voz era um sussurro, mas, se não estivéssemos no hospital, eu teria gritado. — Eilidh é forte. Você não a conhece. Ela estava reconstruindo sua vida. Ela *está* reconstruindo sua vida!

— Eu não a conheço? Sou pai dela! É claro que a conheço!

— Eilidh é forte — repeti.

Mais tarde, fui para a oficina. Tudo parecia fora de lugar, inacabado. Não havia como voltar ao trabalho ainda, não enquanto ela estivesse deitada naquela cama de hospital.

Refiz seus passos, tentando olhar as coisas com seus olhos, da minha mesa de desenho para a direita, onde estavam expostas as bijuterias, depois mais adiante, ao fundo, onde eu guardava as peças acabadas, prontas para serem retiradas.

E então percebi: o berço, o berço de ferro moldado... Sempre tenho um exposto, é uma peça popular e recebo pedidos de berços sob medida de todo o país. Talvez tenha sido isso que a incomodara tanto. Ela havia me contado que, pouco antes de perder o bebê, seu marido trouxera um berço e ela sentira um mau presságio ao colocá-lo no quarto daquele jeito, vazio e esperando, tanto tempo antes do nascimento. Ela dissera que eles ganharam o berço do melhor amigo do marido dela.

Voltei para casa e verifiquei os livros. Não haveria registro se ele tivesse sido vendido já pronto, mas eu anotava todos os pedidos e entregas. Era um trabalho árduo, mas valia a pena tentar.

Eu fizera umas duas dúzias desse berço nos últimos três anos mais ou menos, e sem dúvida um deles tinha sido entregue em Southport, para o Dr. Ian Pearce. Talvez...

Talvez.

Não há como ter certeza, a não ser perguntando a ela, e eu não podia fazer isso, não em um milhão de anos. Mas não conseguia mais suportar aquele berço em minha oficina, então o levei de carro para Kinnear, à loja de Oxfam.

Dias e noites indistintos se passaram até que, por fim, depois do que pareciam semanas, mas na verdade foram apenas quatro dias, Eilidh abriu os olhos.

Eilidh

Emergi à superfície. As profundezas escuras, silenciosas e frias do oceano se tornaram águas mornas, um mar raso. Comecei a sonhar, um sonho que já havia tido antes, mas não tão detalhado.

Estava ajoelhada no chão de madeira e conseguia ver meus joelhos. Eu vestia uma saia marrom e meia-calça bege, aquelas que estavam na moda anos atrás. Via o sol entrando pela janela e a poeira dançando em sua luz. Da janela, via as colinas onduladas e cobertas de pinheiros de Glen Avich além dos campos de grama verde. À minha frente, as pernas de duas pessoas sentadas no sofá. Meus braços estavam esticados, abertos como em um abraço, e um menininho loiro vestindo macacão marrom cambaleava em minha direção com um olhar muito concentrado. Ele estava aprendendo a andar, pensei. O menino veio andando até meus braços e o segurei – ele ficou mole e relaxado enquanto dava gritinhos de alegria. Sorri e ergui a cabeça para olhar as pessoas no sofá: Senhor e Senhora Ramsay, sorrindo para mim, elogiando a proeza do menininho. Em menos de um segundo, eu sabia que eu era Elizabeth e que o menino era Jamie. Continuei segurando-o firme e desejando que o sonho não acabasse. Mas a cena ficou pouco nítida e tudo se dissolveu, deixando em seu lugar um teto branco e paredes verde-água. Eu estava acordada.

26

O dia depois do fim do mundo

Jamie

Ela estava linda – pálida, quase translúcida, como uma madrepérola. Ela estava linda e viva.

Eles precisaram cortar seu cabelo bem curto e ele agora emoldurava o rosto machucado, macio e sedoso no travesseiro branco. Ela ainda tinha um acesso venoso na mão, mas não precisava mais de tubos nas narinas nem da máscara de oxigênio. Estava deitada na cama do hospital, os travesseiros um pouco elevados, a cabeça encostada de lado. Rhona estava sentada ao lado dela.

Entrei e sorri, um sorriso tímido e leve, mas repleto de felicidade, tudo ao mesmo tempo. Sentei-me sem conseguir falar nada. Não ousei tocá-la – era como se eu fosse quebrá-la.

— Jamie — sua voz era fraca e suave; ela ainda sorria.

— Eilidh... — eu queria dizer "meu amor", mas não pude porque Rhona estava lá e também porque não sabia como ela reagiria, não queria chateá-la.

— Estou acordada agora.

Sorri.

— Sim, você está.

— Achei que estivesse morta.

— Não, não, graças a Deus, não... — eu queria segurá-la, mas parei no meio do caminho e toquei seu pulso levemente, de modo desajeitado, por um instante. Ela ergueu a mão e apertou a minha. Não consegui me segurar e acariciei seu rosto; ela fechou os olhos.

— Posso sentir seu toque. É maravilhoso estar acordada — revelou.

— Achei que a perderia — sussurrei.

Ela me olhou com aqueles olhos claros e honestos.

— Shona já teve o bebê?

Ah, meu Deus, pensei. Ela está confusa. Talvez seja muito pior do que pareça, talvez ela não consiga se lembrar...

— Não, ainda faltam alguns meses.

— Achei que faltasse. Ela vai dar à luz em maio, estamos em fevereiro... — falou devagar e deliberadamente, como se estivesse se certificando de que estava certa.

Graças a Deus, pela milionésima vez naquele dia. Ela está bem.

— Mas quando ela veio aqui — continuou — estava sem a barriga.

— Ela nunca veio aqui. Ficou em Glen Avich para cuidar de Maisie. Nunca veio ao hospital.

— Veio, sim. Ficou sentada com você. Ela estava lá quando fui atropelada.

— Não, ela veio no dia seguinte. Estava em Aberdeen quando ocorreu o acidente.

— Mas, Jamie, eu a vi. Estava de saia marrom, ajoelhada ao meu lado, e tocou meu rosto quando eu estava deitada no chão.

Achei que fosse melhor não chateá-la, então mudei de assunto.

— Ela virá vê-la assim que você estiver mais fortalecida.

— Ela esteve aqui, Jamie. Eu a vi.

— Ela está louca para vê-la...

— É melhor você ir agora, o médico chegará logo — interveio Rhona ao sentir que Eilidh estava ficando agitada.

— Não, Jamie, fique. Não vá, fique um pouquinho mais.

— Claro, ficarei o quanto você quiser.

Que estranho ela ter visto Shona sem a barriga. Deve ter delirado. Juro que é impossível não notar a barriga de Shona agora, aos seis meses de gravidez.

— Não vá — pediu Eilidh outra vez, parecendo um pouco fraca, um pouco mais cansada do que estava um minuto antes. Ela fechou os olhos.

— Não, não vou. É claro que não. O que poderia me fazer ficar longe de você?

— Você logo vai... Vai para a Austrália — falou de repente, como se tivesse se lembrado.

— Não pense nisso agora.

— Tudo bem, seu pai e eu estamos aqui, vamos cuidar de você — assegurou Rhona inclinando-se sobre ela, mas Eilidh não perdeu aquele olhar assustado.

— Quando vocês vão?

— Bem, está marcado para o mês que vem, mas...

— Não vá. Fique comigo.

— Eilidh, seja razoável... — pediu Rhona.

— Eu não queria pedir a você... não queria impedi-lo... mas estou pedindo agora... fique comigo...

Fiquei sem palavras. Rhona me olhou com uma hostilidade estranha. Aquilo também me surpreendeu.

— Eilidh, pelo amor de Deus, ele não pode apenas cancelar tudo no último minuto, o mundo não gira em torno de você.

Olhei para Rhona incrédulo. Mesmo com a filha em uma cama de hospital, ela não conseguia deixar de provocá-la. Mas Eilidh a ignorou, seus olhos não deixaram os meus. Ela tinha aquele olhar no rosto, um olhar vulnerável, como uma menininha, e ainda assim havia uma força nela que não parecia vacilar.

Decidi que eu não ia a lugar nenhum.

— Não vou. Vou telefonar para Emily hoje à noite. Não vou. Vou cuidar de você — anunciei.

Ela inspirou fundo e fechou os olhos, a mão ainda na minha.

— Acho que você vai descobrir que *nós* vamos cuidar dela, Jamie. Não entendo quem deu *a você* o direito...

Estávamos saindo do hospital, depois que Rhona acabara de evitar que seu rancor viesse à tona no quarto de Eilidh.

— Rhona, não pretendo dominar a situação. Só quero ajudar.

— Que bela ajuda. Ela ficou toda agitada...

— Ela achou que eu fosse para a Austrália, ela não queria que eu fosse.

— Você sempre tem uma resposta, não é? Igual à sua irmã, como se soubesse tudo. Você talvez não vá embora, mas nós vamos. Eilidh vai conosco. Vamos voltar a Southport e cuidaremos para que ela receba o melhor tratamento que o dinheiro pode comprar.

— Você perguntou a ela? Perguntou onde *ela* quer ficar?

— Não levante a voz para mim, Jamie McAnena. Ela vai conosco porque não tem escolha. Quem vai tomar conta dela? Peggy?

— Eu vou.

— Não seja idiota.

Recuei.

— Conversei com a enfermeira. Mesmo que ela pudesse morar aqui, precisaria de cuidados especializados. Não vai conseguir fazer muita coisa sozinha durante algumas semanas, entende isso?

— Não quis dizer que vou cuidar dela sozinho. Quis dizer que vou contratar uma enfermeira particular pelo tempo que ela precisar.

— E quem vai pagar? Ela mal tem um centavo, não vai receber nada de Tom. E não espere que paguemos se ela ficar aqui.

— Eu vou pagar, é claro.

— Sim, claro, você vai pagar. Uma enfermeira particular — disse sarcasticamente.

— Na verdade, vou.

Ela parou por um segundo, surpresa.

— Ela vai voltar conosco — repetiu.

— Pergunte a ela.

Deixei Rhona parada no estacionamento do hospital e fui embora morto de raiva.

— Ela só quer ter certeza de que Eilidh será bem cuidada...

— Não é isso, Shona. Ela já tem tudo arquitetado, estou dizendo.

— Jamie, você não costuma falar assim. Acho que a está entendendo mal. Dê uma chance a ela.

— Você deveria ter visto a cara dela.

— A prioridade aqui é o bem-estar de Eilidh.

— Exatamente. Eles a querem de volta debaixo das asas deles. Eles vão comê-la viva.

— Jamie, do que você está falando? É Rhona Lawson, nós a conhecemos. Ela é legal, não é um monstro.

— Só quero que Eilidh escolha onde quer ficar.

— Eu sei. Eu sei. Não se preocupe. Certo, preciso ir embora para colocar as meninas na cama. Ligo para você amanhã. Ah, e Jamie?

— Sim?

— Estou tão feliz que vocês vão ficar aqui.

Depois que desliguei o telefone, sentei-me no sofá, agitado e transtornado, cheio de alívio e preocupação ao mesmo tempo. Pelo menos ela está viva e não haverá sequelas em longo prazo. Foi isso que o médico disse. E ela quer ficar comigo.

Ela quer ficar comigo! Isso merece uma comemoração. Servi-me um copo de água com gás e espremi suco de limão. Olhei o copo desanimado.

Isso não é digno de uma comemoração de verdade. Não preciso tomar um copo atrás do outro sozinho, mas também não dá para tomar água com gás.

Fui à cozinha e desenterrei meu tesouro, uma garrafa do uísque escocês Lagavullin vinte e cinco anos. Bebê-lo é como um beijo longo, lento e apaixonado. Fogo e vento, turfa e mar, tudo misturado.

O fogo estava aceso, as luzes estavam todas apagadas, com exceção das luminárias da mesa e do reflexo azul da luzinha do quarto de Maisie no alto da escada. Nenhum barulho além do vento lá fora e do tiritar ocasional do fogo, como faz o fogo de turfa, um assobio estremecido, não como o estalo das lenhas.

Fechei os olhos e saboreei o primeiro gole...

Então alguém bateu na porta. Ah, não, por favor, sem conversa mole esta noite.

Mas, ainda bem, era Silke.

— Oi, você está bem? Não tinha certeza de que queria companhia, mas estava passando de carro e pensei em parar um pouco.

— Ótimo, entre. Acabei de abrir um uísque maravilhoso, você precisa experimentar. Entre e sente-se. Tenho umas coisas para contar...

Um trago depois e eu já havia contado tudo. Sobre o pedido de Eilidh para que eu ficasse e a reação de Rhona, como eu esperava que Eilidh escolhesse ficar com Peggy e eu arrumaria uma enfermeira para cuidar dela...

— Fiona poderia fazer isso.

— Você acha?

— Sim, você sabe que ela é enfermeira, não sabe? Ela se formou faz pouquinho tempo — adoro o modo como Silke diz expressões escocesas com sotaque alemão — ela encontrou um trabalho no sul, mas não foi por minha causa. Então cuidou de Mary por um tempo. Não sei o que está fazendo agora, não nos falamos há muito tempo — ela olhava o copo.

— Você acha que eu poderia telefonar para ela?

— Claro, por que não?

— Mas, se ela aceitar, você se incomodaria de tê-la por perto?

— Eu adoraria tê-la por perto. Deus, eu *amaria* total e completamente tê-la por perto. Sinto saudade dela... olha só...

Conversamos até duas da manhã. Eu havia tomado uma dose de uísque. Silke, duas, e o resto do tempo tomamos chá com leite. Não queria arriscar. O sorridente com uma faca, mesmo em seu prazer belo e infinito, estaria sempre ali à espreita para me pegar.

E eu não o deixaria fazer isso.

Elizabeth

É sempre estranho quando uma pessoa de verdade cruza seu caminho com suas memórias, a sombra presa em um momento traumático. É como ver em dobro. Como se ser um fantasma já não fosse surreal o bastante, vemos todas essas coisas – tantas que não tenho palavras para descrevê-las.

E agora vejo uma Fiona sentada no degrau mais uma vez, ao telefone, bem próxima à outra Fiona, a de coração partido, segurando o colar.

— Sim, ouvi. Graças a Deus. Não, não tenho certeza do que farei depois, só estou ajudando minha mãe no salão. Sim. Adoraria fazer isso. Se estaria disponível para ficar com Peggy? Que gentileza. Ótimo. Me ligue quando Eilidh sair. Ah, e Jamie? Você poderia agradecer Silke por mim... Quero dizer, foi gentileza dela me arrumar esse emprego. Sim, eu tenho o telefone dela. Sim, é claro, você deve estar sobrecarregado, e é claro, ela gostaria de ouvir isso de mim. Vou ligar. Não, de verdade, vou ligar. De verdade.

Uma Fiona sorri, outra soluça, ambas sentadas lado a lado...

27

Revelação

Jamie

Uma reunião de cúpula foi convocada. Em um território neutro, a casa de Peggy.

Já fazia dez dias que Eilidh tinha acordado e ela estava se recuperando bem, então o médico avisou que ela poderia ir para casa logo. Mas qual casa? Seus pais a queriam em Southport com eles, ela dissera que queria ficar com Peggy e eu defendia sua vontade. Era interesse meu e dela.

Estávamos sentados nos sofás de Peggy com uma xícara de chá intocada nas mãos.

— Na verdade é muito simples. Ela é adulta, diz que quer ficar, então deixemos que ela fique.

— Jamie, você precisa entender. Ela quase morreu. Precisa ficar com a família dela.

— Simon, Peggy é parente dela também, e esta é sua casa.

— Do que está falando? — gritou Rhona, pronta para transformar a conversa em briga — Southport é sua casa! Ela só veio para cá porque perdeu a cabeça.

— Ela veio para cá determinada a construir uma nova vida e foi o que fez.

— Veja, Jamie — falou Simon, tentando parecer razoável. — Na verdade, a segurança de Eilidh é só o que importa. Você acha que ela será mais bem cuidada aqui com uma senhora idosa — Peggy fez um ruído de indignação — e com alguém que ela mal conhece...

— A família da sua mulher me conhece desde que eu nasci!

— Na verdade, não estava falando de você, mas da enfermeira, essa... Fiona. Você nem é uma das partes interessadas. Não é parente dela; o que você *é*, seu novo namorado? — toda a pretensa civilidade desaparecera.

— Não sou namorado dela. Mas estamos próximos desde que ela chegou aqui. Só estou querendo defendê-la...

— Agora todo mundo QUIETO!

Peggy?

— Vocês estão gritando na minha casa. Não vou deixá-los se comportarem assim debaixo do meu teto. Vocês vão se acalmar... Com licença... — a campainha tocara.

No momento em que Peggy saiu da sala, Rhona começou de novo.

— Se acha que pode fazer isso, Jamie, melhor pensar direito. Ela teve um maldito colapso nervoso, foi parar no hospital, agora termina debaixo de um carro, ela é claramente incapaz de tomar decisões por conta própria. Ela vai para Southport conosco, goste ela ou não. Qualquer médico diria...

— Eilidh, debaixo de um carro? Do que você está falando?

Um homem alto e loiro acabara de entrar na sala e nos encarava, os olhos passando de uma pessoa para a outra. Ele estava chocado.

— Tom! O que faz aqui? — exclamou Rhona.

— O que aconteceu? O que aconteceu a Eilidh? Por que ninguém me telefonou?

— Telefonar para *você*? Você perdeu esse direito quando saiu com aquela mulher!

— Alguém pode me contar o que aconteceu? — as mãos de Tom tremiam e ele estava pálido como um fantasma.

— Eilidh sofreu um acidente. Foi atropelada por um carro — interveio Simon.

— Ah, meu Deus! Ela está bem?

— Agora sim. Ainda está internada. Vai receber alta logo...

— Posso vê-la?

— Só sobre meu cadáver, Tom, você acabou de magoá-la e ela está muito fraca agora — grunhiu Rhona.

— *Ela* me pediu para vir. Para discutir... nosso divórcio — Peggy o havia feito sentar-se com um copo de uísque, suas mãos tremiam e ele estava pálido, mas nitidamente calmo.

— Vocês podem conversar depois que ela melhorar. Agora realmente não é a hora — avisou Simon.

— Entendo. Não quero aborrecê-la. Mas se eu pudesse apenas vê-la...

— Você *não* pode vê-la — anunciou Rhona, e então se virou para mim — *e* ela vai embora conosco.

— A decisão é dela, Rhona. Ela decide se quer ver Tom e onde quer ficar — a voz gentil de Peggy silenciou todo mundo.

— Como eu disse, ela é incapaz. Qualquer médico concordaria que ela não pode cuidar de si mesma, que não pode tomar decisões...

— O quê? — interveio Tom — Eilidh pode muito bem tomar decisões, Rhona. Ela parecia... bem quando nos falamos ao telefone. Estava determinada. Queria que as coisas seguissem em frente, um novo começo.

— E foi por isso que ela se jogou debaixo de um carro?

— Ela não se jogou! Foi um acidente! — rebati, tentando não elevar a voz — Havia gelo na rua, ela escorregou e caiu...

— Rhona, quando falei com ela ao telefone na semana passada, Eilidh não parecia alguém que quisesse morrer — acrescentou ele com um tom calmo e impositivo. Ele tinha um leve sotaque de Manchester que tornava sua voz agradável ao ouvido. — Quando nos falamos, ela estava bem determinada a viver. Acredito... nele... — ele me olhou — acredito que tenha sido um acidente.

— Sou Jaime — apresentei-me e apertei sua mão desajeitadamente.

Nossos olhos se encontraram e ele percebeu. Ambos desviamos o olhar. Essa não era a hora de começar a discutir e nós dois sabíamos disso.

— Besteira. Vamos falar com os médicos, eles vão dizer que ela não está bem da cabeça e vamos levá-la conosco.

— Eu *sou* médico, Rhona — constatou Tom com calma — e posso dizer que ela está, sim, bem da cabeça e tem condições de escolher onde ficar. Conheço você há alguns anos e acho que está usando a farsa do suicídio para conseguir o que quer.

Silêncio.

— Você está do lado *dele*? Do namorado dela?

Tom recuou.

— Estou do lado *dela*. Já a machuquei o bastante. Ela precisa de mim agora. Vou ao hospital, ela vai decidir se quer me ver ou não. Vou perguntar onde ela quer ficar e vou acatar sua vontade.

Ninguém disse nada.

— Obrigado, Peggy. Sei onde fica a saída.

E saiu.

Ah, meu Deus, pensei. E se ela o vir e perceber que ainda tem sentimentos por ele... E se o choque do acidente a fez mudar de ideia quanto ao divórcio...

Um abismo se abriu em minha mente e eu precisava de ar fresco. Saí depois de balbuciar um até logo para Peggy, longe dos Lawson e de seus jogos de poder.

Eilidh

Eu mal podia esperar para vê-lo. Não podia esperar para enfrentar a dor, o pesar que sentiria ao olhar em seu rosto e saber que estava tudo acabado, então seguir com o resto da minha vida.

As pessoas ficaram surpresas por eu não ter sentido raiva sobre o caso de Tom, mas o luto pela perda do meu bebê me consumiu tanto que não deixou espaço para mais nada. Eu não tinha mais nenhum sentimento por ele. Na verdade, nenhum sentimento.

Na noite em que bati na porta de Peggy, eu mal tinha energia para existir. Precisava fazer um esforço enorme para simplesmente respirar, comer e me manter viva. Porém, conforme a vida foi voltando a mim e comecei a perceber os sentimentos de novo, a raiva veio. Não porque eu o amava – o amor havia acabado muito tempo atrás – mas pela enorme humilhação que eu sofrera. Eu estava muito furiosa. Com ele, por me trair. Comigo, por suportar tudo para que pudéssemos fazer a fertilização in vitro.

Quando, contudo, ele entrou no quarto, não senti raiva. Era Tom, o Tom que eu conhecia; o cabelo loiro arrepiado de um lado como sempre, os olhos cheios de preocupação. Era meu marido e toda a raiva de alguma maneira desapareceu.

— Eilidh... — ele veio se sentar ao meu lado e segurou minhas duas mãos, como se nada tivesse acontecido, como se ele nunca tivesse me machucado.

Para minha surpresa, segurei as dele.

— Como está se sentindo? Só soube agora, estava na casa de Peggy... Tentei telefonar, mas seu celular estava desligado há tempos...

— Estou tão feliz que esteja aqui.

— *Está?*

Assenti com a cabeça.

— Querida, você não vai acreditar como minha vida mudou. Estou sozinho. Acabou... você sabe... está tudo acabado. Renunciei a algumas coisas, estou pronto para passar mais tempo com você.

— Lembra-se do berço?

— Nosso berço? Sim...

— Foi feito aqui. Quero dizer, em Glen Avich.

— Ah, Eilidh... Isso é muito estranho... Não acredito... Quando Ian me deu, ele não me contou... Que coincidência esquisita ele ter sido feito na cidade de origem da sua família...

— Eu o vi na oficina de Jamie. Foi como um pesadelo. Corri para fora e não vi o carro. Tentei saltar para fora da rua, mas escorreguei na neve...

— Coitada. Minha pobre Eilidh — ele tirou meu cabelo do rosto com um gesto tão conhecido que me partiu o coração —, sua mãe não para de dizer que você tentou... se machucar...

— O quê? Do que ela está falando? Eu nunca... — é claro. Eu deveria saber. Que ocasião perfeita para ela assumir o controle, maravilhoso. Eilidh é tão instável que até tentou se matar. Precisamos controlá-la. Estava com tanta raiva que nem conseguia falar.

— Eu sei, eu sei. Não se preocupe. Todo mundo sabe que ela está falando bobagem. Você receberá alta logo e vai se recuperar. Vamos tirar uns dias de folga onde você quiser...

Soltei suas mãos.

— Ah, Tom. Não. Desculpe. Nada mudou... Não vamos voltar. Não podemos...

— Por que não? Sei que me chamou aqui para falar do divórcio, mas... Com tudo que aconteceu...

— Nada mudou. Por favor, Tom — nossos olhos se encontraram. Ele olhou nos meus olhos, seu olhar azul prendendo o meu por bastante tempo, como se procurasse minha alma.

— Você sente algo por Jamie?

— Sim — meu coração parou de bater por um segundo. Era a primeira vez que eu dizia aquilo em voz alta. — Mas Jamie não tem nada a ver conosco. Já acabou faz muito tempo, antes de você... você...

— Nove dias — ele disse, e seu rosto estava amargurado.

— Nove dias? O que quer dizer?

— Uma vez, você ficou sem falar comigo por nove dias. E não havia nada de errado entre nós, mesmo. Eu não tinha... não estava saindo com ninguém, não tínhamos brigado nem nada. Era a ideia de ter filhos que lhe devorava por dentro. Estávamos vivendo juntos e você não falou comigo durante nove dias inteiros, apenas 'olá', 'boa noite' e 'quer uma xícara de chá?'. Eu contei. No décimo dia, você falou comigo antes de se deitar, sobre algo que precisava ser feito na casa.

— Ah, meu Deus, Tom. Sinto tanto...

— Bem, sabe de uma coisa? Você deveria sentir mesmo. Porque isso é sua culpa tanto quanto minha. Não estou atacando você, Eilidh, Deus sabe que a amo, se eu pudesse voltar atrás... Mas você também fez isso, comigo. Nós destruímos nosso casamento. E por quê?

Respirei fundo.

— Vi duas pessoas apaixonadas, uns meses atrás. Elas estavam quase se beijando e se olhavam nos olhos. Isso me fez ver que... eu nunca senti isso por você. E você nunca sentiu isso por mim.

Ele estava chocado. Pude perceber que o havia magoado profundamente e que não havia mais volta.

— Você está errada. Pelo menos no que se refere a mim — ele se levantou e cobriu os olhos com a mão. Também comecei a chorar, e não fiz nenhum esforço para parar. Nosso casamento merecia aquelas lágrimas. O fim do casamento era digno de choro.

Depois de alguns segundos, ele falou de novo.

— Vou falar com seus pais. Vejo que está em condições de ficar na casa de Peggy. Vejo que seus pais não têm como levá-la de volta para Southport...

— Espere... — ele não podia sair desse modo. Ele não podia *me* deixar assim.

— O quê? — perguntou delicadamente. — O que ainda precisa ser dito?

Estendi as mãos.

— Tom...

Ele as segurou.

— Vou lhe dar o divórcio, é claro. Vou cuidar de tudo.

— Não, não é isso... Tom...

— Chega, Eilidh. Por favor — ele soltou minhas mãos e parecia que uma parte de mim havia sido cortada fora.

Ele saiu, sem olhar para trás, ele saiu.

— Obrigada... — sussurrei sem ter certeza de ele ter ouvido.

28

As palavras não ditas

Fiona

Eilidh estava sentada no sofá de Peggy, tomando chá e enviando e-mails no laptop. Estava serena, tranquila, e sorria bastante. Para alguém que havia quase morrido em um acidente, ela parecia muito... *satisfeita*.

Eu sabia que tinha algo a ver com Jamie. Eles não podiam esconder os sentimentos que nutriam. Esperava apenas que eles parassem com esse chove não molha e resolvessem logo isso.

Ainda assim, ela parecia bem feliz o tempo *todo*, não apenas quando Jamie estava aqui ou telefonava.

— Eilidh, posso fazer uma pergunta?

— Claro — seus olhos azul-claros encontraram os meus. Não me espantava que Jamie tivesse se apaixonado por ela, pensei, ela é linda. Não de um modo óbvio, mas de uma forma mais... comovente. Silke saberia as palavras certas para descrever. Ela sempre sabe.

— Você parece tão... não sei, contente. É como se esse acidente não a tivesse afetado de verdade...

Ela sorriu e de repente seu rosto parecia o de uma menininha.

— Ao contrário, na verdade... — ela parecia pensativa e colocou o laptop ao seu lado — me afetou demais. De um modo positivo...

Não tinha certeza do que ela queria dizer, então esperei.

— Veja, passei muito tempo triste. Por um motivo ou outro, você sabe; por minha família, por não conseguir ter filhos, meu marido e assim por diante. Quando eu estava no hospital, pensei que morreria. É difícil de explicar, estava em coma, mas conseguia *pensar* e tinha certeza de que estava morta. Então eu acordei... — ela fez um gesto em direção à janela, como se quisesse me mostrar que o mundo ainda estava aqui para ser aproveitado. — Sinto como se tivesse merecido uma segunda chance. Estou tão aliviada, tão contente que tenham me deixado viver...

Ela dobrou as pernas e as abraçou, recuando um pouco. Ainda sentia dor, eu sabia disso, era eu quem ficava sentada com ela durante a noite, ajudando-a com as coisas que ela ainda não conseguia fazer sozinha.

— E, claro, ainda tem o Jamie... — acrescentou.

Corei e desviei o olhar. Não sou boa com esse tipo de conversa, fico envergonhada. Sei que já tenho idade para superar essa timidez crônica, não sou mais adolescente. Mas não consigo evitar.

Ela percebeu que eu estava sem jeito e sorriu, um sorriso malicioso, pensei.

— E quanto a você, Fiona, tem alguém?

Ela sabia, é claro. Todos os amigos de Silke sabiam. Minha tentativa desesperada de manter segredo não tinha dado certo, e esse era o principal motivo de termos terminado.

O principal, mas também o fato de que eu não podia ser o tipo de pessoa que vive *daquele* jeito. Ok, podia ter sido uma aventura, acontece, mas não uma escolha de vida. Eu iria me casar e ter filhos, como todo mundo. Não podia ser motivo de fofoca, não podia decepcionar meus pais, decepcionar meu pai.

Desde que voltei, vi Silke duas vezes. E meu coração parou duas vezes. Ela me olhou demoradamente, esperando que eu falasse. Vi que ela ainda me amava, vi em seus olhos.

Mas nada mudou para mim. Eu ainda não me sentia confortável com as pessoas sabendo. Estávamos de volta à estaca zero. Eu sabia que não podia ficar perto dela.

— Sim, estou saindo com alguém.

Ah, Deus, pensei. Minto muito mal. Por que diabos eu quis manter isso?

Eilidh olhou surpresa.

— Ele frequentou a faculdade comigo. É de Aberdeen. Nós... nós nos falamos o tempo todo por mensagens de texto e pessoalmente.

— Que bom. Bom para você... — falou, me olhando por um longo tempo.

— Ele se chama Jack. É ótimo. É meu... homem ideal — acrescentei, sentindo as bochechas ficando cada vez mais quentes e vermelhas a cada segundo.

Meu homem ideal. Não havia *homem* ideal neste mundo para mim. Havia apenas Silke e eu acabara de dar mais um passo para longe porque eu sabia que Eilidh contaria a Jamie sobre esse Jack que eu inventara, e Jamie contaria a Silke.

O que eu queria, é claro, eu queria que ela seguisse adiante e fosse feliz. Sem mim.

Eilidh

Jack? Não acreditei nela nem por um segundo. Ela inventara aquele homem. Fiona era tão transparente, tão inocente, não conseguiria mentir nem que dependesse disso para salvar a vida. Ela parecia tão jovem, pensei, com o cabelo castanho ondulado, a pele branca como o leite e cheia de sardas, os olhos de um verde-escuro intenso. Suas bochechas eram muito rosadas, o que a fazia parecer ainda mais nova.

Eu não tinha certeza do que ela escolheria. Sabia que ela ainda tinha sentimentos por Silke, mas lutava contra eles com toda sua força.

Era fácil para nós dizer que ela deveria se libertar, aceitar quem ela era. Mas é uma escolha tão complicada, ir contra a família, desafiar todas as suas expectativas e se manter firme contra a desaprovação. Só de pensar nisso meu coração batia mais rápido, contrariado – ser filha de Morag e Hugh Robertson, ser criada na religião batista, ir à igreja e à escola religiosa toda semana e, na verdade, compartilhar suas crenças e tentar viver de acordo com elas... e então se apaixonar por uma mulher.

Eu me sentia bem melhor agora; a estada de Fiona em Glen Avich estava acabando. Eu realmente não tinha a menor ideia do que aconteceria com as duas. Isto eu sabia, entretanto: Fiona podia até conseguir ser forte dessa vez e se afastar, mas a julgar pela sua expressão na noite que a vi com Silke, ela estava muito apaixonada, seria difícil negar o sentimento a si mesma para sempre. Cedo ou tarde, eu sabia, ela ia se apaixonar de novo, e seria doce demais para impedir, doce demais para falar sobre isso.

Minha cabeça girou de leve. Talvez fossem os medicamentos para a dor ou apenas fome...

De repente, me senti agitada. Uma sensação de ansiedade cresceu dentro de mim e não consegui mais ficar sentada. Era uma noite linda, o mundo pulsava à minha volta, era início de primavera e meus pensamentos fluíam como uma corrente viva. Vesti o casaco e disse a Fiona que ia dar uma caminhada. E queria mesmo fazer isso, sair para andar um pouco, mas minhas pernas tinham vontade própria; elas me levaram a St. Colman's Way; passaram pelo local onde eu quase morri e chegaram à casa de Jamie.

Jamie

Queria poder beijá-la, como fiz no *Hogmanay*. Mas parecia que eu havia perdido a coragem. Para mim, ela agora era frágil, como algo que fora quebrado e consertado e precisava ser manuseado com cuidado. Mas quando eu estava sozinho à noite, com os olhos fechados, as coisas que eu via, as coisas que sentíamos... Nunca poderia ser assim de verdade, pelo menos agora.

Desde o acidente ela sorria e me olhava, não desviava o olhar como costumava fazer, como se eu não pudesse saber o que pensava, como se tivesse que se esconder. Ela parecia estar esperando, esperando algo que ela sabia ser inevitável, algo que iria acontecer em breve, assim que eu pudesse tocá-la.

E, então, em uma noite clara de primavera, voltei para casa e a encontrei na soleira da minha porta. Olhei em seu rosto e ela não sorria, seus olhos estavam escuros, quase negros no crepúsculo. Abracei-a e ela tremia.

— Oi... entre. Maisie está na casa de Shona esta noite...

— Eu sei.

Percebi na hora o motivo da sua vinda e do seu tremor. Acendi a lareira e nos sentamos por um instante, assistindo às chamas tremeluzirem, observando-nos timidamente.

Eilidh tinha esse jeito de beijar, devagar e constante, não mudava, ficava quase imóvel e não parava até eu não suportar mais. Ela fez isso comigo naquela noite e eu tentei parar, mas não consegui, fazia tanto tempo... Segurei sua cintura como se eu fosse cair – e caí – caí em cima dela. E então ela acariciou meu cabelo e me olhou com os olhos escuros, brilhantes, como eu nunca tinha visto.

Segurei-a pela mão, levei-a para cima e não precisamos ficar quietos. Segurei-a com delicadeza, como se ela fosse uma boneca de porcelana, até não aguentar mais e peguei-a do modo como sonhara. Ela não me impediu. E sussurrou:

— Fique de olhos abertos — nossos olhos estavam presos enquanto nos movíamos juntos e nossas almas estavam nuas. Olhamo-nos nos olhos, foi forte e lindo, e depois eu sabia que nossos laços nunca poderiam ser desfeitos.

Eilidh

— Faz tanto tempo — revelou ele.

Para mim também fazia... Eu estava assustada e não conseguia parar de tremer. Estava assustada e, ainda assim, não conseguia parar e não parei. Queria poder dizer que foi ele que me conduziu – sabia que era errado fazer isso, ainda era cedo demais –, mas eu não podia mais negar que era eu, era eu quem chegou perto dele, tão perto que ele não conseguia se mexer, e fui eu que o toquei, e teria sido uma tortura parar, então não haveria volta.

Eu estava vazia e ansiava por isso havia tanto tempo, e agora estava de volta à vida de novo. Eu queria que ele me olhasse, queria ver seus olhos, e desejei com todo o meu coração que ele nunca me abandonasse. Eu devia ter sussurrado: "Eu te amo". Em vez disso, falei "Não vá...", pois eu sabia que, se ele fosse, eu sobreviveria, continuaria a respirar, mas nunca mais estaria viva outra vez.

Ele sussurrou de volta:

— Eu nunca irei —, e eu não consegui mais falar, mas pensei nisso várias vezes, não vá, não vá, não vá.

Meu coração estava despedaçado de amor por ele e eu estava assustada, pois ele tinha minha vida nas mãos, e quando ele disse: "Eu nunca irei", não acreditei nele. Já sabia que votos podem ser quebrados, promessas, esquecidas, e tudo o que temos é a esperança de que o amor nunca nos escape pelos dedos como areia.

29

Não vá

Eilidh

Maisie e eu estávamos sentadas à mesa da cozinha. Eu a ajudava a ler e ficava atenta ao telefone. Tom ia me ligar naquela tarde para prepararmos minha ida a Southport para assinar os documentos. Tinha sido tudo tão rápido, tão fácil. Não queria nada dele e não tinha nada meu para dividir, exceto economias tão escassas que não teriam nem servido para pagar o advogado. Não havia filhos, é claro, então não teríamos batalhas de custódia. Bem direto, embora não sem dor. Não, não sem dor.

    Alguns dias antes, eu havia recebido uma carta dele com alguns documentos anexados. Eram extratos de um fundo aberto por Tom cuja beneficiária era eu. A carta dizia que eu havia deixado meu emprego para me concentrar no tratamento de fertilidade, um tratamento que exigira muito de mim, física e emocionalmente, e que me deixara impossibilitada de trabalhar – isso era verdade. Ele argumentava que eu passara por aquilo por nós dois, que ele se sentia responsável por eu não ter dinheiro para o futuro e que o tempo de trabalho que me sobrava não era suficiente para me dar uma vida confortável na velhice.

Senti uma mão apertar meu coração e a pequena fagulha de carinho que eu ainda sentia por ele aguçou-se dentro de mim, um sentimento que eu sabia que iria embora.

Eu não ia aceitar aquilo. De certo modo, eu sabia que era certo dizer que eu me sacrificara por muitos anos para conseguir algo que nós dois queríamos. Por outro lado, eu não queria nada dele. Eu tinha certeza de que, quando eu encontrasse um trabalho mais bem pago que ajudar Peggy e tomar conta de Maisie, conseguiria cuidar de mim até a velhice, embora ela parecesse longe agora.

Eu sabia que ficaria bem. Minha ideia de conforto era completamente diferente da de Tom: ele precisava de muito para uma vida aceitável, enquanto eu ficava feliz com muito pouco, um traço que herdei de Flora e do qual tenho muito orgulho.

Decidi tirar um tempo para pensar no assunto e ver o rumo que as coisas tomavam. Enquanto isso, entretanto, precisávamos dar prosseguimento à papelada do divórcio. Isso requeria minha presença em Southport.

De certo modo, eu queria ir. Não via meus sobrinhos havia bastante tempo. Mal podia esperar para voltar à minha antiga casa e pegar algumas coisas de que sentia falta... meus livros e roupas, várias coisinhas que pertenciam à minha antiga vida, mas que eu ainda queria carregar para a minha nova vida.

Mantinha um ouvido nas aventuras de Kipper, lidas pela voz nítida de Maisie, e outro no celular em cima da mesa, entre nós duas. Por fim, o telefone tocou e ambas demos um pulo. Era Tom.

— Desculpe, querida, continue lendo. Não vou demorar. Alô?

Sentei-me nas escadas enquanto Maisie lia obedientemente, levantando a cabeça de vez em quando para me olhar.

— Sim. Sim, estarei aí logo. Vou ficar na casa de Harry. Vou dirigindo. Não sei como vou me sentir ao voltar para Southport. Bem e mal, tudo misturado. Não queria deixar Maisie e Ja... Peggy, mas elas ficarão bem sem mim. Sim. Vejo você, então. Obrigada por me avisar. Até mais.

Sua voz era familiar como a de um irmão. Fiquei parada por um tempo, contemplando o fato de que logo ele estaria fora da minha vida para sempre. Surreal. Como se alguém tivesse me contado que Harry ou Katrina estariam fora da minha vida. Por alguns momentos, senti-me perdida.

Desliguei o telefone e Maisie ficou me olhando. Estava pálida e tinha uma expressão estranha no rosto.

— Maisie? Tudo bem?

Ela balançou a cabeça negativamente.

— Não está se sentindo bem?

Ela repetiu o gesto.

Naquele momento, ouvi o barulho das chaves na porta. Era Jamie.

— Oi, como vão vocês?

Antes que eu pudesse dizer alguma coisa, ele viu Maisie à mesa. Com o instinto paterno, sabia que havia algo errado.

— Você está bem, querida? — perguntou, ajoelhando-se diante dela.

— Estou com dor de barriga.

— Por que não nos deitamos um pouco, quem sabe você se sinta melhor mais tarde e possa jantar conosco? — falou, pegando-a pela mão.

— Não posso ficar, Jamie, preciso fazer a mala. Pode me ligar mais tarde para me dizer como ela está?

— NÃÃÃÃOOOOO! NÃO VÁ! — Maisie começou a chorar e correu para mim. Jamie e eu nos olhamos chocados.

Fiz-lhe um afago e segurei seu corpinho tremendo.

— Você *não* pode ir! — choramingou.

— Querida, tenho que fazer algumas coisas hoje à noite, mas amanhã nos vemos e então vou ficar fora alguns dias. Estarei de volta antes que perceba.

Ela se soltou de mim e me olhou nos olhos, pálida e séria.

— Você não vai voltar.

— O quê? É claro que vou voltar, querida, não precisa se preocupar com isso!

Mas Maisie se virou sem dizer nada e subiu as escadas correndo.

Jamie e eu ficamos paralisados.

— Desculpe, não quis chateá-la... — sussurrei.

— Ela vai ficar bem... Acho que só está preocupada que você vá embora para sempre, você sabe, como Janet. Ou minha mãe. Acho que ela tem um histórico considerável de pessoas que a deixaram, apesar da sua pouca idade...

— Talvez eu devesse passar a noite aqui — corei — quero dizer... Jamie riu.

— Eu sei o que quer dizer — ele pôs as mãos nos meus ombros. — Quero que fique esta noite e a seguinte e todas as noites que se seguirão, mas vamos fazer isso do nosso jeito. Vá resolver o que precisa resolver, então estaremos livres.

Livre. E um pouquinho perdida. Ele deve ter visto algo em meu rosto, pois me segurou com força, muita força, como se para afirmar mais uma vez que eu pertencia àquele lugar.

— Quer que eu vá com você? Posso ir e voltar no mesmo dia...

— Não, preciso fazer isso sozinha.

Ele pegou meu rosto com as mãos e me beijou, um pouco mais intensamente do que costumava fazer. Com um toque de... possessividade.

Saí na noite fria e com vento daquela primavera, e o rostinho pálido de Maisie me perseguiu o caminho todo.

Elizabeth

Ninguém notou que isso aconteceu, nem eu mesma. Não tinha ideia de que o abandono de Janet e depois a minha ida tinham deixado uma ferida tão profunda no coração de Maisie. É tão terrível vê-la desse jeito, pálida e paralisada de medo, deitada acordada na cama.

Jamie e Eilidh não fazem ideia da profundidade do seu terror. Raramente percebemos como os sentimentos das crianças podem ser intensos, a profundidade do medo de serem abandonadas ou deixadas sozinhas.

Jamie fez tudo que podia, trouxe-lhe uma xícara de leite quente, tentou convencê-la a descer, ficar um pouco aconchegada com ele no sofá assistindo à TV como uma exceção especial, apesar de já ter passado da hora de ela ir se deitar. Ele disse várias vezes que ela não tinha com que se preocupar, que Eilidh voltaria logo.

Ela não acreditou no pai.

Maisie é uma garotinha despreocupada, mais propensa à alegria do que à tristeza, mas herdou a intensidade de sentimentos da mãe e suas emoções podem ser fortes o suficiente para a abalarem como um vendaval faz com as árvores jovens.

Jamie ficou para lá e para cá durante a noite, jantou, arrumou as coisas e dobrou algumas roupas sujas para lavar, e todo o tempo Maisie ficou sentada nas escadas quietinha, esperando o momento certo de sair.

Sentei-me do lado dela e sussurrei em seu ouvido:

— Não vá, está escuro, frio, fique aqui com seu pai e eu... Você não precisa ter medo, ela não vai deixá-la, ela vai voltar — mas Maisie fingiu não me ouvir e então falou com uma voz forte e fria, que eu só ouvira vinda da sua mãe:

— Eu não acredito em você.

Esperou o momento certo e, enquanto Jamie falava com Shona ao telefone, saiu bem quietinha, na noite, de pijama, e correu para a rua, um vulto pequeno e cor-de-rosa na escuridão.

Estava fugindo de casa. O último grito por atenção, a última ferramenta de barganha. Mas na verdade, percebi, não foi por isso que ela agiu assim. Segui-a enquanto ela corria pela St. Colman's Way, passando pela fonte em direção ao bosque, e vi que ela procurava alguma coisa.

— O que está procurando? — sussurrei em seu ouvido.

— O broche.

Eu sabia do que ela falava. Ela procurava o broche de Eilidh, aquele que Jamie havia feito para ela quando eles eram crianças. Lembrei-me da conversa que eles tiveram no dia que foram à fazenda Ramsay, enquanto observavam o cervo. Jamie havia contado a ela que fizera um broche esperando que Eilidh ficasse, mas então não teve coragem de lhe dar e ela partiu. Ele contou a Maisie que escondera o broche no bosque atrás da fonte, na esperança de ela voltar para casa.

Às vezes nos esquecemos de como as crianças vivem em uma realidade paralela, um mundo literal com sua lógica própria. Foi isto que Maisie ouvira da história do pai: fiz um broche para Eilidh, para ela não ir embora, se eu tivesse lhe dado o broche, ela teria ficado, mas não fiz isso e ela partiu. Na cabeça de Maisie, a consequência lógica disso era que, se ela encontrasse o broche e o desse a Eilidh, dessa vez ela ficaria. O broche com o cervo se tornara mágico, tinha o poder de prender Eilidh a eles, e ela tinha de encontrá-lo. Ele poderia lançar um feitiço em Eilidh e fazê-la ficar.

Ela não via que o feitiço já tinha sido lançado, que a Escócia e Glen Avich e a pequena família de duas pessoas uniram Eilidh e que ela nunca iria embora. Na experiência de Maisie, laços de amor ou a família não tinham sido suficientes para manter ao seu lado as pessoas que amava.

Maisie cavava com as mãos, tirando folhas mortas e galhos do caminho. Estava gelada, com os lábios azulados e as bochechas pálidas. Voltei ao quarto de Maisie e joguei todos os seus livros da prateleira no chão, assim Jamie viria até aqui em cima e veria a cama vazia.

Deu certo. Vi-o pular assustado e subir as escadas correndo para procurar Maisie e, então, quando não a encontrou, procurou freneticamente no banheiro, no quarto dele e no andar de baixo. Saiu voando pela porta para bater na casa dos vizinhos, todos a caminho da casa de Eilidh, e cada pessoa que ele chamou saiu para procurar por Maisie.

— Jamie?

— Ela sumiu! — seus olhos estavam arregalados de pânico.

— Mas como? Como ela saiu? — a voz de Eilidh estava fria de medo.

— Não sei. Ela estava na cama. Eu estava lá embaixo. Ah, Deus...

Eles se abraçaram rapidamente, então começaram a procurar de novo. As ruas ecoavam o nome de Maisie.

Eu precisava achar um modo de levá-los até ela.

Precisava encontrar a raposa e sussurrar em seu ouvido. Ela era tão corajosa, tão leal, corria entre os seres humanos apesar de seu instinto implorar para que ficasse distante. Ela parou no meio da St. Colman's Way, os olhos amarelos brilhando no escuro. Eilidh, Jamie e os demais ficaram paralisados.

— Essa é a raposa que vi antes de sofrer o acidente. E naquela noite... — sussurrou Eilidh, colocando a mão no braço de Jamie.

A raposa tremia com o esforço de ficar de pé, sobrecarregada pelas vozes e o cheiro das pessoas. Elas se recuperaram da surpresa e andaram na direção dela. Ela não podia mais aguentar, seu instinto a esgotava e ela desapareceu no mato, rápida como um raio.

— Espere — pediu Eilidh imediatamente. Jamie parou.

Os outros estavam alguns passos na frente deles e Eilidh e Jamie ficaram parados em silêncio, a lanterna de Jamie apontada para o chão.

— Venha, vamos... — Jamie balançou o braço de Eilidh e ameaçou dar um passo, mas tropeçou em um corpo pequeno e duro. Um par de olhos amarelos encontrou os deles. A raposa pulou para o lado, em direção ao bosque, mas ainda era visível. Então pulou de novo para a rua, na frente deles, e depois para o bosque de novo.

— Precisamos segui-la — avisou Eilidh. Graças a Deus, graças a Deus Eilidh havia entendido.

Jamie olhou para ela.

Alice através do espelho, pensei. Eles estavam prestes a entrar no meu lado da realidade.

E entraram.

Eilidh

Eu estava no andar de cima fazendo a mala quando ouvi as vozes na rua. Os vizinhos de Jamie, Malcolm e Dougie Ross, pai e filho adolescente, estavam parados do lado de fora da minha janela, uma lanterna na mão de Malcolm, falando alto com alguém que não reconheci. Uma briga? Malcolm e Dougie? E então vi Jamie correndo em direção à nossa casa com uma expressão apavorada. Corri para baixo.

— O que está acontecendo? — Peggy saiu da sala enquanto eu abria a porta.

— Não sei. Tem algo errado.

— Eilidh! Maisie sumiu! — gritou.

Vesti o casaco rapidamente e sai.

— Jamie?

— Ela sumiu!

Demorou um minuto para que eu absorvesse suas palavras. Como isso podia ter acontecido?

— Mas como? Como ela saiu?

— Não sei. Ela estava na cama. Eu estava no andar de baixo. Ah, Deus...

Segurei-o nos braços. Sabia que ele se culpava. Mas como ele poderia ter imaginado...

— Vamos — falei, e começamos a andar, gritando seu nome. Alguns homens e mulheres haviam se juntado a nós. Olhei o relógio: já passava da meia-noite. Estava tão frio e úmido, pensei, enquanto andávamos. Minha pequena Maisie, de pijama. Por favor, Deus, por favor, deixe-nos encontrá-la logo.

Por favor, Deus, mantenha-a longe do lago.

As palavras familiares e reconfortantes das orações que eu costumava recitar com minha avó à noite voltaram à minha cabeça e me peguei rezando em silêncio, pela primeira vez desde que perdera o bebê.

O lago e suas águas escuras e paradas...

Jamie e eu pensamos a mesma coisa, pois ele me olhou.

— Liguei para a polícia. Eles vão nos levar até o lago — a última palavra foi um sussurro reprimido. Senti meus joelhos bambearem.

— Não pense nisso agora, Jamie — disse Malcolm bruscamente, e andou adiante, seguido por Dougie, com os olhos arregalados, tremendo com a jaqueta jeans.

Naquele segundo, todos ficamos paralisados. A raposa estava no meio da rua e nos observava, tremendo, os olhos refletindo a luz das lanternas.

Alguns segundos e o encanto foi quebrado. Os homens seguiram adiante. Mas a raposa continuou parada. Quando ela não se moveu, percebi que era a *minha* raposa, aquela que eu havia visto quando subi a St. Colaman's Way às três da manhã, aquela que vi pouco antes do acidente.

Coloquei a mão no braço de Jamie para fazê-lo parar de andar. Não sei por quê. Algo me dizia para parar e *ouvir* a raposa.

Mas era tarde demais, os homens haviam se aproximado muito e ela tinha ido embora.

Continuamos andando também.

Mas Jamie tropeçou em algo. Virei-me para alcançá-lo e um par de olhos amarelos cruzou os meus.

Nós dois ficamos paralisados de novo.

A raposa pulou de lado para o bosque e então para a rua novamente.

Eu tinha certeza de que precisávamos segui-la e estava pronta para ir sozinha, caso Jamie não me acompanhasse. Pisei na terra macia, coberta de agulhas de pinheiros, e em direção ao bosque; não soube disso na hora, mas entrei em um mundo diferente.

Um momento de hesitação, então Jamie me seguiu.

Precisávamos apertar o passo logo, pois a raposa era rápida e silenciosa à nossa frente. Com a luz da lanterna, conseguimos seguir os movimentos do animal, guiando-nos adiante. Nós dois estávamos quietos, como se tivéssemos concordado que o silêncio não a assustaria. Não ouvíamos mais os gritos do nome de Maisie, apenas nossa respiração e o farfalhar suave dos nossos passos no bosque.

Não andamos muito, menos de dez minutos. Chegamos a uma pequena clareira, um semicírculo de pedras planas de um lado, uma parede de árvores da outra. Tudo estava perfeitamente quieto, o silencio era impenetrável. A raposa escalou uma pedra plana e parou quando o raio da lanterna de Jamie surgiu na frente dela, revelando uma menininha de pijama rosa deitada encolhida contra uma árvore, adormecida.

Nos braços de alguém.

Era uma mulher. Por um segundo, pensei que fosse Shona, o mesmo cabelo loiro. Porém, havia algo sobre ela que fez minha memória girar. A lembrança de uma cozinha cálida, o cheiro de torrada e a sensação de uma mão em volta dos meus ombros.

Eu a vi pela última vez muitos anos atrás – um encontro breve do lado de fora do teatro de Aberdeen, antes de todos irmos embora, e nunca mais nos vimos.

Elizabeth.

Ela estava com os braços em volta de Maisie e seu rosto escondido no cabelo dela. Então ela olhou para cima, direto no rosto de Jamie, e sorriu.

Ela soltou Maisie gentilmente, levantou-se e deu alguns passos em nossa direção. Talvez eu devesse sentir medo, era um fantasma e eu o estava vendo, mas quando ela andou em nossa direção, apenas senti um alívio inacreditável, como se estivessem todos de volta – Fiona, meu avô, todos os rostos bondosos que nos olhavam quando éramos crianças.

— Elizabeth — falei, e seu nome era tão doce, o alívio era tão grande, que as lágrimas começaram a correr pelo meu rosto, como a água de um poço.

Ela estendeu as mãos em nossa direção e acariciou o rosto de Jamie, do mesmo modo que deve ter feito um milhão de vezes quando ele era pequeno.

Olhei para ele e estava paralisado, os olhos arregalados de assombro.

Ele esticou os braços para abraçá-la e ela veio para seus braços. Ele soltou a lanterna, derrubando-a no chão, espalhando sua luz em direção a Maisie, enquanto ficávamos no escuro. Eu não conseguia enxergar nada, então fechei os olhos. Senti-me segura.

Jamie fez um barulho suave na escuridão e eu soube que ela tinha ido embora. Ele se jogou no chão, na frente de Maisie, e a segurou. Eu os via iluminados pelo raio disperso da lanterna. Balancei-me e ajoelhei ao lado deles, segurando o rosto de Maisie com as mãos.

Jamie estava de olhos fechados e se agarrava a ela como se sua vida dependesse daquilo.

Eu quebrei o encanto.

— Precisamos aquecê-la... — minha voz soou estranha, como algo que viesse de longe, como um eco em uma caverna.

Jamie abriu os olhos e olhou direto para mim.

Sem dizer nada, ele se levantou com Maisie nos braços. Ela não havia se mexido, perdida no sono profundo que só as crianças conseguem ter.

Segurei a lanterna e de repente estávamos em outro lugar. Não nas profundezas do bosque como eu pensava, mas... logo atrás da St. Colman's Well. O grito do nome de Maisie encheu o ar de novo e percebi que ele nunca havia parado. Via as luzinhas brancas, pontilhando o jardim, logo atrás das árvores.

Andamos em direção às luzes, em silêncio.

Elizabeth

Eu não pude evitar. Pensei: "Se essa é a última coisa que posso fazer, vou abraçar meu filho pela última vez".

E o fiz, segurei-o nos braços de novo, enquanto meu corpo se condensou por um rápido segundo antes de se dissolver outra vez.

Foi como quando ele nasceu, a maior alegria que eu já sentira. Deixei-me flutuar nas águas escuras, não sabia onde o lago terminava e eu começava, e estava em paz, pois no momento que tive de deixá-lo, eu não o deixei sozinho.

30

Mar de almas

Elizabeth

Quando meu corpo parou de funcionar e meu coração, de bater, fiquei com uma impressão de mim, algo que reteve, de algum modo, minhas características, e assim eu ainda mantive minha aparência e sensações. Era uma sombra de mim mesma, mas ainda podia tocar e ser tocada e, se eu quisesse, ser vista. Era algo fluido que podia se dissolver nos elementos e então se condensar, um corpo sem matéria, um corpo que podia ser ele mesmo e ao mesmo tempo ser água, pedra ou ar.

Podia me transformar em partículas girando ao sol, águas escuras batendo nas encostas do lago ou uma brisa entre as árvores. Podia me sentar ao lado de uma coruja, no alto de um galho na escuridão e contemplar a noite em sua companhia. Podia nadar com as lontras e emergir entre os juncos, seus olhos pretos brilhantes olhando direto nos meus em uma conversa sem palavras. Podia me transformar em pedra e, quando isso acontecia, eu sentia o coração da terra pulsando no centro de cada rocha, vibrando com o calor e as energias invisíveis. O poder de milhares e milhares de anos, do tempo da formação da Terra, quando ela se transformou no que conhecemos, eu podia sentir tudo isso quando estava ao lado de uma colina, de um seixo na costa, de uma pedra cinzenta coberta de musgo no meio do bosque. Podia ser o fogo e isso era o silenciar de todas as lembranças, a mais poderosa das sensações, enquanto eu queimava sem sentir dor, enquanto bruxuleava com as chamas em um redemoinho laranja e amarelo.

E então, depois de ter sido ar, água, pedra ou fogo, podia ser eu mesma de novo, a sombra de Elizabeth McAnena, com seu rosto, lembranças e sensações.

Mas tudo isso está mudando agora.

Desde aquela noite na floresta, desde que toquei meu filho pela última vez, eu pareço ter perdido tudo aquilo que me mantinha *unida*. Não preciso me dissolver no ar ou na água, isso está acontecendo sem que eu queira, e está cada vez mais difícil me tornar eu mesma de novo. Como se todos os pedaços de mim que um dia ficaram unidos, como planetas de um sistema solar mantidos em suas órbitas pela gravidade, fossem libertados e então seguissem seu curso, muito distante uns dos outros para se unirem novamente.

E então, um dia ao anoitecer, eu não conseguia mais ver nem sentir nada. Não conseguia escutar nada além de um som rítmico, como se um tecido estivesse sendo apisoado, como um pano batendo na mesa várias vezes, e o som está ficando mais forte, aproximando-se cada vez mais.

Enquanto me esforço para pensar, uma lembrança retorna, uma noite de anos atrás. Flora cantando, nós duas pequenas, a chuva batendo levemente na janela e o brilho do fogo. É uma noite de inverno e todos nossos parentes estão lá. A voz de Flora marca o ritmo e se iguala à batida do meu coração; ela é um pouco mais velha que eu e está tão bonita com sua saia azul e meias brancas, o cabelo castanho ondulado caindo sobre os ombros e as bochechas rosadas pelo calor do fogo. Quero ser como ela, crescida e adorável. Estou sentada no carpete aos pés da minha mãe e o mundo todo é perfeito e todos estão lá: meu querido pai, meus avós, meu irmão, todos vivos, ninguém se foi.

A música de Flora tem um ritmo suave, as palavras em gaélico saindo doces da sua boca como uma cachoeira...

E esse foi meu último pensamento antes de eu não estar mais aqui. Meu último pensamento antes do último pedaço de consciência ir embora e tudo que eu sei, tudo que ouço é a batida de um coração, rápida e agitada como a de um pássaro, e percebo que é meu próprio coração batendo de novo... A música de Flora se transformou na batida do meu coração e há algo mais, outra batida suave, outro coração em algum lugar na escuridão, batendo devagar e forte ao lado do meu, e estou no escuro e no calor, mas eu realmente queria me lembrar de quem fui e de James e Shona e Jamie e Maisie e de Glen Avich e minha mãe, ela tinha olhos azuis e...

31

Não agora, ainda não

Fiona

Querida Silke,
    Desculpe...

    Querida Silke,
    Espero que entenda...

    Querida Silke,
    Eu...

    Preciso ir embora.

Rascunhei essas poucas palavras, eliminei-as, e o papel onde estão escritas se junta aos outros na lata de lixo.
    Não posso fazer isso. Não posso nem mesmo falar com ela. Só vejo um modo: ir embora para o lugar mais distante que conseguir.

Estou indo para a Nova Zelândia. Minha prima trabalha lá como enfermeira e vai me ajudar a arrumar um emprego. Posso ficar com ela algumas semanas, até encontrar uma casa para mim. Ficarei em Auckland por um ano mais ou menos e então vou viajar, talvez para a Austrália, talvez para o Extremo Oriente, qualquer lugar. Não quero estar em nenhum outro lugar por tempo suficiente para me trair, para alguém descobrir quem sou realmente, *o que* sou realmente.

Não me importo para onde vou, desde que seja longe deste pequeno vilarejo, desse aquário. Este lugar está me sufocando. Todo mundo me observando, me julgando. Todos vão ver como meus olhos se demoram onde não deveriam, como fico animada e coro quando não deveria, como não sou como todos os demais.

Muita gente sabe, muita gente supõe. Talvez até mesmo meus pais. Só de pensar nisso fico enjoada.

Não há nada para mim aqui. Talvez em algum outro lugar haja um homem para mim. Talvez eu mude e seja *normal* de novo, como eu costumava ser.

Não, nunca fui normal. Sempre fui assim.

Lembro-me de Karen Roathie, a garota que morava do outro lado da rua... Nunca me cansei de olhar para ela. Queria ficar perto dela sempre. Quando fomos para a escola secundária, tentava ficar ao lado dela o tempo todo. Só Deus sabe como ninguém percebeu isso. Ela ficava tão linda de uniforme, tinha o cabelo escuro e comprido...

Vê? Sempre fui assim. Deus, não quero pensar desse jeito. Quero esquecer tudo isso.

Não me importa o que vá acontecer agora. Só quero estar onde eu não seja vigiada o tempo todo, onde não precise me sentir tão horrivelmente constrangida, como se estivesse tentando me esconder e não conseguisse, e cedo ou tarde as pessoas fossem descobrir quem de fato eu sou.

Não quero nem mesmo dizer adeus a Silke. De qualquer maneira, tudo mudou. Espero que ela não tenha chorado. Espero que me esqueça, espero que fique bem, encontre outra pessoa, alguém que possa aguentar ser assim, toda errada.

Não, estou mentindo. Sou boa nisso, parece, mas apenas para mentir para mim. A verdade é que espero que ela se lembre de mim.

Não posso ser o que sou. Tim me pegou assistindo a *Doctor Who* ontem à noite e chorei porque fala sobre um planeta perto de um buraco negro, um planeta que por todas as leis da gravidade e da atração deve cair no buraco e desaparecer, mas de alguma forma isso não ocorre. Ele é chamado de "planeta impossível", e esse sou eu, a garota impossível, a garota sem lugar e tempo para estar.

Não posso viver sendo como sou, mas não posso ser quem não sou. Estou perto de um buraco negro e cedo ou tarde vou cair nele, e quando isso acontecer, não quero que meus pais e toda Innerleithen vejam.

Preciso ir, o quanto antes melhor.

A Escócia parece bem verde daqui de cima. Azul e verde, sua costa irregular, perfeita e adorável. Ela parece pequena, um lugarzinho em um mundo enorme. Espero voltar um dia.

32

Fique parada, não faça um barulho sequer e escute

Jamie

E lá estava ela outra vez, branca como papel, sentada no sofá, agarrada ao travesseiro. Parecia doente. Maisie estava sentada ao seu lado, quietinha como um camundongo; podia sentir aquilo de novo, como sentira tantas vezes, que Eilidh não estava bem.

Quando me ouviu entrar, Eilidh sentou-se um pouco e sorriu.

— Já? Desculpe, o tempo voou por... — ela olhou no relógio — Ah, meu Deus, cinco da tarde. Não preparei nada para o jantar... — ela se levantou rapidamente do sofá e teve de se sentar de novo com a mesma rapidez.

— Ai...

— Você está bem? — corri até ela para ajudá-la.

— Sim, estou bem, estou bem. Só um pouco tonta.

— Eilidh, você precisa consultar um médico. Isso não pode continuar assim. Você está assim há... há semanas!

— É a mudança de estação. E fico estressada quando vou a Southport, você sabe; todas aquelas coisas para resolver...

— Eu sei, eu sei. Desde que voltou você não é mais a mesma.

É realmente aqui que você quer estar? Comigo? Queria lhe perguntar. Mas não era a hora, não com Maisie nos olhando com uma expressão preocupada no rostinho.

— Fique sentada e vou preparar o jantar.

— Não, tudo bem, você acabou de entrar, sente você e eu cozinho.

Balancei a cabeça negativamente, peguei-a pelos ombros e a sentei com delicadeza.

— Prometa que vai a um médico.

— Prometo.

Tarde daquela noite, telefonei para Shona. Estava morto de preocupação.

— Ela parece... não sei, adoentada. E não segura a comida no estômago. Fico pedindo para ela ir ao médico, mas ela se recusa.

— Talvez seja como você disse, ela está adoentada. Passou por coisas terríveis no ano passado, precisa de um pouco de tempo para se recompor. Ela parece deprimida? Chorona?

— Você conhece Eilidh, ela é sempre um pouco emotiva, mas ela não parece deprimida nem nada. Só um pouco... ausente. Como se sua cabeça estivesse em outro lugar. Tenho medo de que...

As palavras não ditas ficaram entre nós. Que ela vá embora, como Janet.

— Não fique preocupado agora. Você só está se antecipando.

Ouvia os barulhinhos de Maggie ao fundo. Mesmo preocupado, não consegui deixar de sorrir.

— É Maggie?

— Ela mesma. Queria que pudesse vê-la agora, Jamie. Ela é inacreditavelmente bonitinha, está vestindo o macacãozinho listrado que ganhei de Jean. Ouça, por que vocês não vêm passar o fim de semana aqui? Com Eilidh, quero dizer. Posso conversar um pouco com ela, ver como estão as coisas.

— Eu adoraria. Vou falar com ela.

—Vou mandar uma mensagem de texto para ela à noite, para reforçar.

Quando desliguei o telefone, me senti um pouco mais leve. Shona não pareceu muito alarmada, então talvez não houvesse nada para me preocupar. Shona é um pouco como a tripulação de um avião para mim, sabe, quando estamos em um avião com turbulência e olhamos a tripulação para ver se não estão com medo e, então, sabemos que não há nada para nos preocupar? Assim.

Ainda.

Eilidh

Notei a preocupação no rosto de Jamie e, honestamente, eu também estava um pouco preocupada. Sentia-me tão fraca, apática. Pensei que talvez fosse o estresse por ter de ir a Southport pegar minhas coisas na casa de Tom. Vê-lo de novo e saber que provavelmente foi a última vez que estávamos juntos. Mas isso tinha sido há algumas semanas, eu certamente deveria estar me sentindo eu mesma de novo.

Marquei uma consulta com a médica.

— E como você se sente consigo mesma? De humor, quero dizer. Você teve um ano bem difícil...

— Sim, digamos que sim. Sinto-me... bem. Desde meu acidente, embora seja engraçado, me sinto bem melhor. Não acho que o problema seja na minha cabeça.

— Bem, às vezes longos períodos de estresse podem enfraquecer o corpo, fazê-la sentir-se exaurida. Por que não fazemos um exame de sangue para começar?

A Dra. Nicholson era bondosa, tinha os olhos azul-claros e, quando me olhava, eu sabia que estava pensando em algo que não me dizia. Peguei-me desejando e rezando para não ter de passar por tudo aquilo outra vez – os antidepressivos, a terapia inútil. Passei por tudo isso depois que perdi meu bebê, foi terrível, invasivo e não deu certo. Loucura, eu sei, mas eu desejava que o exame de sangue detectasse alguma coisa, não sei, como uma anemia, algo que algumas vitaminas poderiam resolver. Qualquer coisa que não fosse emocional. Estava farta de emoções. Só queria viver minha vida.

Eles encontraram algo, mas não era carência de vitaminas. Era algo totalmente diferente. Foi um banheiro diferente, um chão diferente onde me sentei, e uma Eilidh diferente que chorou de alegria. Eu soube, *soube* que dessa vez o resultado seria diferente.

33

É você

Jamie

Acordei em uma fração de segundo. Fiquei de pé imediatamente quando ela sussurrou "Jamie". Eu havia esperado várias noites por aquilo, tinha dormido mal por muito tempo, ouvindo qualquer sinal que indicasse que ia começar. Várias vezes a observei dormindo, sua forma arredondada sob o edredom, suas pálpebras piscando gentilmente enquanto sonhava. Com frequência, se ela fazia barulho ao dormir, eu escorregava a mão para baixo do edredom e a colocava delicadamente na sua barriga, para sentir nosso bebê se mexendo. Segurava a respiração e sorria no escuro, imaginando como seria sentir aqueles chutes *por dentro*. Maravilhoso e muito, muito esquisito, provavelmente. Agora a data do parto já havia chegado e passado, ela estava tão enorme que podíamos ver a forma do bebê e eu não acreditava que o milagre se dava bem diante dos meus olhos. Eu estava tão maravilhado como fiquei com a gravidez de Janet, embora naquela época a alegria tenha sido inundada por sua angústia. Eilidh tinha ficado tão feliz durante o tempo todo; muito enjoada, muito fraca e incomodada, mas radiante de esperança e prazer por seu bebê que crescia. Ficamos assustados, entretanto, nós dois, e em toda ida infinita a Aberdeen de carro, onde ela escolhera ser atendida, sentíamos uma ponta de medo.

Eilidh mal havia se mexido ao meu lado depois de sussurrar meu nome, mas eu já estava com metade do corpo fora da cama.

Ela riu e falou:

— Vai demorar mais um pouquinho.

Sentamo-nos juntos à luz das luminárias ao lado da cama, sussurrando de excitação e medo, tomando chá e comendo torrada com manteiga. Shona havia nos dito para tentar comer e manter algo no estômago quando começasse, pois Eilidh não poderia comer durante o trabalho de parto e eu provavelmente não teria vontade.

— Veja só, seu cunhado foi comer salgadinho quando eu estava em trabalho de parto! — falou, olhando para Fraser.

— E uma linguiça à milanesa. Já tinha passado por aquilo três vezes à época. Pensei, bem, talvez eu deva comer porque vai durar um tempo — revelou com um brilho no olhar.

Meu estômago revirava enquanto eu tentava mastigar a torrada. Sentia tanta energia que podia ter ido correr. Ao amanhecer, Eilidh já sentia dor e se esforçava para não fazer barulho. Ela não queria assustar Maisie.

Eu a amava tanto, tanto, enquanto ela estava sentava à mesa do café da manhã, branca como um lençol, os olhos brilhando, controlando a situação por Maisie. Tínhamos explicado a ela que, quando o bebê estivesse pronto para vir, Eilidh precisaria dormir no hospital por uns dois dias, para os médicos e enfermeiras a ajudarem a tirar o bebê. E ela, Maisie, ficaria com tia Shona e tio Fraser. Ela parecia tranquila quanto a isso, mas eu sabia que estava apreensiva.

Meia hora depois, dirigíamos para Aberdeen, com Maisie sentada no banco de trás com sua mochilinha do *Charlie e Lola* e uma mala para passar a noite. Shona e Fraser iam buscá-la no hospital para levá-la para a casa deles.

— Está tudo bem aí? — perguntei a Maisie. Eilidh estava quieta. Muito quieta, muito pálida, um filete de suor na testa. Ai, Deus.

— Sim. E você? — respondeu Maisie, um pouco abalada.

— Muito bem, querida! — falei animadamente. Bem, tentei ficar animado, provavelmente pareci histérico.

— Você está bem, Eilidh?

— Sim — ela respondeu secamente. Sua voz parecia vir de muito longe. Como se ela não estivesse conosco, como se estivesse sozinha em algum lugar, onde não pudéssemos alcançá-la.

Ela ia enfrentar uma batalha, pensei. E havia pouco que eu pudesse fazer para ajudá-la.

Quando as portas automáticas da maternidade de Aberdeen se fecharam atrás de nós, com Eilidh apoiada em mim e respirando com dificuldade, senti-me tonto. Estávamos entrando em um novo mundo, nada mais seria como antes.

Eilidh

Eu sentia tanta dor, não conseguia respirar nem gritar mais – e eu havia gritado bastante àquela altura. Estava ligada a um monitor e confusa por causa da dor, mas consegui ver que ele marcava a pulsação do bebê. As batidas eram fortes e destemidas, ressoando em meus ouvidos como uma canção.

Uma eternidade de dor mais tarde, o choro do meu bebê encheu o quarto. Sua voz era ancestral como as montanhas e forte como as marés, a vida fluindo sem obstáculos, como um rio correndo. E pensei no meu outro bebê, aquele que morrera, que não pudera ficar, e pela primeira vez vi claramente por que ele teve de ir e por que esse ficaria. Esse bebê estava destinado a viver, pertencia a esse lugar...

— É um menino! — ouvi Jamie dizer.

— É um menino — sussurrei de volta. Sim, é claro, é *você*. Sempre foi você. Eu soube disso a vida toda.

Ele foi colocado em meus braços, sua cabeça ainda coberta com nosso sangue, o rosto amassado e os pulsos pequenos, o corpinho morno enrolado em um cobertor. Ele era lindo e perfeito e meu coração cantava de alegria, de um modo desconhecido. Não conseguia parar de olhar para seu rosto, suas mãos. Não conseguia parar de respirar seu cheiro doce de bebê, que era meu próprio cheiro também.

— Qual o nome dele? — a parteira me perguntou. Olhei para Jamie. Queria que ele desse o nome ao nosso bebê.

— Sorley. Sorley McAnena — falou, e o nome soou como uma bênção, como uma oração, uma canção.

As parteiras se retiraram, dizendo algo sobre a hora de ouro e laço. Não sabia bem do que elas falavam, que laço? Eu e meu bebê já tínhamos desenvolvido um laço desde sempre, éramos um só e sempre seríamos. Tanto fazia, desde que elas saíssem e nos deixassem sozinhos por um tempo. Jamie e eu e nosso filho. Nosso filho. Não podia acreditar que finalmente estava dizendo aquelas palavras!

Quando pude enfim tirar os olhos do rosto do meu bebê, olhei para Jamie. Ele estava horrível, com olheiras azuladas debaixo dos olhos, pálido e corado ao mesmo tempo, mas tinha um sorriso enorme de orelha a orelha. Eu o tinha feito feliz.

Senti-me tão orgulhosa.

Levantei o rosto para beijá-lo. Ele tirou meu cabelo úmido da testa e nossos lábios se encontraram sobre a cabecinha de Sorley.

Então algo estranho aconteceu.

Dizem que os recém-nascidos não conseguem enxergar, que não conseguem focar, apenas ver sombras e vultos desse mundo enorme e estranho em que foram colocados. Mas acho que meu filho me olhou. Olhou para nós. Seus olhos eram duas piscinas escuras, como os de uma criatura submarina piscando na luz da superfície. Como os de alguém vindo a um novo lugar de muito, muito longe.

Ele me olhou, me viu, e então deliberadamente seus olhos se moveram para Jamie, como se ele já nos conhecesse. Através das minhas lágrimas de alegria eu disse:

— Olhe, Jamie, ele tem os olhos da Elizabeth.

Epílogo

Tempo, o cervo

Eilidh

Penso nas mulheres que vieram antes de mim: minha mãe Rhona e sua mãe Flora, na mãe de Flora, Margaret, na mãe de Margaret, Anne, e assim por diante, uma longa linhagem de mulheres fortes com suas histórias, alegrias e tristezas. O sangue delas corre em minhas veias e, com ele, suas lembranças – elas fluem por mim e me tornam quem eu sou. No meu sangue e ossos, do berço à sepultura, passando por casamento, parto e perdas, a vida delas está dentro de mim. Ouço suas vozes sussurrando e sinto suas mãos me apoiando quando estou fraca, a força delas é minha força e o seu orgulho é meu orgulho.

E a mãe do meu marido, Elizabeth, vejo-a em Shona e Maisie e em meu filho. Sei que ela nos alcançou do além, cuidou de nós e nos levou para casa, Jamie e eu. Quando eu estava na escuridão, dois anos atrás, devo ter rezado sem perceber. Devo ter pedido ajuda, pois Deus sabia que eu estava perdida.

Elizabeth ouviu meu chamado e eu vou ouvir o chamado dos nossos filhos quando for a hora; se eles se virarem ao desconhecido procurando ajuda, vou ouvi-los dizer: "Cuida de mim".

Lançamentos Magnitudde
Leitura com conhecimento!

Como dizer sim quando o corpo diz não
Dr. Lee Jampolsky

Descubra o Deus que existe dentro de você
Nick Gancitano

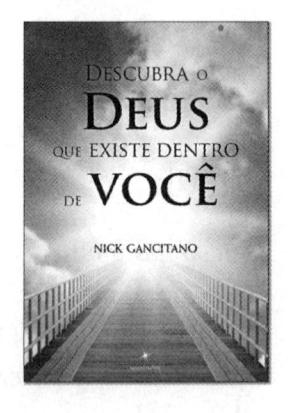

O desejo
Angela Donovan

A real felicidade
Sharon Salzberg

Leia Magnitudde!
Um aprendizado em cada linha!

Meu querido jardineiro
Denise Hildreth Jones

Seu cachorro é o seu espelho
Kevin Behan

A solução para a sua fadiga
Eva Cwynar

Um lugar entre a vida e a morte
Bruno Portier